徳間文庫

東京駅で消えた

夏樹静子

徳間書店

目次

第一章　帰らぬ夫

1

「風が出てきたのかしら」

玄関のドアがガタンという音を聞いて、紀和子《きわこ》は独り言に呟《つぶや》いた。念のため茶の間の掛け時計を見あげたが、六時二分くらいをさしていて、夫の寛《ひろし》が帰宅するまでにはまだわずかばかり間がある。

それでも紀和子は、読んでいた雑誌をテーブルの脇《わき》に置いて立ちあがった。

十月もなかばになると、目に見えて日が短くなり、もうほとんど闇《やみ》に包まれた庭先で、植木の黒い影が右や左に揺らいでいる。やはり強い風が吹き始めているようだ。

紀和子は縁側へ出て、ガラス戸にレースのカーテンを引き、それからキッチンへ入った。

もう一度、チラリと時計を見て、ガスのグリルとオーブンのスイッチをひねった。魚やグラタンを火にかけるのは夫が帰ってからとしても、その前に内部を熱しておく必要がある。いや、グラタンは夫が家に着く前から温め始めても、ちょうどいいかもしれない。

それくらい、寛の帰宅時間は正確なのである。

今日彼は、東京駅を午後四時五十七分に発車する沼津行の湘南《しょうなん》電車に乗ったはずで、それが茅ケ崎《ちがさき》へ着くのは五時五十八分。駅の改札口からこの家まで、男の足で約十五分かかるから、帰宅は六時十五分から十八分の間になるだろう。

今年ちょうど六十歳になる寛は、東京に本社のある大手総合建設会社・帝都建設の取締役土木工務部長をつとめている。技術的な仕事が多く、接待などはあまり縁のないポストなので、夜はめったに遅くならないが、ことに早朝の会議があった日は、その分退社が早くなった。四時半頃《ごろ》会社を出るなどというのは、一般サラリーマンには考えられないことかもしれないが、それだけもう寛は閑職なのであろう。

今朝も、土木本部長に午前八時から開く会議に立会ってほしいと頼まれたそうで、六時四十五分の上り電車に乗るため、六時半に家を出た。

「帰りは沼津行の早いほうだ」と、出がけにいっていた。それが四時五十七分東京発である。ふだんの帰りは五時十四分伊東行か、二十分平塚行を利用していた。

六時十分になると、紀和子はグラタンのキャセロールを、ほどよく温《ぬく》もったオーブンの中に入れた。寛と紀和子と、娘の直子との三人分である。さっきまで離れでバイオリンの音が聞こえていたが、今は止《や》んでいるから、直子ももうこちらへくるだろう。

茶の間のテーブルに皿などを並べているうちに、六時十五分をすぎ、まもなく二十分になろうとしている。

直子がキッチンに顔を出した。

「お父さま、まだ？」

「まだなのよ。でももうじきでしょ」

直子は今年の春、東京の私立音楽大学バイオリン科を卒業した。現在はバイオリンの個人教師で、週に二回東京へ通い、茅ヶ崎市内でも四ヵ所で教えているから、けっこう忙しい。茅ヶ崎は古くからひらけた海辺の別荘地だったが、高度成長期以後、東京から五十キロ圏内のベッドタウンとして急速に発展し、子供にバイオリンを習わせるような家庭も増えている様子だ。

もともと直子は身体《からだ》が弱いので、紀和子もつい庇《かば》う気持ちが働いて、炊事の手伝いなどはあまりやらせない。寛などは、いまだに虚弱な少女を扱うような可愛《かわい》がりようだった。

食卓がすっかり調い、グラタンに焦《こ》げ目がついても、寛が帰宅する気配はなかった。

「おかしいわね」

「沼津行に乗り遅れたのかしら」

「するとつぎは、六時四分着の小田原行ね」

直子も父のタイムテーブルを宙《そら》で憶《おぼ》えている。それだと六時二十一、二分には家に着くはずなのだが、時計はもう六時半をまわろうとしている。

「電車が遅れてるのかもしれないわね。直ちゃん、お腹《なか》すいたんじゃない？」

「ううん、平気。それより書きかけの手紙があるから、お父さま帰ってらしたら呼んで」

直子はまた離れの自室へ引き返した。

七時をすぎると、紀和子はちょっと落着かない気持ちで、キッチンの壁に貼《は》ってある東海道線時刻表を眺《なが》めた。

この時間帯には、五分から十分の間隔で、各駅停車の下り電車が何本も着いている。七時五分になっても声がしないということは、六時四十六分着のにも乗っていなかったわけだ。

つぎは六時五十七分着小田原・御殿場《ごてんば》行。この電車は東京を五時五十四分に発車するが、こんなに遅くなることはめったにないのだ。帝都建設の通常の勤務時間は午前八時半から午後五時までで、日本橋茅場町《かやばちょう》にある本社から東京駅までは、車で五、六分、ゆっくりみてもせいぜい十分だと聞いている。

また、何か急な用でもできた時には、必ず電話で知らせてくれる夫だった。

紀和子は廊下の角にある電話機へ歩み寄り、帝都建設土木工務部の直通電話をダイヤルした。

まもなく若い男の声が応《こた》えた。

「あの、曽根《そね》でございますが。いつも主人がお世話になっております」

「ああ、どうもこちらこそ」

「恐れ入りますが、主人はまだそちらにおりますでしょうか」

「いや、もうお帰りになったと思いますが……ちょっとお待ちください」

居残っていた社員に確かめてくれたのか、しばらくたって彼は電話口に戻ってきた。

「やはりもうお帰りになったようです」

「何時頃でしょうか」

「四時半すぎに部屋を出られたそうで……車のほうにも訊《き》いてみましたが、四時四十分か五十分くらいに駅に向かわれたんじゃないかということでした。ただ、担当の運転手ももう帰ってますので、はっきりした時間はわからないんですが」

「いえ、それならけっこうです。どうもありがとうございました」

電話を切りかけて、

「あの、谷岡さんはまだいらっしゃいますか」

「いえ、係長も外へ出ておりまして、今日はもう社へ戻らないと思いますが」

「そうですか。どうも失礼いたしました」

今度は受話器を置いた。

四時四十分か五十分に東京駅へ向かったというなら、やはり四時五十七分発の沼津行に乗るつもりだったのではないだろうか。茅場町と東京駅の間は、朝夕会社の運転手が送り迎えしている。

会社を出がけに電話が掛って、急に誰かと会うことになり、家に知らせる間もなくそちらへ直行してしまったのか。それとも、東京駅でばったり友人に出会いでもして……？

そのまま九時近くまで、紀和子はキッチンへ立ったり、茶の間へ戻ってテレビをつけたりして待っていた。直子も一度様子を見にきたが、ご飯はまだいいといって、また離れへひっこんでしまった。

東海道本線が事故か何かで遅れているということもありうる。

九時になると、紀和子はさっき直子にいったことを思い出して、再び受話器を取りあげた。

茅ヶ崎駅に掛けて尋ねてみたが、事故などはなく、電車は平常のダイヤで運行されているという返事だった。

「案外昭《あきら》のところへ……？」

紀和子はまた独り言を呟いた。三十歳になる長男の昭が、結婚して杉並区久我山《くがやま》に住んでいる。商社勤務の彼は、今ニューヨークへ出張中のはずだが、マンションには嫁と一歳半の孫がいるから、ふいに孫の顔でも見たくなって……？

念のためにそちらへも電話してみた。

「あ、お姑《かあ》さま、ご無沙汰《ぶさた》してます」

嫁の薫《かおる》の屈託のない声が受話器を伝わってきた。後ろに孫の声も聞こえている。

「お変りない？　浩一《こういち》も元気そうね」

「ええ、お蔭《かげ》さまで」

「昭さんは、まだニューヨークなんでしょ」

「はい。二十日に帰る予定ですから、あと六日ほど」

「今度はわりに長いのね」

「そうですね。三週間くらい……」

「たまには電話してくる？」

「ほんとにたまに。でもなんだかすごく忙しそうで、ちょっと浩一の声を聞いただけで、すぐ切っちゃうんですよ」

「あら、そう。あの人も仕事熱心はけっこうだけど……」

紀和子は少し苦笑した。

仕事仕事で意欲的にとびまわり、実績をあげてのし上っていこうとするような息子の姿勢は、若い頃の寛そっくりだ。寛もそうやって、私大出のハンデを克服して取締役の座を獲得した。一つには、副社長までつとめた紀和子の亡父の引きも物をいったわけだろうけれど。

昔は仕事と昇進に目を奪われていたような夫が、五十五歳で取締役に就任した前後くらいから、急にまるくなって、夜の付き合いも少なくなり、家族や自分の生活を大切にする暮しぶりに変った。

国立大学出の社長の派閥から外れているので、これ以上の出世は望めないと諦《あきら》めたせいかもしれないが、紀和子にはそのほうが好ましい。彼女も今年で五十四歳。若い時よりむしろ濃《こま》やかに夫とふれあえる日々の明け暮れを、いとおしむ年配に達していた。

「それはそうと、今日お父さまからお電話ありませんでした?」

「いいえ」

「最近も? 急にそちらへ行くというような……?」

「いいえ。でも、何かあるんですか」

「いえ……今夜お帰りがちょっと遅いもんだから」

もし連絡があれば、こちらへも知らせるようにと頼んで、紀和子は電話を切った。

「おかしいわねえ」

玄関へ出て、ドアを開けてみた。

旧《ふる》い住宅街の路上には、外灯の光が物寂しくふり注いでいる。しばらく待っても人影は現われなかった。

「ほんとにどうしちゃったのかしら。ちょっと電話してくれればいいのに……」

茶の間に戻って、縁先へ目をやった彼女は、「あらっ」と小さな声をたてた。

庭の外から夫がガラス戸を開けようとしている。

「あら、どうして庭から……」

紀和子は走り寄ってカーテンをとりのけ、引き戸を開けた。

南に向いて約三十坪の庭がある。五百メートルほど先にある海から強い潮風が吹きつけ、植木がつらそうに身をよじっている。

見まわしても、誰もいなかった。

「あなた?」

答えもない。

「あなたじゃなかったの?」

風で揺れる植木のシルエットを見て、目の錯覚を起こしたのだろう。

そう思いながらも、ふいになんともいえない不穏な動悸《どうき》が、胸の底から湧《わ》き起こってきた。

「あなた?」

紀和子はもう一度、声を大きくして呼んだ。それから息をひそめて、耳をそばだてた。

風の切れ目に、波の音がかすかに伝わってきた——。

2

翌十月十五日木曜の午前六時半、曽根家の廊下の電話が鳴り響いた。

紀和子はとうに起きていたから、走り寄ってすぐ受話器を取る。

「谷岡です。部長はお帰りになりましたか」

「いえ、とうとう帰ってこなかったんですよ」

「ご連絡もなしで？」

「ええ……」

「それは……どうされたんでしょうねえ」

谷岡が不審そうに声を落とすと、紀和子はまたドキリと胸を衝《つ》かれた。

谷岡哲夫は寛の直属の部下で、土木工務部第一課の係長をしている。三十まえで独身の彼に寛はとりわけ目をかけていて、谷岡もよく仕事の電話をしてきたり、正月などには決まって茅ヶ崎まで挨拶《あいさつ》に来た。

昨夜紀和子は十時に彼の東京の自宅へ電話して、夫のことを尋ねたが、彼は四時頃仕事で会社を出たきりまっすぐ帰宅してしまったと答えた……。

「では、ぼくはこれからすぐ会社へ行きまして、運転手に昨日の様子をくわしく訊いてみます。それでまたお電話しますから」

谷岡は持ち前の俊敏《しゅんびん》そうな口調に戻っていった。

紀和子は茶の間にすわりこんで、本当に胸がキリキリと痛くなってくるような心配を抱えこんでいた。

昨夜の風が雨雲を呼んだのか、今朝は午前四時頃から冷たい雨が降り出している。紀和子は一晩中幾度となく床を抜け出して、外を覗《のぞ》いたのだ。直子も二時すぎまで起きていたが、紀和子が無理に寝《やす》むように勧め、今朝はまだ眠っているようだ。

夫も現場の所長時代までは、酒や接待麻雀《マージャン》で終電車に乗り遅れ、夜半すぎにタクシーで帰宅するのも、さして珍しくなかった。が、四十七歳で本社へ戻って以後はずいぶん少なくなり、とくにここ十年ほどはほとんどそんなことはない。たまに遅くなるとしても、必ず電話で知らせてくれた。

世の中一般の夫たちは、無断で一晩家を明けるくらいそう珍しくないかもしれないが、寛に限っては考えられないのだ。少なくとも、この十年間ただの一回もなかったことだ。

心当りの先へは昨夜中に電話したが、どこも立寄っていないという返事だったし。

もしや事故でも……？

紀和子の想像はしだいに悪いほうへ傾きがちになる。

でも、万一交通事故にでも遭っていた場合、家へ連絡がないというのもおかしいのだ。

夫は東京―茅ヶ崎間のグリーン定期券と、会社の名刺や手帳など、すぐ身許《みもと》がわかるものを身につけているのだから。

小さな子供じゃあるまいし、大の男が一晩帰ってこないくらい、騒ぐほどのことではないのかもしれない。うちの夫に限って、などという考え方のほうがおかしいのだ。しいてそう思えないこともなかった。会社の役員ともなれば、急な仕事でどこかへとんでいく場合もあるだろう。谷岡が会社へ行けば、きっと事情がはっきりする……。

朝食をとる気もしないので、熱い紅茶を淹《い》れ、レモンを浮かせた。

レモンティの香りに誘われてか、ふっと若い頃の情感が立ち戻ってきた。

寛とは、社内で知合った恋愛結婚だった。紀和子が東京の女子短大を卒業した昭和二十八年頃、彼女の父は帝都建設の本社で工事管理課長をつとめていた。

父は紀和子を嫁入り前の社会勉強に、いわば腰掛けのつもりで、上司の役員に頼んで帝都建設へ入社させた。そんなケースはたいてい本社勤務になる。

当時、寛は入社三年目で、本社の土木部に所属していた。実際の仕事は千葉県や埼玉県の作業所を転々として、紀和子と知合う機会はほとんどなかったのだが、会社のスキー同好会のバス旅行に参加した時から、急速に親しくなった。半年後にはプロポーズされた。

紀和子の父は、ほんとうは社内で有望な国立大卒の社員を娘と見合わせたかったらしいが、寛の熱意に押し切られた恰好《かっこう》だった。

娘婿《むすめむこ》になってからは、父はよく寛を引き立ててくれて、それが寛の社内での処遇にどれくらいプラスになったかわからない。

その父も、亡《な》くなってもう十年になる……。

夫に女がいたのではないだろうか？

突然の疑いが頭をかすめた途端、紀和子は弾《はじ》かれたように頰杖《ほおづえ》から顔をあげた。

家庭を何より大切にする規則正しい生活……とばかり思いこんできた夫に、実は隠し女
がいて、そちらで何か非常事態が発生し、夫はとるものもとりあえず駆けつけて……？

理性では馬鹿《ばか》らしいと打ち消しても、疑いが心の中に薄墨のようにひろがり始める。

彼は家に連絡しなければと気にかけながら、その余裕もないまま、とうとう一夜が明け
て、今もまだ女の家か病院か警察か、何かそんなところでウロウロしているのではあるま
いか……？

テレビドラマのような光景が、紀和子の脳裡《のうり》に揺曳《ようえい》する。

だが、つぎには——。

いっそそのほうがいい。

紀和子は縋《すが》るように思った。

あの人の身に何事もなければ……！

電話が鳴った。

彼女は廊下へとび出した。

「もしもし」

「あ、奥さまですか、谷岡です」

「ああ……」

「その後、部長からまだ何もありませんか」

「いえ」

「ぼくは今さっき会社に着きまして、運転手の自宅へ電話してすぐ来てもらい、くわしく事情を訊いたところなんですが」

「はい……」

「昨日、部長はやはり四時五十七分の沼津行にお乗りになったということです。いや、運転手はホームまで見送ったわけではないんですが、いつもの通り四時四十五分頃《ごろ》八重洲口《やえす》の国際観光の前で、部長を車からお降ろしした。部長はべつにふだんとちがった様子もなく、駅のほうへ歩いていかれたといってるんですが」

東京駅八重洲側の北口寄りに〈国際観光〉というホテルがあり、夫は朝夕その前で会社の車に乗り降りすると、紀和子も聞いていた。東京で生まれ育った彼女にとっても、馴染《なじ》み深い場所である。

「すると……どういうことなんでしょう？」

「いやそれで、ぼくは今、東京駅にも電話してみたんです。万一、昨日の夕方、構内やホームなどで、人身事故とか急病人とか、そんなことは起きなかっただろうかと。でも、全然ないという返事でした。東海道本線の下りでも、昨日一日何も変ったことはなかったそうです」

「……………」

「ですから、ぼくが考えますのに、部長は車を降りられてからホームまでの間に、誰かと会われて、急にどこかへお出掛けになったのか、あるいは、茅ヶ崎で電車を降りられたあとで、どこかへいらしたのか。そのどちらかではないかと……」

「茅ヶ崎では、泊ってくるようなお宅はないと思いますけど」

女の家が茅ヶ崎市内にあったとしたら……？

一瞬想像したが、まるでピンとこなかった。仮りに夫が女をつくっていたとしても、狭い町のそんな近くでは、どこかしら気配で感じられたものではないだろうか？

「まあ、車中で何か、というケースもあるかもしれませんが、駅では助役が念のため車掌区に問合わせて、何も報告されてないといっているんですから……」

「ではやっぱり東京駅で……」

「しかし、何度も申しますが、事故や急病人はなかったそうですから、そういうご心配はないわけです。やはり誰かと会われて、急用が発生したという可能性がいちばん高いんじゃないでしょうか」

それにしても、一晩帰宅せず、何の連絡もしないとは、どのような「急用」が発生したのであろう？

誘拐《ゆうかい》——？

でもそれなら、昨夜のうちに身代金《みのしろきん》請求の電話が掛ってきたのではないか？

そんなことを考えている今の自分が、紀和子は夢の中みたいな気がした。

3

午後一時すぎに、谷岡哲夫が茅ヶ崎の家へやってきた。

通常の出勤時間の八時半になったら、寛がどこかから会社に現われるかもしれないと、紀和子は一縷《いちる》の望みを抱《いだ》いていたが、そんなこともなかったと、すでに電話で知らされていた。

「ご心配ですね。——いや、楠田《くすだ》常務もいっしょに伺いたい意向だったんですが、どうしても抜けられない会議がありまして、とにかくぼくが行って、くわしいご事情をお聞きしてくるようにと……」

確か今年二十九歳になる谷岡は、学生時代ラグビーをやっていたという骨太な体軀《たいく》で、顔は案外ぽっちゃりした童顔である。

「ご迷惑をおかけいたしまして、申しわけございません」

紀和子は頭をさげ、直子も傍《かたわ》らで俯《うつむ》いている。

「あれから私は、茅ヶ崎駅へ参りまして、駅員さんにお尋ねしてみました。改札口に出てる方はだいたい決まってるので顔見知りになっていると、いつか申していたものですから」

「ええ」

「昨日、五時五十八分の沼津行か、それ以後でも、主人が降りてきたかどうかと尋ねたんですけど、どうも改札口を通らなかったみたいな返事なんです。いえ、それはもう毎日何万人も乗降客のある駅ですから、はっきり憶《おぼ》えてらっしゃるわけはないんですが、でも、夕方のラッシュのうちでも、四時から六時までと、七時から九時半頃までがとくに混《こ》んで、六時台はちょっと中休みになるそうです。それで改札係のみなさんに訊《き》いてくださったところ、どなたも主人が降りてきたのを見た憶えはないとおっしゃるそうで……」

「うむ……」

「そのあと、直子と手分けして、駅から家までの道をずっと見て歩いたんですけど。もしや倒れてでもいないかと……」

紀和子は思わず涙声になった。

「雨の中を大変でしたね」

谷岡は直子にも労《いたわ》りの目を向けた。直子があまり丈夫でないことも知っているのだ。

「いえ」と、直子は目を伏せたまま頭を振った。

「——すると、今のところとくに手掛りはないということでしょうか」

彼は二人を見較《みくら》べた。

「………」

「その場合、少し早すぎるようでも、とりあえず警察に捜索願を出されてはどうかと思うんですが」

「捜索願……」

「これは常務の意見でもあるんですが、部長が工事のトラブルなどに巻きこまれたとは、考えにくいのです。部長の仕事は、施工《せこう》に関する技術的なとりまとめが主で、直接現場は担当しておられなかったわけですから。従って、会社としても、心当りを調べようもない。むしろ、われわれのまったく予想外の原因で行方不明になられたとすれば、早く警察に依頼したほうがいいのではないかと……」

捜索願、ということばに、紀和子は異常なショックを受けて、心臓の鼓動ばかりが苦しいほどうってくる。

と、直子が顔をあげて、意外にきっぱりした声でいった。

「私もそう思います。父は、ちょっと遅くなるだけでも、家へ電話してくれたんです。それができないような状態だとすれば、一刻も早く警察に捜し出してもらわなくては」

茅ヶ崎警察署へは、やはり紀和子が行くことにした。谷岡も付添ってくれる。

「それなら私は家で待ってます。お父さまから連絡があるかもしれないから」

二時まえにタクシーを呼んで、二人は警察署に向かった。

古くからの住宅地の細い道から、すぐ広いバス通りへ出る。

大通りはほぼ真直《まっす》ぐに、バス停三つで駅へ達する。駅に近付くほど、小さな商店が密に並んでいるが、雨が降りしきる街路には人影も少なく、寒々しく見えた。

「毎日この道を歩いて通われてるんですね」

「バスもあるんですが、健康のためと申しまして。帰りに雨が降ればタクシーに乗ってますけど」

「ぼくもさっきタクシーを使ったんですが、台数があんまり多くないみたいですね。しばらく待たされました」

「夜には並んで待つそうで、たまにほかの方と相乗りしてきたりするんですよ」

駅の三百メートルほど北を国道一号線が走り、茅ヶ崎警察署はそれに面した鉄筋の三階建だった。

「行方不明者の捜索願」と受付で谷岡が告げると、新館三階の防犯課へ行くようにいわれた。

防犯課では、衝立《ついたて》に囲われたソファへ案内され、やがて四十代なかばくらいの私服の人物が二人と対座した。

谷岡が名刺を出し、紀和子を紹介した。相手は「防犯課長の堤《つつみ》です」と名乗った。

事情の説明は主に紀和子がして、時々谷岡がことばを添えた。

一通り聞き終ると、今度は堤のほうから、曽根寛の年恰好、服装、身体的特徴などを質問した。曽根は中肉中背で、ほとんど銀髪。比較的整った容貌《ようぼう》といえるが、逆にこれという特徴を挙げにくい。

「手術の跡などはありますか」

「いえ、手術は一回も……」

「歯はどうです？　金歯など塡《は》めておられましたか」

「たぶん奥のほうに二、三本は……」

堤は紀和子にできるだけくわしく思い出させ、要点をノートにメモした。

「失礼ですが、御主人は特定の女性と親密に付き合っておられたということはありませんか」

「いえ、それはないと思います」

紀和子の直観はやはりそちらへおさまってくるのだ。

「仕事上のトラブルに巻きこまれた可能性も少ない？」

これは谷岡に念を押す。

「はい」

「最近何か妙な素振りとか、変ったことなどもなかったわけですね」

「いえ……」

紀和子もすぐには思い当らない。

「わかりました。では、家族の方が捜索願を提出してください。それとこういった特徴をファイルにして、県警本部などから照会があったさいにはチェックしますから」

「あの……それだけなんでしょうか」

谷岡がいささか拍子抜けした顔で尋ねた。

「ええ、ですからこれが明らかに事件に巻きこまれた形跡があるとか、誘拐をほのめかす電話が掛ってきたとか、そういった場合には直《ただ》ちに刑事課が捜査に着手するわけですが、一般の家出人では、それぞれに個人的な事情もあるでしょうし……」

「いえ、家出なんて、主人は絶対に――」

「いやまあ、家族の方はたいていそうおっしゃるんですが、実際には、何日かたってご本人から連絡があったり、どこかよそで暮していることがわかったというようなケースが大部分なんですよ。わたしは防犯ひとすじで二十年やってきた者ですが、自分の経験でも、家出人が事件に巻きこまれていたという例は一件もなかったですねえ」

しばらくは静観し、十日以上たっても消息がわからなければ、また新たな対策を検討する。それが防犯課長の判断であった。

〈家出人捜索願〉の用紙に紀和子が必要事項を記入し、それを受理してもらうと、二人は辞去するほかなかった。

「警察にとっては、行方不明者はみんな家出人なんですねえ」

雨の降りしきる一号線の前に佇《たたず》んで、谷岡が嘆息した。

「主人が家出するなんて、ほんとに絶対考えられませんわ」

「もちろんそうなんですが、当面は自分たちの力で手掛りを捜すしかないかもしれませんね」

しかし、これ以上どこに手掛りを求めればいいのだろう……？

呆然《ぼうぜん》としている紀和子の胸中を察して、谷岡がつとめて明るい声でいった。

「奥さま一人ではとても大変でしょうから、土木工務部の者何人かが手分けしてはどうかと思います。常務に相談するためにも、奥さまが一度会社までお出《いで》になりませんか」

楠田常務は、寛より三年ほど入社が早く、若い頃には何度も同じ現場を経験した気心の知れた先輩だと聞いていた。

「なんなら今日一日待ってみて、明日にでも」

「いえ、今日伺います」

それで二人はタクシーを拾って、いったん帰宅した。

寛からは依然音沙汰《おとさた》がないと、直子がいう。

直子も昨夜からの心労でやつれた顔をしていたが、今日のうちにも紀和子が上京することに賛成した。

谷岡と紀和子は、三時四十一分に茅ヶ崎を出る上り電車に乗った。

熱海発の各駅停車は、逆コースなのでガラガラにすいている。

車窓から海は見えず、林と田圃《たんぼ》がいりまじっている。鳥居のあるこんもりした森のそばに、巨大なプラントが建っていたりする。

風景は雨の幕に烟《けむ》って、工場の窓には蛍光灯《けいこうとう》が点《とも》っていた。

夫は朝夕この景色を眺《なが》めながら通勤していたのだ。

四季のめぐりを、もう十二回経験していたことになる。一家が東京から茅ヶ崎へ移ったのは、直子が十歳の春で、小児喘息《ぜんそく》の転地療養のためだった。海のそばで松の木のあるところがいいといわれて、子煩悩《こぼんのう》の寛は今の場所に百坪の土地を求め、家を建てて松の木も植えた。

その効あってか、幸い直子の喘息は全治したけれど、十三年目にこんなことが起こるなんて……！

きっと何かの行きちがいなのだ。事情がわかればあとで笑い話になるわ。

紀和子は祈るように目をつぶった。

電車は四時四十六分に東京駅へ着いた。

東京はもう夕闇《ゆうやみ》の暗さで、ホームの電光掲示が冷え冷えと輝いて見える。

「ああ、8番線に着いたわけですね」

グリーン車からホームに降りた谷岡がいった。

「部長がいつも乗られる沼津行もこの8番線から出るはずですよ。仕事の話が長びいた時に、ぼくはホームまでお伴《とも》してきたことがありましたから」

「四時五十七分の沼津行ですか。主人が昨日乗るはずだった？」

「そうです。だからこの車輌《しゃりょう》が折り返し運転になるのかもしれませんね」

なるほど〈今度の発車は〉と書かれた矢印の下には〈16：57　沼津〉と表示が出ていた。

「じゃあ、このグリーン車に、主人も乗るはずだったんですね？」

紀和子は無意識に「はずだった」を繰返している。それは彼女の第六感が、夫はその電車に乗らなかったと信じている証拠かもしれなかった。

沼津行に乗車しなかったのならば、夫は東京駅で姿を消してしまったということになる。

紀和子は階段を降りずに、ホームの上を歩いていった。

普通車のドアの位置には、チラホラ人が並び始めている。車内は清掃中で、すぐには乗れないのだ。

紀和子はホームの端まで行って、またゆっくり引き返してきた。夫の足どりの痕跡《こんせき》でも見つからないかと、漠然《ばくぜん》と期待していたが、そんなものが残っているわけもなかった。

二輌のグリーン車の前には、まだほとんど人はいない。

谷岡が立っているそばまで紀和子が戻ってきた時、北口の階段を、七十歳前後くらいの男が上ってきた。

その人はグレーの背広を着て、右手に小型バッグをぶらさげ、左手には新聞を持っている。

彼は慣れた足どりでグリーン車のほうへ歩み寄ってきたが、紀和子と目が合うと、いっとき視線を止めた。

やがてその顔に、人なつこい笑いが浮かんだ。

「いやあ、奥さん、この間は失礼しました」

前髪のうすい広い額に、横皺《よこじわ》が三本寄っている。

かすかな記憶をたぐっていた紀和子は、あっと声をたてそうになった。一瞬、期待が叶《かな》ったような気がした。

もしかしたらこの人が、何か夫の手掛りを——？

第二章　閉鎖通路

1

「あの、主人が電車でよくごいっしょさせていただく……？」

相手の名前がすぐに浮かばない紀和子は、憶《おぼ》えていることを口に出した。

「そうですよ。この間は駅からタクシーに相乗りさせてもらいました」

初老の男は気さくな笑いで口許《くちもと》をほころばせた。

まだひと月とはたたない九月二十日すぎ頃《ごろ》、あの晩は仕事の都合でいつもより遅めの東京発六時二十四分の下り国府津《こうづ》行に乗車した夫は、七時四十分頃帰宅したが、その時目の前のこの人物と同じタクシーに乗ってきた。夕方から降り出した雨が大分烈《はげ》しくなっていて、そんな夜は駅前にタクシーがなかなか着かない。行列して待つこともあると聞いている。

それで夫は、顔見知りのこの人と相乗りしてきたらしかった。

傘《かさ》を持って門まで出た紀和子に、彼はわざわざ車を降りて挨拶《あいさつ》した。どこかの会社の役員だと、夫に紹介されたが、その会社の名が、先に彼女の記憶に浮かんだ。

「確か、東日製菓の相談役でらっしゃる……」

「早田《はやた》です。いや、ご主人とは帰りの電車でしょっちゅうお会いしましてね。わたしも会社が八丁堀《はっちょうぼり》にありまして、茅ヶ崎から通勤しているんです。帰りは早い時がこの沼津行で、遅いとこの間の六時二十四分あたりです。それで週に一、二回は同じ電車に乗り合わせるんですよ」

その時間帯の下り電車のグリーンはまだすいていて、たいてい窓ぎわに一人ずつ掛けられる。だから並んで話すようなことはめったにないが、十年以上も同じコースで通勤していれば、おのずとたびたび顔を合わせる。茅ヶ崎のホームに降りてから改札口まで、世間話しながら歩いたりする機会が重なるうち、いつのまにかお互いの会社や役職、家の場所くらいはわかってしまうものだと、先日夫は話していた。早田の家は、紀和子たちよりもう少し東の海岸寄りにあるので、寛が先にタクシーを降りた模様だった……。

「今日は、ご主人とごいっしょに……？」

「いえ」

早田は周囲を見廻《みまわ》した。紀和子もこれから乗るところだと思ったらしい。

紀和子は頭を振ってから、一歩早田に近付いた。

「あの、つかぬことをお伺いいたしますが、早田さんは昨日もこの沼津行にお乗りになりましたか」

「昨日ですか。ええ、そうでしたね。朝早い代り、夕方用のない日はたいていこれですから」

「では、昨日主人にお会いになりませんでしたでしょうか」

相手はちょっと瞬《まばた》きしたが、すぐにその視線を空間に止めた。

「いや……お会いしなかったと思いますが」

「………」

「うむ、たぶん乗っておられなかったですよ。これだといつも茅ヶ崎でグリーン車から降りる人は三、四人なんです。だから、たとえ車内ではわからなくても、ホームでお会いしてご挨拶したりするんですが」

「昨日は、主人は電車から降りてこなかったわけですね」

「ええ。しかし、それが何か……?」

怪訝《けげん》そうな早田は、紀和子の斜め後ろに立っている谷岡にはじめて気が付いたように、二人を見較《みくら》べた。

紀和子は返事に詰り、谷岡が挨拶しようかどうかと迷う表情になった時、電車のドアが開いた。車内の清掃が終ったのだろう。

　普通車の位置に並んでいた人たちが乗車したが、グリーン車にはまだ数人しか乗ってこない。揃《そろ》いも揃って五、六十代の重役風で、手に新聞や缶《かん》コーヒーなど持って、一人ずつ窓ぎわに腰をおろした。

「奥さんもこれからお帰りですか」

「いえ……今さっき東京へ着きましたところで……」

「ああ、そうだったんですか」

　何か事情があるらしいと、早田は察した様子だ。少しの間紀和子を見守っていたが、彼女が黙っていると、

「じゃあ、失礼します」

　彼は会釈《えしゃく》して、車内へ入っていった。

「やっぱり主人は昨日、これに乗らなかったんですね」

　谷岡と並んで歩き出しながら、紀和子は確信的に呟《つぶや》いた。

「今の方の話は、まちがいないみたいでしたね」

　谷岡も頷《うなず》く。

「そうすると、部長は国際観光の前で車を降りられて以後、このホームで電車に乗られるまでの間に、誰かと会って、急用でどこかへ行かれた。それしかないみたいですね」

「でも会社では、そんな用件は考えられないのでしょう?」

「ええ、今のところは」

仕事でない急用とはどんなことであろう?

急用というより、何か突発的な事態が発生したとでも考えなければならないのではないか?

しかし、谷岡が東京駅に問合わせてくれた話では、昨日は構内やホームで人身事故や急病人などは発生していないという。これだけおおぜいの人のいる駅の中で、大の男を暴力で拉致《らち》するなんてこともできるはずはないし、そんな事件が起きていれば、当然駅員に報告されていただろう……。

二人は無言になって、中央階段を降りた。

足許《あしもと》を見て下っていた紀和子は、階段の途中にポツンと埋めこまれている六角形の銘板が、通りがかりに目に止まった。

が、すぐまた目を離して、歩き続けた。

ほとんどの人が気付かずに踏んで歩いているそのプレートが、何の印か、紀和子は知っている。

昭和五年十一月、公用で特急〈つばめ〉に乗車するため、ホームを歩いていた浜口雄幸《おさち》首相が、見送りの人々の陰にひそんでいた青年に、モーゼル拳銃《けんじゅう》で狙撃《そげき》されるという事件が起きた。首相はその傷がもとで、翌年八月に死去した。

撃たれたあと、彼が「かかることは男子の本懐」といったと伝えられているが、実は側近がそばで囁《ささや》いたのを復唱しただけだとか、全然別の台詞《せりふ》をいったとか、諸説があるらしい。

プレートは狙撃された現場の印で、昭和二十年の空襲で消失する以前の駅では、ここはホームだったのだ。

紀和子はその話を、何年か前、夫といっしょにこの階段を通った折に教えてもらった。狙撃事件は一通り知っていたが、現場にこんなマークがつけられていることなど、思ってもみなかった。長年朝夕の通勤で通る上、会社の仕事で新幹線工事にも携ったことのある夫は、当然ながら東京駅についていろいろ詳しかったようだ。

首相暗殺の現場はもう一ヵ所あるとも、その時聞いた。

浜口首相の事件よりもっと古い大正十年、日本初の平民宰相・原敬《たかし》が、朝の列車で京都へ行くために、駅長の先導で丸の内南口を歩いていた時、群衆の中から躍り出た若い男に短刀で胸を一突きされ、駅長室に担《かつ》ぎこまれたあと亡《な》くなった。

その現場にも同じ銘板が埋められているそうだが、紀和子はそちらはまだ見たことがない。

東京駅では、つまり二人の首相が暗殺されたわけである。

東京駅は大正三年の開業だと記憶しているから、以来七十年あまりの営みの中では、そういう歴史に残る事件ばかりでなく、さまざまな人々の、数えきれない出来事が、起きてはまた忘れ去られていったのにちがいない。

そんな思いが、風のように紀和子の心を流れすぎた。

さまざまな人々の、人生や生死を左右する出来事が……。

2

八重洲中央口の改札を出た谷岡は、北口のほうへ歩いていった。午後五時まえでは、駅はまだわりにすいた感じだ。

「部長はいつもあそこを通っておられたんですが」

彼は斜め先の、ガラスドアが開放されている駅の出入口を指さした。八重洲北口の改札を出れば、まっすぐ前方にある出入口である。

ブロンズ像とDPEの店のそばを抜けて、二人は駅の外へ出た。

戸外はすっかり暮れ、相変らず冷たい雨が降りしきっている。

国際観光会館のビルの横を通って、駅前の外堀《そとぼり》通りまで行ってみた。

左へ曲ると、ホテル国際観光の正面玄関があり、歩道の上に日除《ひよ》けが張り出している。

「この日除けの前で、部長は毎日会社の車に乗り降りしてらしたんです」

谷岡が立ち止まって説明した。

「ですから、昨日の夕方も、四時四十五分頃、ここで会社の車をお降りになって、駅のほうへ歩いていらしたそうです。そこまでは運転手がはっきり見ています」

二人は自然と、寛の通ったあとを辿《たど》るように、今来た道を引き返した。

「ぼくも部長と仕事の話が長びいた時など、ホームまでお伴《とも》してきたことが何度かありますが……」

また駅の出入口まで戻ってきた。

ここから入れば、正面に八重洲北口の改札がある。すぐ左手にDPE店とブロンズの親子像、右手にはキヨスクが明るい電光を点《とも》し、あふれるほどの商品を並べていた。

「朝も夕方も、北口の改札を通っていらしたようで……」

再び立ち止まった彼は、右側のキヨスクへ視線をめぐらした途端、ハッと何か思い当ったような顔をした。

「そうそう、部長は必ずここで夕刊を買われたはずですよ。毎日この店に決まってるんだとおっしゃってました」

「ああ、そのことは私も。朝は家にくる朝刊を持って行きますが、帰りは、東京駅の通り道の売店で夕刊を買って、電車の中で読んでくるんだって」

「買うのは日々経済新聞のはずです。家ではほかのを取ってますので──」

紀和子のことばが終る前に、谷岡はキヨスクへ歩み寄っていた。

菓子、煙草《たばこ》、牛乳、ジュースなどの飲み物、それに新聞、雑誌等々、多種類の商品を揃えてある店の中には、四十歳前後の女性販売員が一人いた。明るい紺のカーディガンスーツの胸に、〈KIOSK〉とピンクの縫い取りがある。

「あのう、ちょっとものをお尋ねしますが……」

谷岡が声をかけると、相手は「はい?」と丸い目をむいた。愛敬《あいきょう》のある童顔の女性だ。

「毎日、夕方の今頃か、もう少し遅い時間に、ここを通って、日々経済の夕刊を買う人がいるでしょう? 齢《とし》は六十くらいの会社役員風で……」

「ええ、そんなお客さんはおおぜいおられますけど」

「中肉中背で、髪はほとんど銀髪……あなたと顔見知りだったはずですよ。いつかいっしょにここを通って、その人が夕刊を買ったら、あなたが『お帰りなさい』なんていってたから」

「ええ、ええ、そういうお馴染《なじみ》さんが何人かいらっしゃるんですよ」

彼女は八重歯を覗《のぞ》かせて苦笑した。

「私はここの受け持ちが長いもんですから。朝夕必ず利用してくださる方は、こっちも煙草の種類なんか憶えちゃって」

「主人も十二年間、毎日ここを通ってるはずなんです」

紀和子も思わずことばを添えた。

「新聞を買うのは夕方だけだったかもしれませんけど」

「たいていブルーかグレーの背広で、こういうバッジを付けてるんですが」

谷岡は自分の背広の襟《えり》をつまんで見せた。帝都建設のバッジは赤と金で、比較的目立つデザインである。

相手はそれに目を凝らした。

「あの、それから、時々おやつ用の昆布《こんぶ》を買ったかもしれません。煙草をやめてからよくあれを……」

「ああ」と、彼女は眉《まゆ》をあげた。

「それなら、たぶんあの方だわ。東海道線に乗られてたんじゃないですか」

「そうです。茅ヶ崎から通ってましたから」

「ええ。だいたい湘南電車が出る前にここに寄られましたものね。——でも、あの方がどうかなさったんですか」

「………」

「何か忘れ物でも？」

「いや……つかぬことを伺いますが、その人は昨日もここで新聞を買ったでしょうか」

谷岡が、核心の質問を口に出した。

「昨日の夕方四時四十五分くらいです」

相手が首をひねった。

「昨日は雨は降ってなかったですが、その時分から風が吹き出して、少し寒くなってましたね。四時四十五分頃だと、まだこのへんもそんなに混《こ》んでなかったと思いますが……」

「ああ」という小さな呟きが、再び彼女の口をついたのは二、三秒もたってからである。

さっきよりも低い、微妙な驚きを含んだような呟き——。

「あの方、確かに昨日もここを通られましたよ」

「ほんとですか」

「ええ。思い出しました」

「一人で？」

「たぶんそうだったと思いますけど」

「新聞も買ったんですか」

「いえ……それが昨日はちょっとおかしかったんですよ」

「え？」

「いつものようにそこから入ってらして、店の前を通る時、あの方、チラッと私のほうを見たんですよ。それで私が笑いかけたんですけど、なぜかすぐ顔をそむけて……なんというか、上の空で私のことも目に入らないみたいな様子で、どんどん歩いていってしまわれたんです」

「新聞も買わないで？」

「そうなんです。あんなこと、はじめてでしたね」

「四時四十五分頃ですか」

「ええ、その時分でしたね」

「あの、その時、連れはいなかったんでしょうか」

紀和子が念を押して尋ねる。

「いなかったような気がしますけどねえ。とにかく、誰かと喋《しゃべ》りながら歩いてる、なんてことはなかったですよ。一人で急いで行くって感じで」

「どっちの方向へ行ったんですか」と谷岡。

「改札口のほうだと思いますけど」

三人は一様に、そちらへ視線を向けた。

このキヨスクの前に立つと、まっすぐ先に北口改札が見える。改札の手前の右側は出札所。出札所までの途中には、別のキヨスクが二軒ほど開いていた。

「あの改札口を入ったんですね」

「いえ、そこまではは っきり見なかったから……」

彼女はまた首を傾《かし》げたが、その横顔には、真剣に記憶をさぐる表情が浮かび出ていた。

「そういえば、もうひとつ、いつもとちがうなって感じたのは……でも、これはたまたまのことだったかもしれませんけど」

「いや、どんなことでもいってみてください」

「あの方ね、どっちかといえば、左寄りのほうを歩いて改札口へ行かれるんですよ。そんなのもお客さん一人一人の習慣でね……」

彼女は、改札へ通じるコンコースの左手を指さした。緑色の看板を掲げた〈案内コーナー〉があって、時刻表やオレンジカードも扱っているようだ。

「ふだんは案内コーナーのそばを通って行かれるんですけど、昨日はもっと右のほうへ、どんどん歩いていらしたんです」

「あちらのキヨスクの方向ですか」

「ええ」

その場から少し離れて、二軒のキヨスクの付近をすかし見ていた谷岡が、戻ってきて、

「あの店の後ろにエスカレーターがあるみたいですね」

「ああ、地下の名店街へ降りるエスカレーターでしょ」

「それに乗ったんでしょうか」

「いえ、そうでもなかったみたい」

「すると、出札所にぶつかりますね」

「そうねえ……なんかこう、出札所の右側をもっと向こうへ行かれたような気がするんですけど、とにかくずっと見てたわけじゃないですから……」

彼女がまだ何か憶えていないか、少し待ってみたが、それ以上のことは思い出せそうになかった。

二人は礼をのべて、キヨスクを離れた。

ともかくまた寛の足跡を辿るように、今教えられた方向へ歩き出す。

二軒並ぶキヨスクとエスカレーターのそばを通りすぎて、出札所の前まで来た。

「出札所の右というと、こっちへ曲ったのかな」

谷岡が独り言に呟く。右へ曲ったコンコースの先には、ほかにもいくつかのキヨスクと、突当りは〈にっしょく〉のレストランがあるようだ。

「右側をもっと向こうへって、いってましたわね」

彼女の指の動きも、寛らしい人物が直角に右へ曲ったというより、出札所の右側をまた奥へと入っていったような印象を伝えていた。

「じゃあ、丸の内側へ抜けられたわけでしょうか」

出札所の右側には窓口はなく、壁にそってコインロッカーが並んでいた。その横を進んでいくと、〈丸の内側への通路〉という黒地に黄文字の標示が天井から下っている。入場券を買わずに駅の反対側へ抜けられる、いわゆる自由通路である。

幅六メートルほどの比較的新しい通路には、蛍光灯《けいこうとう》が明るく輝き、両側の壁の広告にも灯《あか》りが点《とも》っている。五時をすぎて、構内には人がふえてきた。

「丸の内側へ抜けてしまわれたとすれば、その先はもう探しようもありませんねえ」

谷岡が溜息《ためいき》をついた。紀和子も身体《からだ》の力が抜けていきそうな失望に襲われた。

ほんとうに、夫に何が起きたというのだろう……？

しかし、紀和子の視線は、自由通路の先から、また身辺に戻って、なおも周囲をさ迷っている。

あきらめきれないというか、何かまだ見落としているような気がする。大事な手掛りがこのへんのどこかに潜んでいて、それを見過してしまえば、もう永久に夫のそばへ辿り着けないような、切迫した緊張感に捉《とら》えられ、心臓が激しくうち始めている。

その彼女の視線が、真正面で止まった。

「あれは……あれはどこへ行くドアでしょう？」

出札所の右側の壁にそってまっすぐ進めば、閉ざされた二枚の灰色のドアに突き当るのである。そのまた右に、自由通路がひらけているのだ。

だから、「出札所の右側をもっと向こうへ」行った者は、そのドアを通過するか、もしくは自由通路を抜けていくということになる。

「あれは駅の事務室かなんかでしょう」

谷岡は問題にもしない顔だ。うす汚れて閉ざされたそのドアは、一般の乗客が立入る場所ではないことを、無言で物語っていた。

「そこは関係ないんじゃないですか」

そういいながら、彼も紀和子のあとについて、そちらへ歩み寄った。

灰色のドアの右側には、またコインロッカーが並んでいる。

二枚の鉄のドアはずいぶん古ぼけて、下の部分では塗料がはげている。そばを通る人も、見向きもしなかった。

「鍵《かぎ》がかかってるでしょう」

ステンレスのノブを、谷岡が試しに捻《ひね》ってみた。と、意外にドアは手前に開いた。

つぎの瞬間、かすかな嘆声が二人の口から洩《も》れた。

事務室か機械室かと思っていたドアの内側には、また一本の通路がのびていた。

ほの暗く荒れはてた、明らかに現在使用されてない通路とわかるが、それは目の届く先までのびて、奥はうす闇《やみ》に包まれていた。

その通路の中途に、一人の男が立っているのを紀和子は見た。

彼も紀和子を認めると、こちらへ歩き出した。

ない！

七三に分けた銀髪。眉の下に少しくぼんだ穏やかな目で紀和子を見守る表情をたたえ、彼はゆっくりと歩み寄ってきた。チャコールグレーの背広の上にバーバリーのコートを羽織り、チョコレート色の小型バッグのベルトに手を通してぶらさげながら……寛にちがいない！

「あなた！」

紀和子は走り出した。

どれほどか走って、驚いて足を止めた。目の前に階段があった。足許《あしもと》が暗くて気が付かなかったのだ。

通路の途中の十段あまりの階段をのぼりかけて、また先を見た紀和子は、「あっ」と息をのんだ。寛の姿が消えていた。

そんなはずはない。すぐそばまで来ていたのに。

紀和子は階段をかけ上り、なおも先へ走った。

だが、もう誰もいなかった。

「あなた……」

コンクリートの筒のような通路の先から、湿った風が冷え冷えと流れてきた。

3

「今そこに、主人がいたんです」

「いや、人は誰も見えませんでしたよ」

谷岡の声が、紀和子にはなだめるような、憐《あわ》れむような調子に聞こえた。

私はまた夫の幻を見てしまったのだろうか？

昨夜、風で揺れる庭木のシルエットを見て、夫が縁側のガラス戸を外から開けようとしている姿と錯覚した。

でも、今のはもっと鮮やかで、紀和子はまだ半分、ほんとうに寛ではなかったかと疑っている。

もしあれも幻影だったのなら……それはなんともいえない恐怖に似た胸騒ぎをつのらせた。

「しかし、この通路はまるっきり閉鎖されてるってもんでもないようですね。一応電気が点《つ》いてるし……工事中なのかな」

幅三メートル弱ほどの通路には、点々と蛍光灯が光り、古ぼけた広告を照らし出している。〈お買物は大丸へ〉、〈村田簿記学校〉――。

左側はクリーム色のタイルの壁、右側にはずっとベニヤ板が貼《は》られているが、それがあちこちではがれて、内側の瓦礫《がれき》をむき出しにしていた。

谷岡が先に立って、もう少し奥へ進んだ。

今度は十段ほどの下り階段。

紀和子が再び足を止めたのは、今しがた寛の姿が消えたあたりである。

その左側には、一枚の汚れた肌色《はだいろ》のドアが閉っていた。ドアの上部のまん中に、〈7〉の数字が記されている。

その時、通路の先にうすい光が射《さ》し、人影が現われた。紀和子はドキリとしたが、その人物は左手のドアを閉めると、しっかりした靴音《くつおと》を響かせてこちらへやってくる。

黒っぽい背広で書類封筒を抱えた五十くらいの男が、二人を見咎《みとが》めるように近付いてきた。

「どちらへ行かれますか」

「ここは……この先はどこへ出るんですか」

谷岡が逆に尋ねた。

「丸の内側に通じてるんですが、今は工事中で行き止まりです」

「ああ……ここは以前使われていた通り抜け通路じゃないですか」

「そうですよ。新しい自由通路ができたので、こっちは閉鎖されたんです」

男はベニヤ板の側を指さした。

「でも、ここはまだ何かに使われているんでしょう？」

「この先は、日本食堂の事務所と、キヨスク関係の倉庫や更衣室があるだけです。今、鍵をかけるところですから――」

彼はポケットから鍵を取り出し、紀和子たちが入ってきた後ろのドアを目で示した。だから出ていってほしいと、促している顔だ。

「あの、実は家族の者が行方不明になりまして、ここへ入りこんだんじゃないかと思われますので……」

紀和子は夢中で口走っていた。

「あのドアの外で姿が見えなくなったようですから、一通りこの通路の中を調べさせていただけないでしょうか」

吃驚《びっくり》している相手に、谷岡が最小限の事情を伝えた。

「うーむ、でもねえ、調べるといったって、人が一晩も潜んでいられるような場所はないと思うけど……それじゃあ一応、駅の助役さんにでも頼んでみてくれませんか。ここはJR東日本の管轄《かんかつ》だから、そっちへ電話してあげますよ」

彼は、通路を引き返してくれた。

さっき彼が出てきたドアには、〈日本食堂㈱東京駅営業所〉といったプレートが貼られていた。

中は、デスクとロッカーなどのある雑然とした事務室で、誰もいなかった。

日本食堂の人が、駅長事務室の番号を調べて、デスクの上の電話機でダイヤルした。

少し話してから、谷岡が替った。

谷岡はまたあらましの事情を伝えた。最初はこっちへ来るようにといわれたらしいが、現場で説明したほうがわかりやすいからといって、結局助役がこちらへ出向いてくることになった模様だ。

「とにかく通路の外に出て待っているようにということでした」

それで、三人はまた事務室を出て、八重洲側へ向かって歩き出した。

「この通路は、ぼくもよく通った憶《おぼ》えがあるんですが、いつ閉鎖になったのですか」

「五十八年三月に、あっちの新しい北口自由通路と切り替えになったんです」

「すると、現在自由通路というのは、その一本だけですか」

「いや、北口改札口の向こうに――」

彼はタイルの壁の側を指さした。

「もう一つ、これと同じような半地下の古い自由通路があります。それは現在も使われてますが、いずれあと一本新しいのが造られて、そっちも閉鎖になるそうですよ」

「ははあ」

谷岡は地下鉄で通勤しているので、さほど東京駅に馴染《なじ》みはないのだろう。

日本食堂の人がドアを開けて、三人は外の明るいコンコースへ出た。

汚れた灰色のドアが閉まると、もうその内側に古い通路が横たわっていることなど、想像もつかない感じだ。

「このドアは、ふだん開いているんですか」

谷岡がまた尋ねた。

「朝九時から、夕方の五時か五時半くらいまでは、鍵があけてあります。わたしが帰りがけにかけていくんですが」

それなら、昨日四時四十五分頃、夫がここの前に来た時、鍵はかかっていなかったのだと紀和子は思った。
二、三分も待つうち、ダークブルーの上下の制服に、同じ色の赤線と金筋一本が入った帽子の四十年配の人が、急ぎ足で歩み寄ってきた。
「さっき電話された方ですか」

「そうです」と谷岡が頷《うなず》く。

「わたしは乗客助役ですが」

助役は胸に〈石川〉という名札をつけていた。

「じゃあ、ぼくはこれで失礼しますから」

日本食堂の人が助役にいった。

「この鍵は、あけときますか」

「ああ、わたしも鍵を持ってきたから」

日食の人が歩み去ると、谷岡は助役に名刺を渡し、紀和子を紹介した。

彼はもう一度助役に事情を説明しなければならなかったが、今度はさっきよりくわしく話した。

「——それで、あそこのキヨスクの人が、ここらまでは確かに姿を見ているんです。ここから先がわからなくなって……」

「それなら丸の内側へ抜けられたんでしょう」

助役も当然のようにいう。

「ええ、でも、丸の内側へ出て、どこかへ行ったのなら、主人は必ず家に連絡してきたはずなんです。もし事故に遭ったとしても、身許はすぐわかりますから、やはり知らせがくるはずです。万一、誘拐《ゆうかい》されたというような場合にも——」

紀和子は涙混りになりかける声をけんめいに励まして続けた。

「今まで何もいってこないというのは、おかしいと思います。としたら、たとえば主人がうっかりこのドアから中へ入ったまま……」

「だけど、先は工事中で行き止まりですからね。うっかり入ったのなら、また戻ってこられますよ」

「それが、たとえば急病とか怪我《けが》をして、出られなくなってしまったら……」

そうだ、東京駅構内には、こういう目立たないドアがいくつもあるにちがいない。一般乗客が何かの拍子でその中へ迷いこんでしまうという可能性もあるわけだから、そういった場所を一つ一つ検《あらた》めてみなければならない。

紀和子の思考は、いささか常軌を逸していたかもしれない。しかし、それは理屈ではなく、彼女は、頭の中で強く囁《ささや》きかける声に従っていた。

「とにかく、一通り調べていただけば、すぐはっきりすると思いますから」

谷岡がなかばなだめるように頼んだ。

助役は改めて彼の名刺を見ながら、首をひねって思案している。

そこへ、白い上っ張りを着た若い男が近付いてきた。彼は三人を少し怪訝《けげん》そうに見やったが、ドアのノブを捻って、それが開くと、通路の中へ姿を消した。

「日食の人が帰ってからも、出入りがあるんですか」と谷岡。

「ええ。日食の事務所の責任者が、帰る時に鍵をかけていくことになってるんですが、そのあとキヨスクやレストランの人が戻ってきた時には、自分の鍵で入るわけです。ですから、万一お客さんの事故など起きたとしても、いつまでも見つからないなんてことはありえないですね」

だがそれで、彼は少し気楽な感じになって頷いた。

「わかりました。それじゃあ、一応中を見ていただきましょうか」

紀和子と谷岡は、助役のあとから、再度閉鎖された自由通路へ足を踏み入れた。

「ここも工事中みたいですね」

谷岡が右側のベニヤ板のはがれ目から中を覗《のぞ》きこんだ。

「ここは以前、コンベアーを入れて土を運んでたんですが、今はガラクタ置場ですね。まあそのうち全部きれいになりますが」

紀和子も谷岡にならって、板の裏側を注意深く眺《なが》めたが、ガラクタ以外は目に入らなかった。

階段を上って、また下る。

左側に最初に現われる扉《とびら》は、肌色の一枚のドアで、鉄が古ぼけて、汚れきっている。何の標示もなく、ただ上のほうに〈7〉とマジックの黒文字が記されている。といって、ほかに5や6のドアが並んでいるわけではなく、それだけがポツンと孤立していた。

「ここはどういう部屋なんですか」

紀和子が尋ねた途端、助役はなぜか一瞬あわてたように顔をしかめた。

「いや、これは……これは関係ありません」

「使われてないんですか」

「使ってないですよ。ここ何年も、全然開けたこともありません」

否定が強すぎるみたいで、紀和子はちょっと奇妙な思いでそのドアを眺めた。

ドアの右上のタイルに、小さなプレートが貼られていた。紀和子は伸びあがって、中の文字を読んだ。同時に、何かハッとしたショックに胸を襲われた。

〈建物財産標・霊安所1号・昭34年3月23日〉――。

「霊安所？」

後ろで谷岡が声をあげた。

「なんですか、これは？」

「ですから、駅の中で飛び込み自殺などがあった場合、その遺体を、引き取り手がくるまで安置する霊安室ですよ。ですが、もうここ数年使われていません。わたしらも忘れていたくらいです」

「遺体が出ないからですか」

「そうですよ。ここは掃除もしませんからね。開けるとお客を呼ぶといわれているんです」

助役はいやいや話している口吻《くちぶり》だ。早くその前を立ち去りたい。できればそんな部屋の存在すら、外部の者に知られたくないという顔つきで――。

「鍵がかかってるんですね」

「もちろんですよ」

谷岡はここでも念のためという仕種《しぐさ》で、ノブを捻った。

「あっ」という声が、同時に三人の口をついた。

数年間も開けられてないはずの霊安室のドアが、開いたのである。

第三章　7の扉

1

　ドアが開いた途端、なんともいえない独特の臭気が、冷たく湿った風と共にこちらへ流れてきた。

「あっ」と声をたてたあと、三人は思わずその場に立ちすくんで、内部をすかし見た。

　通路の蛍光灯《けいこうとう》が、奥行のありそうな部屋の入口付近をぼんやりと照らし出している。白壁に囲まれ、天井は教会か何かを連想させるアーチ型にくり抜かれているようだ。

「霊安室……なんですね、ここが」

　谷岡が少しかれた声でいった。

「おかしいな、鍵がかかっていたはずなんだが」

　石川助役はやや憮然《ぶぜん》とした声で呟《つぶや》き、谷岡が開けたドアのノブをガチャガチャいわせた。

谷岡が壁のスイッチをひねると、室内の蛍光灯が二、三度瞬《またた》いてから点《とも》った。間口は三メートル弱、奥行は七、八メートルもありそうだ。

白っぽく見えた壁は、レンガの上から粗くペンキを塗ってあり、それが天井までアーチ型にせりあがっている。そのせいか、室内はいやが上にも寒々とうら寂しく見えた。

谷岡のあとから、紀和子も足を踏み入れ、助役が渋々の顔で二人に続いた。

右手に黒いビニールレザーのベンチが置かれ、反対側には洗面台が備えつけてある。その横の木机の上には、香炉やローソク、線香などの仏具一式が揃《そろ》えられ、銅の花瓶《かびん》に挿《さ》された花は、すっかり枯れて茶色く乾いていた。

「ここはもう五、六年も使ってないんですよ。東京駅の飛び込み自殺は年々減る傾向で、マグロが出ませんからね」

助役が天井を見あげていう。

「マグロ?」と谷岡が訊《き》き返した。

「ああ、鉄道関係では死体のことをそう呼ぶんですよ」

「すると、そのマグロが発生した場合には、まずここへ運ばれるんですか」

「そういうことです。たいていバラバラにとび散ってるのを、職員が線路をはいずりまわって素手で拾い集める。大変な仕事ですよ。それを担架にのせて、ひとまずあそこに安置してから――」

助役は奥を指さして、ふとことばを途切らせた。

細長い部屋の突当りには、木製の台が据《す》えられ、その上に何かが置かれて、シートが被《かぶ》せてあった。

「あの台の上にですか」

谷岡の問いにも、助役は無言のまま、何か急に素早い動作に移って、二人の横をすり抜けた。部屋の奥へ大股《おおまた》に歩いていく。

左右から壁がせり出してちょっと仕切りをされた、突当りのスペースへ入った途端、空気の底にこもる異臭がふっと強くなったように感じられた。

正面の壁に寄せた粗末な木の台は、ちょうど人一人を横たえるくらいの大きさで、その上に何かがのっていて、工事現場のような茶色いシートが被せてあるのだ。

奇妙なことだが、紀和子は最初、こんなふうに遺体を安置するのだというモデルの人形が、そこに寝かせてあるのかと思った。シートの左側の端から、黒い靴《くつ》をはいた二本の足がはみ出していたからである。

その靴を眺め、何秒かして、あっと息をのんだのと、助役がシートをはぐったのとは、ほとんど同時だった。

ベージュ色のコートの下にグレーの背広を着た男が、仰向《あおむ》けに横たわっていた。顔面が赤黒く鬱血《うっけつ》して、瞼《まぶた》は閉じている。

顔全体が異様に膨れているので、造作がわかりにくいが——？

ちがう……ちがう……これは夫じゃない。見ず知らずの人なんだ……。

紀和子は胸のうちで激しく叫びながら、無意識に夫の特徴を捜している。それはこの遺体が寛とは別人であることを確認するための作業だった。

左眉《ひだりまゆ》の横にうすいシミ、洋梨《ようなし》みたいな形をした……。耳朶《みみたぶ》の下の小さなホクロ。見慣れた小鼻のカーブ。上唇《うわくちびる》より下唇が厚く、それは彼の意志の強さと包容力をあらわしているようで、紀和子がいちばん好きなところだった……。

ちがうわ、絶対に。だいいち、あの人がこんな場所で死んでいるはずはない。

どうしたの？　何があったの？　どうしてここで……？

おずおずと死者の顔に手をのばした紀和子は、その頸《くび》に妙なものが巻きついているのに気が付いた。茶色い紐《ひも》……ナイロンストッキングみたいな。それが喉元《のどもと》にくいこみ、カッターシャツの襟《えり》を巻きこんで項《うなじ》の後ろで結ばれているのだ。

この人は頸を絞められている……。

そう思った瞬間、紀和子の視界が暗くなって、意識が遠のいた——。

気を失っていたのは、さほど長い時間ではなかったらしい。

瞼を開くと、白く塗られたレンガのアーチ型天井が目に入り、少しぼんやりしているうち、ここが東京駅の霊安室であったことが意識にのぼった。続いて先刻の記憶が甦《よみがえ》り、紀和子は反射的に身を起こした。黒いビニールレザーのベンチに寝かされていたのだ。

「大丈夫ですか」

谷岡が肩に手をそえて覗《のぞ》きこんだ。

「主人は……？」

彼は黙って、部屋の突当りのほうへ視線を向けた。

何人かの男たちが後ろ姿を見せていた。ほとんどがダークブルーの制服を着ているから、JRの職員が集まってきたのだろうか？

その時、通路のドアが開いて、また数人の男が足早に入ってきた。駅員が案内してきた恰好《かっこう》で、その後ろには背広姿もいれば、グレーの上っ張りを着て手袋をはめている人も見えた。

彼らも奥の台へ歩み寄り、それをとり囲んだ。

彼らは台の周囲で立ち働いたり、緊張した口調の会話を交わし始めたが、紀和子の目にはまだ、それらが夢の中の光景のように映っていた。

どれほどかして、背広を着た四十すぎの人物が、こちらへ近付いてきた。

「この方が奥さんですか」と、彼は谷岡に尋ねてから、紀和子へ視線を注いだ。

「私は丸の内署刑事課長の波倉といいますが……ご気分はもう大丈夫ですか」

「では、奥さんに遺体を確認していただけますか」

「はい……」

紀和子は、谷岡に支えられて立ちあがった。

男たちが場所をあけ、彼女は台のそばへ寄った。

遺体の顔がさっきより明るく照らし出されているのは、係官が大きな懐中電灯をさし向けていたからだった。

「この方は、ご主人の曽根寛さんにまちがいありませんか」

一呼吸ののち、紀和子は無言で頷《うなず》き、つぎの瞬間、遺体の上に倒れて泣き崩れた。

2

丸の内署刑事課長の波倉喜一警部は、紀和子が谷岡と駅の職員に両腕をかかえられて出ていくのを、柔和な目に痛ましい表情をたたえて見送った。

まもなく本庁捜査一課から応援が駆けつけ、本格的な現場検証が開始される。その間、彼女を通路の先にある別室で休ませ、少しは気持ちが落着いてから話を聞くことにした。

ドアが閉まると、彼は鑑識課長を振り返った。

「見た通りの絞殺《こうさつ》と思われます。後ろからストッキングを頸にかけて、一気に絞めたものでしょう」

鑑識課長が波倉の視線を受けて答える。彼はまだ死体の外様を検《あらた》めただけで、手をつけることは控えていた。

「では、ほとんど抵抗する暇もなかった状況か」

「油断していたところをいきなり後ろから襲われた恰好じゃないですかね。ストッキングの周囲に爪痕《そうこん》があるだけで、争ったような外傷は今のところ見当りません」

一般に絞殺の場合、遺体の首筋に認められる爪痕は、被害者本人が紐を外そうとしてつけるものである。

「死亡推定時刻は？」

「硬直と死斑《しはん》の様相から、まる一日経《た》ったくらいかと思いますが」

「すると昨日の今頃《いまごろ》？」

「幅をもたせて、昨日の午後三時から七時くらいの間でしょうか」

この点も解剖によって、より正確に絞られてくるだろう。

死因、死亡推定時刻、残る大きなポイントは犯行現場である。被害者はこの霊安室内で殺害されたのか、それともよそから死体が運ばれてきたものか？

「ここで死体が発見されるに至った経過は、どういうことだったのですか」

波倉は石川助役を顧みた。

「ええ、それは……そもそもは亡《な》くなった方の奥さんが、昨日からご主人が家に帰ってこないそうで、会社の方といっしょに駅まで調べに来られたわけなんですが……」

当人たちから直接聞いたほうがよさそうなので、波倉は捜査員の一人に、谷岡だけでもここへ呼んでくるようにと告げた。

「この霊安室は、JR東日本の管轄《かんかつ》になるんですね」

波倉は、JR東日本のグリーンのバッジを付けている石川に確認した。

「そうです。東京駅の中で、新幹線の発着する場所だけはJR東海の管轄で、ホーム下とか地下など、その真下、われわれはよく、雨垂れの落ちる範囲というんですが、その区域はそれぞれの持ち場に分かれているんです」

「ここは4番か5番ホームの下くらいかな」

「4番ホームの神田側の外れになりますね」

「ふだんこの部屋はどうなっているんですか」

「鍵《かぎ》をかけて、ここ五、六年も使われてないはずです。どうして鍵が外れていたのか……」

石川は依然納得のいかぬ顔で、ツルリと丸いノブと旧式の錠前の付いたドアを見返った。

そのドアが開いて、谷岡が捜査員に伴われて戻ってきた。

波倉は改めて彼に、曽根寛が行方不明になった昨日からの事情を尋ねた。

「――すると、曽根さんは昨日十月十四日午後四時四十五分頃、国際観光の前で会社の車を降り、駅のほうへ歩いていかれたのを、運転手の人がはっきり見ているわけですね」

「ええ。そのあと、駅へ入ってすぐ右側にあるキヨスクの女性も、部長の姿を目撃したということです」

谷岡がさっき聞いたばかりの話をすると、捜査員がすぐさまその女性販売員を呼びにいった。

「それにしても、出札所の右側を向こうへ歩いていったと聞いただけで、よくこの通路に着眼されましたね」

「いや、ぼくも、それなら自由通路を抜けて、丸の内側へ出てしまったんじゃないか、その先はもう辿《たど》りようもないなあとあきらめかけていたんですが、奥さんがどうしても閉鎖された通路のドアにこだわられましてね。主人はここへ入りこんだんじゃないかと……やっぱりあれが、妻の直感というものだったのかもしれませんねえ」

桜田門の警視庁から、捜査一課の管理官をトップに十名余りの一班と、警視庁嘱託医、鑑識課員ら総勢十数人が到着した。

嘱託医による検屍《けんし》と、現場検証が開始された。

波倉もしばらくそれに立会ったが、やがて署の部長刑事を伴って、関係者たちを待たせてある別室へ赴いた。日本食堂の事務所よりもっと丸の内寄りにある小さな事務室で、キヨスク関係の倉庫に付属しているが、現在は使用されていないという部屋だ。

曽根紀和子、谷岡哲夫、石川助役、キヨスクの女性販売員の仁科《にしな》アツ子などを、そこに待たせてあった。

波倉はまっさきに紀和子に目を向けたが、彼女はソファの隅《すみ》に腰掛けて、両腕の間に頭を埋《うず》めるような姿勢でがっくりとうなだれている。彼女の事情聴取はまだ後《あと》まわしにした。

彼は、紺のカーディガンスーツを着た仁科アツ子と向かいあった。氏名までわかっているのは、先刻、本庁のグループが到着する直前に、彼女に曽根の遺体を確認させたからである。彼女は、自分が話していたキヨスクの客はやはりこの人にまちがいなかったと答えた。

「昨日あなたが、曽根さんを目撃した時の状況なんですが――」

波倉は、先刻中断した話の続きを尋ねた。

「その時、曽根さんには連れはいなかったわけですね？」

「ええ……奥さんにも訊かれたんですが、お一人だったと思いますけどねえ」

「これは非常に重大な点なのです。曽根さんが誰かと並んで、喋《しゃべ》りながら歩いていたというようなことはなかった？」

「それは絶対にありません。なんかこう、上の空であわてていたみたいな……」

出札所の右側の方向へ急ぎ足で歩いていく後ろ姿まで見た憶《おぼ》えがあると、彼女は答えた。

「そのへんから、閉鎖通路のドアまでは、どれくらいの距離がありますか。十メートルくらいでしょうか」

「そうねえ、せいぜいあっても十二、三メートル……」

もちろんこれはあとで正確に測るわけだが、いずれにせよ、その程度の距離、しかも人目の多い夕方の東京駅構内で、大の男を絞殺することなど、できるはずもない。腕力で閉鎖通路へ連れこむことも、まず不可能ではあるまいか。

とすれば、曽根は自分の意志で、あの目立たない灰色の鉄扉《てつび》を開け、関係者以外には立入り禁止の旧通路へ入ったものと想定しなければならない。

何の目的で？

通路内で誰かと待ち合わせをしていたのだろうか？

待ち合わせにはずいぶん変な場所だが、相手に騙《だま》されて、あんなところへ誘い出されたとは考えられる。

相手は、通路で曽根の頸を絞めたのか？

いや、それは危険すぎる。さっきから助役に聞いている話の様子では、朝から夕方まで、閉鎖通路には時々人の出入りがあるらしい。

では、さらに曽根は、みずから「7」の扉《とびら》を開けて、霊安室へ入りこんだのであろうか？

霊安室内で人と待ち合わせをしていたのか？

いよいよ不思議な話だが――。

いや、それとも、犯人は「7」の扉の前まで曽根をおびき寄せ、自分は鍵を外して、室内にひそんでいた。曽根が来ると、やにわにひきずりこんで、犯行に及んだのではないだろうか？

それにしても――。

つぎつぎと考えをめぐらした波倉は、いまひとつ腑《ふ》に落ちない気持ちで首をひねった。いかに巧みな口実を設けられたにせよ、常識人であるはずの六十歳の会社役員が、駅の閉鎖された旧通路で人と待ち合わせするというのが、どうにも合点がいかないのだ。まして、霊安室の中でなど――。

「とにかく、昨日の様子はどこかふつうじゃなかったですものねえ」

仁科アツ子もけんめいに記憶をさぐる面持《おもも》ちで、独り言のように呟《つぶや》いた。

「新聞も買わないで、いつもと反対の右のほうへどんどん歩いていらしたんですから。なんか急用でもできたみたいな感じで……」

そのことばが、啓示のように波倉の思考を刺激した。

「急用ができたみたいな感じね。うむ、あるいはほんとにそういう状況だったのかもしれない。いやもちろん、騙されての話だが」

「……？」

「仁科さん、よーく思い出してみてください。あなたが曽根さんを見た時、連れはいないように見えたというが、曽根さんの先を、誘導するような恰好で歩いていた者はいなかったでしょうか」

「………」

「つまり、曽根さんは会社の車を降りてから駅へ入るまでの間に、誰かに呼びとめられ、急用を告げられたとする。たとえば……そうだな、奥さんか娘さんが急病で、こちらで休ませてあるとかなんとかいって、どんどん歩いていけば、曽根さんも驚いてついていくでしょう。そうやって、犯人は彼を閉鎖通路から霊安室まで連れこんだのではないか……」

「ああ……」

仁科は納得したらしく、大きな丸い目を再び宙に凝らした。

しばらくたってから、まだ迷いのからむ口調で、

「そういわれれば、曽根さんの少し先を、JRの職員が歩いていたような気も……」

「JRの？」

近くにいた石川助役も吃驚《びっくり》した顔を振り向けた。

「いえ、はっきりとはわかりません。それに、もし歩いていたとしても、偶然通ったのか

もしれないし」

彼女はちょっとあわてて頭を振った。

「いやしかし、その話は非常に参考になりますよ」

波倉が引きとっていった。

「犯人は曽根さんに、自分はJRの者だと名乗ったのかもしれない。似たようなブルーの制服を着ていれば、騙されやすいし、単に口でいっただけかもしれないが、要するにそういう嘘《うそ》をつけば、曽根さんを難なく霊安室まで誘導できたということです」

彼が霊安室へ入った直後に、犯人は後ろから首を絞めた。曽根は声をたてる暇さえなかっただろう。

まだ断定することはできないが、これなら一応説明がつくと、波倉は小さく二、三度頷いた。

とすると、つぎは、閉鎖通路の出入りや霊安室の鍵の問題である。

波倉は石川助役のそばへ移動した。

「お聞きの通り、犯人は旧通路や霊安室の事情にかなりくわしかった者と推定されるわけですが……まずあの通路の出入りはどんなふうになっているんですか」

「丸の内側は改築中の状態ですが、現在はその区域の工事が中断しているので、出入口はロックされています。つまり袋小路《ふくろこうじ》になっているんです。あとでご案内してもいいですが」

「ええ。——すると、日常の出入りには、もっぱら八重洲側のドアが利用されていたんですね」

「そうです。日食の事務所の責任者が、毎日朝九時にドアの鍵を開け、夕方は五時から五時半の間くらいの、自分が帰る時にかけていくことになっています。ただ、鍵はほかにもいくつかあって、たとえばレストランやコーヒーショップの職員などが時間外に出入りするさいには、自分のところの鍵でドアを開けていたんです」

「では、ともかく午前九時から午後五時か五時半頃までは、ドアは自由に開閉できることになりますね」

「できます」

「曽根さんは、昨日の午後四時四十五、六分頃、ドアの外まで来たと考えられます。その時も、ドアはまだロックされてなかったわけですね」

「ええ。簡単に開いたと思います」

「なるほど。ではつぎに霊安室のドアですが——」

「こっちは鍵がかかっていたはずなんですがねえ」

助役はなんとも不可解だという表情で、上衣《うわぎ》のポケットから一個の鍵を取り出して、テーブルの上に置いた。

「これが7の扉の鍵なんですが、駅長事務室の鍵箱の中に、ちゃんと入ってました。今さっき持ってこさせたところです」

波倉は手にとってみた。〈7〉と墨で書いた木札が付いている。鍵は真鍮《しんちゅう》でコロリと丸みのある、いかにも旧式で簡単な形をしている。霊安室のドアの錠前もまた、ちょうどこの手の鍵に合いそうな昔風のものだった。

「急いで記録を調べさせた結果、あの部屋は六年前の九月にホームで飛び込み自殺があったさい、遺体を安置するのに使っています。でもそれ以後は一度も使用されたことがなく、ドアにはずっと鍵がかかっていたはずなんですよ」

「使用しないまでも、何かの必要で人が入って、そのあとうっかり鍵をかけ忘れたということはありませんか」

「しかし、あそこはいっさい掃除もしませんからね。お客を呼ぶといって、みんな開けることさえいやがっているくらいですよ。ただまあ、以前通路の向こう側にコンベアーを入れて、土を運んでいた時期に、工事の都合で7のドアを開け、その時鍵をかけ忘れたとしたら……日頃開けないドアだけに、いったん忘れたら、いつまでもそのままになってしまうということはあるかもしれませんが」

「それと、ああいう錠前では、ちょっと似たような鍵ならどれでも開いてしまうね」

それまで黙っていたベテランの部長刑事が、はじめて口を挟《はさ》んだ。長年の捜査畑で、彼は空巣《あきす》やコソ泥《どろ》などの盗難事件を数えきれないほど手がけていた。

「空巣の常習犯で、たいていの錠前に合う鍵を束にして揃えてるとか、針金一本あればどんなドアでもこじ開けてしまうなんていう手合いがいる。そういうのにかかったら、あんなドアなど朝飯前だね。まさか霊安室へ空巣に入るばかもいないだろうが、その程度に簡単な錠だということです」

通路の出入口のドアは、昼間は自由に開閉できた。霊安室のドアの錠は、簡単にこじ開けられる程度のものだという。

従って、犯人が曽根を騙して霊安室まで誘いこみ、そこで殺害することは、物理的には可能であったということになる。

残る大きな疑問は——誰が、なぜ、そのような方法を選んで曽根を殺したのか？

「7の扉か……」

波倉は鍵に付いた木札をつまんで呟いた。

「どうして7番なんですか」

「さあ、わたしもそのいわれは知りませんがねえ」

助役が眉《まゆ》をしかめた。

「とにかく、なぜか昔から、あの扉には7の数字が書いてあって、マグロが出ると、7号室のお客なんて呼んでたんですよ」

「あの霊安室の存在は、一般に知られていますか」

これはかなり重要な点なのだと、波倉は尋ねながら思った。

「まあ、なるべくならあんまり知られたくない場所なんですがね。東京駅に関する本がずいぶん出てましてて、中には解説付きの写真集なんかもあって、そういうのには霊安室のことも載ってますから、部外者にも案外知られているかもしれませんねえ」

「曽根さんは、十年以上も朝夕東京駅を通って通勤しておられたそうですね」

波倉は、谷岡と、それから紀和子へ視線を移した。

いつか紀和子は、泣き腫《は》らしてむくんだような顔をあげ、虚《うつ》ろに見開いた眸《ひとみ》を、正面の汚れた壁に注いでいた。

「ええ、茅ヶ崎へ移られて以来ずっと——」

谷岡がいいかけた時、突然紀和子が口を開いた。

「十二年間ですわ。丈夫な人でしたから、ほとんど会社を休むこともなく……」

囁《ささや》くようにいいながら、紀和子は波倉のほうへ、ぼんやりと顔を向けた。

「東京駅のことなら、主人はなんでも知ってました。首相が暗殺された場所だとか、皇族のための貴賓室や、とくべつの通路があることとか……」

「では、閉鎖された通路や、霊安室のことも当然……?」

「私、東京駅へ来るたびに、主人にいろいろ教えてもらったんです」

紀和子の心情に合わせるように、波倉はいった。

「それでは、ご主人は東京駅に、とりわけ愛着を抱いておられたでしょうね」

紀和子の目の焦点が、徐々に波倉に据《す》えられた。

「愛着、ですか」

彼女はかすかに首を傾《かし》げた。それからまた、なんともいえず複雑な翳《かげ》りが、その眸を被《おお》いつつむかのように見えた。

「さあ、それはどうでございましょうか……」

3

曽根寛の遺体は、大学の法医学教室で司法解剖に付された。

その結果、死因はナイロンストッキングによる絞頸《こうけい》。そのそばの爪痕《そうこん》以外、外傷は認められない。

死亡推定時刻は、十月十四日午後四時から六時の間、との所見が出された。

十五日夜、丸の内署に捜査本部が設置され、同署と警視庁捜査一課との合同による捜査が開始された。

当面の重点は、東京駅での目撃者捜しなど、現場を中心とする捜査と、曽根の交友関係から動機の線を洗い出すことである。

曽根の上衣の内ポケットには、現金とクレジットカード入りの財布がそのまま残され、死体が横たえられていた台の脚元には、小型バッグが置かれ、とくに失《な》くなっているものはないと、妻の紀和子が認めた。従って、物盗《ものと》り目当ての流しの犯行とは考えにくい。

また、犯人の遺留品は、犯行に使われたナイロンストッキングと、死体に被《かぶ》せてあったビニールシートだけだった。ストッキングは、どこでも売っている種類の新品と見られ、明確な指紋は検出できなかった。

ビニールシートは、閉鎖通路の霊安室とは反対側の、ベニヤ板の裏にあったものではないかという意見が、駅の職員から出ていた。板囲いの内側はまだ工事途中の状態で、ガラクタ置場になっており、ほかにも同種のシートが何枚か放置されていた。シートからは多数の指紋が採取されたが、それらの特定にはかなりの時間がかかりそうだ。

要するに、遺留品から犯人を割り出すことは、ほとんど期待できない状況であった。

十月十六日午後七時から、丸の内署で、二回目の捜査会議が開かれた。

曽根が取締役をつとめていた帝都建設の調査に当った本庁捜査一課の角《すみ》警部が、まず報告に立った。

「被害者曽根寛の経歴などについて、今までにわかったことを簡単に申しあげます」

三十七、八歳でスポーツ選手のような長身の角は、歯切れのいい早口で喋り始める。
「曽根は昭和二年二月生まれで、死亡時の年齢は満六十歳。昭和二十五年、私大の工学部土木科を卒業後、帝都建設へ入社しています。当初は東京本社土木部に所属し、実際の仕事は、主に千葉県下の作業所をつぎつぎ移動して、施工《せこう》管理に当っていたわけですが、二十九年に六歳下の妻紀和子と結婚しています。

当時、紀和子の父百井《ももい》昭助は四十代後半で帝都建設工事管理課長のポストにあり、旧帝大卒のエリートとして将来を嘱望されていました。長女の紀和子は短大を出て、嫁入り前の腰掛けに、父親のいる会社に勤めていたわけですが、曽根はその紀和子と恋仲になり、首尾よく彼女を射止めたという恰好《かっこう》のようです。実際、百井昭助はその後副社長までつとめ、曽根は義父の引きによって、帝都建設では不利な私大出のハンデや、仕事上の失点をカバーして、取締役の椅子《いす》を手に入れたといわれているんですから……」

確かに、紀和子と結婚するまで、曽根が廻《まわ》される作業所は、赤字の多い、いわゆる「こなし仕事」の現場ばかりだった。

それが、結婚後は、新しい技術を導入した重点的な現場へ配属されることになり、自然といい施主との顔つなぎができて、有力な情報でも仕入れると、さっそく営業部に伝えて、機敏に点を稼《かせ》いでいたことが想像された。

三十四年に百井が工事管理部長に昇進した頃《ころ》から、曽根も、現場の工事主任に任命されるようになった。当然、最初は小さな現場から、しだいに大規模な現場の工事主任へ。

「曽根が工事主任となった現場の中でも、とくに大きなものの一つに、東京駅新幹線工事現場があります」

角警部は、どこか表情を改めてことばをついだ。

「ご承知のように、東海道新幹線工事は、昭和三十四年四月に起工されましたが、東京駅では三十七年三月から、全体を三工区に分け、ゼネコン三社がそれぞれ着工しています。このうち、帝都建設はホームと神田寄りの高架橋を請負っていたんですが、曽根はその現場の工事主任をつとめています。念のために申せば、工事主任は現場所長のすぐ下の立場ですが、当時彼はまだ三十五歳でした。

もっとも、この所長や工事主任の年齢は、現在と、建設業の伸長期であった三十年代とでは、十歳近くの隔りがあったといわれます。今日では、大きな現場の所長は五十歳くらい、工事主任が四十歳前後がふつうだそうですが、当時はそれより十くらい若くても珍しくなかった。従って、曽根の場合も異例とまではいかないまでも、やはり非常に早い昇進であったことは事実でしょう。

ところが、少々奇妙なことに、彼は三十八年暮にそのポストを解任されているのです。新幹線工事は三十九年十月の開業直前まで続いたわけですから、工事の真最中に更迭《こうてつ》が行われたことになります……」

三十八年十二月に突然新幹線工事から外された曽根は、翌年早々、群馬県のダム工事現場へ転勤していた。

そこでまる三年、さらに同県下のほかの現場で二年をすごしたのち、彼は四十四年春に、東京都内の建設現場の所長に復帰している。

それからまたあちこちの現場所長をつとめた末、四十七年、四十五歳で京葉コンビナート所長を最後に、本社へ戻った。

四十七歳で土木本部工事管理部次長、五十二歳で部長、五十五歳で取締役土木工務部長に就任して、最近に至っていた。

「以上が、社内で曽根と同期だったり、親しく付き合っていた者、および奥さんから聴取した被害者の略歴であります。一口でいえば、閨閥《けいばつ》の後楯《うしろだて》もあって、順調な出世をとげたわけですが、その経歴中いささか不可解なのは、さっき申しました三十八年暮の突然の更迭であります。それが今回の事件と何か関係があるかどうかなどは、まだまったく不明ですが、背後の事情を今後もう少しくわしく調べてみたいと考えております」

してみると、曽根は過去に二つの意味で東京駅と関《かか》わりがあったわけか――。

コの字型のテーブルの一端で耳を傾けていた波倉警部は、心の中で呟《つぶや》いた。

一つは、十二年間東京駅を通って通勤していたこと。いま一つは、東京駅の新幹線工事に参加したことである。

続いて彼の脳裡《のうり》に、事件直後の紀和子の姿が甦《よみがえ》った。

ご主人は東京駅にとりわけ愛着を抱いていただろうといった彼に、彼女は首を傾げ、なんともいえず複雑な眼差《まなざし》を向けて答えた。

「さあ、それはどうでございましょうか……」

角警部に代って、やはり本庁捜査一課の渡辺警部補が報告を始めた。

「――私は、帝都建設社内でも、とくに被害者の最近の仕事や生活について聞込みに当りましたが、仕事の内容は、施工に関する技術的な検討や、そのとりまとめといったもので、工事の入札などには関与せず、直接の現場も持っていませんでした。従って、仕事上のトラブルに巻きこまれたとは考えにくいと、誰に訊《き》いてもその疑いには否定的でした。とりわけ何かを隠しているとも感じられませんでした」

三十すぎの警部補の声は若々しく、勢いこんだ調子で続ける。

「曽根は、現場の所長時代までは見るからにやり手で、極端にいえば他人を押しのけても出世を望むといったタイプだったが、本社へ戻り、茅ヶ崎に家を建てた頃から、急に丸くなったというのが、誰しもの一致した意見でした。娘さんの小児喘息《ぜんそく》の転地療養のために茅ヶ崎へ移ったようですが、それが十二年前で、ほとんど接待などもないポストなので、夕方退社してまっすぐ東京駅へ向かい、湘南電車で帰宅するという、規則的な毎日を送っていました。若い頃はともかく、ここ十年来、女性関係の噂《うわさ》なども全然聞かれなかったそうで――」

「事件発生まで、何一つ変ったことはなかったということですか」

捜査一課管理官の警視が念を押すように尋ねる。

「とくに変った素振りというほどのものはなかったそうですが、ただ……」

渡辺はいったんメモに目を落とし、口許《くちもと》を引きしめた表情で、上司を見返した。

「ただ、事件の二週間ほど前と、その二日前の二回、比較的若い女性の声で、会社の曽根に電話が掛ってきたということです。電話帳にのっている土木工務部直通の電話で、最初は若い社員が出たんですが、曽根は不在だったのでそれを伝えると、相手はまた掛けるといって切った。名前は尋ねたが、答えなかった。それから二日後に、今度は秘書室の女性が出て、曽根の部屋に切り換えた。その時は矢島と名乗ったように思うと――」

「二日前の電話と同一人物だと、どうしてわかる？」

「いや、断定はできないのですが、日頃曽根には女性からの電話などほとんどなかったのと、相手の囁くように低い声の特徴とか、最初の時にまた掛けるといっていることなどから、十中八九、同一人物であろうと推測されるのです」

「うむ」

「二回目の時、秘書室の女性は、電話を横でずっと聞いていたわけではありませんが、少したって、曽根にいわれていた書類をとりにノックしてから部屋へ入ると、彼はまだ話していた。なにかむずかしい顔をして、『いや、いいですよ。お会いすることはかまいませんが』といったのと、『ステーションホテル』ということばを小耳に挟んだと証言しているのです」

「ステーションホテル？　東京駅のか？」

「単にステーションホテルと言えば、ふつう東京駅のを指すのではないかと……」

室内にざわめきがひろがった。

またしても東京駅が登場したのである。

第四章　ステーションホテル

1

霊安室で死体が発見された事件から二週間たった十月二十八日水曜、午前十一時二十五分をまわる頃、長崎発寝台特急〈さくら〉が、速度を落として東京駅構内へ進入していた。ベッドが畳まれて座席になっているB寝台車の窓際《まどぎわ》に腰掛けた加地本《かじもと》悟《さとる》は、若々しい興奮を浮かべた眸《ひとみ》を丸の内側の車窓へ注いでいる。東京では珍しいほど澄んだ秋晴れの空をバックにして、赤レンガの駅舎が歴史の重みを物語るような渋い輝きをたたえている。

ああ、東京へ帰ってきた――。

帰ってきたと感じている自分自身の変化にも、悟はかすかな興奮を覚えているのだ。

今年の二月、大学入試のためにやはりブルートレインで東京駅へ着いた時には、それが最初の上京ではなかったけれど、とにかくまだ右も左もわからなかった。

わけても東京駅の駅舎をはじめて目の前に眺《なが》めて、なんともいえない憧憬《どうけい》と、同時に奮い起《た》つようなファイトが全身に漲《みなぎ》ってきたものだった。

大都会の表玄関、東京の顔ともいうべき重厚な建物が、矮小《わいしょう》な自分を厳しく見下ろしているような気がした。

自分は果たしてこの都会《まち》に受け入れてもらえるだろうか——？

早くも試されているような思いもした。入試の前だったから、よけいそんな印象を受けたのかもしれないが。

あれからまだ九ヵ月あまりしかたっていないのに、一週間ほど帰省してきただけで、もう東京へ帰ってきたと感じられるようになっている。

あの時には冷たくよそよそしく見えた赤レンガと角ばったスレート屋根が、今は親しみをこめて自分を迎えてくれているようにさえ思われる……。

「さあ、これからが追いこみだね」

向かいに掛けていた中年サラリーマンが、少し揶揄《からか》いを含んだ笑顔を悟に向けた。昨日博多から乗りこんで、いろいろ話しかけてきた人だ。

「はい。正味あと三ヵ月です」

悟はなかば自分にいい聞かせている。

「大変だなあ、それにしても、今時の受験生は。予備校の寮はどこにあるの？」

「江古田《えこだ》です」

「じゃあ、ぼくもこのまま会社へ出るから、池袋までいっしょに行こうか」

「はあ……でも、ぼくは東京駅で姉と待ち合わせしてますので」

「ああ、そんなことをいってたな。お姉さんはどんな仕事をされてるの？」

クラブのホステス……と答えかけて、悟はなんとなくことばをのみこんだ。

「店に勤めてるんですけど」

「そう。いいお姉さんがあって幸せだね」

今年の春の受験は、見事に全部すべってしまった。ふつうなら郷里の佐世保で浪人しなければならないところだったが、来年も東京の大学を狙《ねら》うとすれば、東京の予備校へ入っておいたほうがはるかに有利だ。もう七年も東京で暮している姉の由実に相談すると、それくらいの費用は出してあげるといってくれた。もともとこちらの大学を志望できたのも、姉の後楯《うしろだて》があってのことだ。

それで悟は四月から、西池袋にある予備校に入学し、江古田の寮で生活を始めた。食事ももちろん寮の食堂でするのだが、時々は新代田《しんだいた》の姉のマンションを訪ねたり、またたまには銀座へ出勤する途中の姉と落ち合って、ステーキや中華料理をご馳走《ちそう》してもらったりしていた。

〈さくら〉は定刻通り十一時二十六分に10番ホームへ到着した。

出張帰りのサラリーマンとはホームで別れ、悟は中央口階段を下った。

右へ行くと八重洲側の中央口改札がある。姉とはそこを出た左手の〈銀の鈴広場〉で待ち合わせしている。

天井から大きな銀色の鈴が吊《つる》され、明るい蛍光灯《けいこうとう》の輝く円形の広場では、さまざまな年代の男女がそれぞれに人を待っている様子だ。

ここができたのはもう二十年くらい前だが、昭和六十年には東京駅開業七十周年にあわせて改装され、待ち合わせ場所としていっそう利用されるようになった。東京駅構内ではただ一つの伝言板があるし、コンピュータ伝言板などというものも設置されていると、姉がいっていた。店で客の話を聞いたそうだが、彼女は商売柄《がら》、その種の雑多な知識を蓄えていた。

ベージュ色のタイルの床の上にはいくつかベンチが置かれているが、ぎっしり人で埋まっていて、すわりきれない人が改札付近の柱にもたれている。お昼時なのでよけいに混《こ》んでいるのかもしれない。由実はまだ来ていなかった。

彼女は今日、デパートで買物してから、〈さくら〉の着く時刻に合わせてここへ来るといっていた。

悟はしばらく広場の中ほどに佇《たたず》んでいたが、やがてタイル張りの壁際《かべぎわ》に移動し、重いボストンバッグと紙袋を足許におろした。

紙袋の中には、佐世保の新鮮な干物《ひもの》やカマボコ、家の近所の和菓子屋で買ってきた由実の好物の蒸し羊羹《ようかん》とか、博多の辛子めんたいなど、九州のお土産がつまっている。

由実と悟の二人姉弟の生家は、もとは佐世保市内でクリーニング店を営んでいた。が、由実が高校二年、悟がまだ小学四年の時、父親が病死してしまうと、母一人で店をきりまわすことはずいぶん苦労だったようだ。

二年後に、四十二歳だった母は人に勧められて再婚し、クリーニング店を閉じて、子供たちと共に現在の家へ移った。

悟たちにとっての新しい父は、母より十一年上で、同じ佐世保市内で船や機械の部品を造る小さな工場を経営していた。彼も妻に先立たれて、日常生活に不自由していたらしい。

無口で気難しい感じの義父に、由実も悟も馴染めなかった。加えて、もう結婚してよそで暮していた彼の二人の息子が、わがもの顔で家へ出入りするのを、由実はひどく嫌《きら》った。

彼女が高校を卒業した翌年に、周囲の反対を振り切って一人で東京へ出ていったのは、そうした家庭から離れたかったのにちがいない。

悟も高校卒業まで佐世保で暮したが、やはり東京の大学へ進学したいと望んだ。金の面で母は義父に遠慮するふうだったが、その点は由実がひきうけてくれた。上京以来、彼女は水商売の勤めを転々としながら、三年ほど前から銀座のクラブのホステスになっていた。

今年の春、悟の受験の結果は芳《かんば》しくなかったが、その時も姉が、東京の予備校へ入れるように取り計らってくれた……。

十一時四十五分になっても、由実は姿を見せなかった。

広場に隣接したコーヒーショップにもいない。

悟は伝言板も眺めてみた。昔ながらの緑の板の上には、ほとんど余白もないほどチョークの文字が書きこまれていたが、悟宛《あて》の伝言は見当らなかった。

買物に手間取っているのかな。姉も早く郷里や母の様子を知りたいにちがいないから、きっと急いでやってくるだろう。今度は母親が胆石の手術をするという知らせを受け、寮に入って以来はじめて悟が帰省してきたのだ。幸い母の経過は順調で、来週中には退院できそうだった……。

十二時になると、彼は近くの赤電話から、由実のマンションに掛けてみた。

呼出し音は鳴るが、誰も出ない。やはり彼女は外出しているのだ。

〈さくら〉の到着時刻から約一時間が経過すると、彼はもう待つのをやめて、新代田のマンションへ行こうかと考え始めた。姉か自分のどちらかが、待ち合わせの場所か時間を勘ちがいしたのではないだろうか。いずれにせよ、彼女は夕方までにマンションへ戻ってきて、出勤の仕度をしなければならないはずだ。

さらに三十分待った。

離れる前に、念のために伝言を書いておこうか。

ふつうの伝言板がいっぱいなので、彼は壁際のコンピュータ伝言板へ目を移した。現金自動引出し機みたいな機械だったが、あまり人に知られていないせいか、こちらは利用者が少ないようだ。

電話番号をキイ・ナンバーに、直筆《じきひつ》の伝言を六時間キープしてくれて、無料だと書いてある。

指示を読めば、操作も簡単らしい。

悟は、まず寮の電話番号を入力して、自分への伝言がないかどうか調べたが、やはりなかった。つぎに姉のマンションの番号をキイ・ナンバーとして、備えつけのホワイトボードにマジックで伝言を記した。

〈姉さん、一時間半待ったけど、マンションへ行きます。1：00 p.m.　悟〉

東京駅にある最新式の機械を利用したことで、彼はなんとなくいい気分になった。

由実が独り住まいしているマンションは、井の頭線新代田駅から徒歩で十分くらい。商店も混った住宅街の中の四階建で、由実の部屋は二階の端にある。

もう何回となく訪れている悟が、ドアの前に着いた時は二時すぎで、空《す》き腹がしきりと鳴っていた。

合鍵《あいかぎ》も預けられている。

鍵を外して中へ入る。

2DKの室内はカーテンが閉まり、ほのかに化粧品の香りが染《し》みたような姉の匂《にお》いを、悟は懐《なつか》しく嗅《か》いだ。

居間もキッチンも一通り片づいた感じで、レモン色のカーテンに染められた真昼の陽光がこもっている。

悟はカーテンを開けた。

振り向いた時、電話が鳴り出した。

きっと姉だろう。

居間の隅《すみ》にある電話の受話器をとる。

「もしもし」

「もしもし？……あら……」

姉とはちがう女の声が、戸惑ったように呟《つぶや》いた。姉に掛けたのに男が出たので吃驚《びっくり》したのかもしれない。

「加地本ですが」

「あの、由実ちゃんは……？」

「出かけてるらしいんです。ぼくは弟なんですが」

「ああ、弟さん、予備校生の」

「はい」

「由実ちゃんからよく伺ってますわ。私は〈しおん〉のミツ子と申しますけど」

「ああ、どうも」

〈しおん〉は由実の勤め先のクラブである。

「由実ちゃん、どこへいらしてるんですか」

「あの、それが……」

東京駅で待ち合わせしたが姉が現われなかったいきさつを、悟はかいつまんで話した。

「あら、そう……いえ、実はね、由実ちゃん昨日お店休んだんですよ。連絡もなしで」

「……………」

「こっちからは何回か電話したんですけど、誰も出ないし。以前にも、お客さんとどこかへ行った先で熱出しちゃって、無断欠勤したことが一度あったってママがいうから、昨夜《ゆうべ》はそのまま待ってみたんですけど、もう帰ってるかなと思って……」

「それは、ご迷惑をおかけして、どうもすみません」

「いえ、あなたが気にしなくてもいいのよ。でも、帰ってらしたら店に電話するようにって伝えてください」

受話器を置いた時、はじめてかすかな危惧《きぐ》が悟の心に忍びこんだ。それまでは単なる行きちがいと考えて、全然心配などしていなかったのだが。

改めて室内を見まわす。

急用でもできて、置手紙など残してないだろうか……？

周囲を一巡した彼の視線は、電話機のある小テーブルの上に戻ってきた。爪切《つめき》り、マニキュア、ティッシュペーパー、ビタミン剤……等々があふれるほどのせてあるテーブルの端に、ペン立てとメモ用紙のセットも置かれていた。

走り書きのメモを読みとるには、ちょっと暇がかかった。

〈ステーションホテル、バラ〉と、くずした文字で記されているようであった。

2

東京ステーションホテルは、東京駅開業の翌年の大正四年十一月にオープンしている。

昭和二十年五月二十五日の大空襲では、東京駅もろとも焼け落ちてしまったが、駅本屋《ほんおく》は二十二年に復旧、ホテルもその四年後には新装成って、再び営業開始の運びとなった。

現存する日本のホテルの建物としては最古のものだし、今では各地にある駅ビルと併設されたステーションホテルの草分けといえる存在である。

ホテルは東京駅丸の内側の、赤レンガの駅舎の中に造られている。南口を中心に、南は駅舎の端まで、北は中央口の手前までを両翼にして、二階と三階に客室、宴会場などが設けられている。南口のドーム部分は、中央の吹抜けをとり囲んで三階に客室があり、両翼の部分は二階に客室や宴会場、ラウンジ、ダイニングルームなどが配置されている。ロビーだけは一階にある。

南口と中央口との中間あたり、駅長室に隣接したアーチ風デザインの門をくぐると、赤い絨毯《じゅうたん》が敷かれ、天井の高い、狭くてほの暗いロビーへ導かれる。古風なシャンデリアが吊され、突当りのフロントにはいつも一人か二人のホテルマンがひっそりと掛けている。

一歩足を踏み入れた途端に、「古き良き時代」へタイムスリップさせられてしまうようだ——と表現している本もあった。

しかし反面、東京駅構内のホテルはその便利さを買われて、年平均九十パーセント以上の稼動《かどう》率を誇っていた。何十年にもわたる地方からの常連客が全体の二割を占め、一方では早朝出発のビジネスマンとか、終電に間に合わずに駆けこむ〝ウォーク・イン〟と呼ばれる客たちに重宝がられている。

絨毯も壁紙も、何もかも時代がかった建物の中には、長期滞在に向くリゾートホテルの趣はみじんもないので、広々とした廊下はいつも一見閑散としているが、実際には、あたかも東京駅の機能の一部のように、毎日淀《よど》みなく回転しているのであった。

十月三十日金曜の朝十時頃《ごろ》、勤続十数年のベテランのメイドが、二階のすでにチェックアウトされた部屋から廊下に出されたシーツや枕《まくら》カバーなどのリネン類を、手早くワゴンに積んでいった。室内ではべつのメイドが、使用ずみを新しいものと取り換えている。このリネン交換が、ホテルの朝の欠かせない日課である。

ワゴンがいっぱいになると、彼女はそれを押して、非常階段へ運んでいった。

非常階段は、駅南口の吹抜けのあるドーム部分の西側についている。ホテルの三階と二階の廊下に階段への出入口があり、一階では直接南口コンコースへ出られるようになっている。

メイドは二階非常口の重い鉄の扉《とびら》を開け、ワゴンのリネンをコンクリートの踊り場におろした。

かなり幅のあるゆるやかな螺旋《らせん》階段は、建物の外に露出しているのではなく、赤レンガの駅舎の内側に設けられている。すすけた暗い階段で、昼間でも不気味なくらいだ。

壁にはむき出しのパイプが這《は》い、何年も使われたことのないような巨大なキャタツが埃《ほこり》だらけで立てかけてある。何が入っているのかわからない木箱やダンボール、壊れた機械部品みたいなものが、踊り場の隅々に放置されていた。

半円形の高い窓の外に、丸ビルの一部と、寒そうな曇り空が見えた。

からになったワゴンを引いて、ドアを閉めかけた彼女は、湿った空気の底にこもるかすかな異臭を感じた。

さっきドアを開けた時にも感じたのだが、さほど気にもかけなかった。どうせ半分はガラクタ置場になっているのだから。

彼女はまた二階北側の、主にツインルームの並ぶ廊下へ引き返した。

リネンを積み集めて、再び非常階段へ。

リネンサプライの会社の係は、毎朝八時から九時の間にやってくる。二階と三階の踊り場に出された前日分のリネンをリフトで下ろし、翌日分を搬入していく。

鉄の扉を開けた瞬間に、またしても嫌《いや》な臭《にお》いがした。ふつうのゴミともちがう、生ぐさいような、なんともいえず不潔な——。

彼女は踊り場に視線をめぐらせた。

左の壁寄りにある布団《ふとん》袋みたいなものは何だろう？　手前のダンボールはずっと以前から置いてあったと思うが、あの小豆《あずき》色の袋はそんなに埃もかぶっていないようだし……？

昨日もあっただろうか？　そのへんははっきりしないが……。

そばへ寄ってみた。

敷布団一枚を包みこんだくらいのまだ新しい布団袋だったが、形は多少デコボコしている。随所にガムテープが貼《は》られ、ナイロンの紐《ひも》で幾重にもくくってあった。

顔を近付けると、異臭は確かにそこから発している。

上から手で押さえてみる。袋の下は繊維の感触だが、その下はもっと硬い。

あちこち触ってみる。

床のそばまで下りた彼女の手がビクリとして離れた。おそるおそる、もう一度触ってみる。同時に、なんともいえない戦慄《せんりつ》が下から上へ、彼女の身内をせりあがった。

袋の下で今指先に触れるのは、ほっそりした脚のアキレス腱《けん》と、くるぶしの出っぱりみたいな感じがする。

さらにその先には……パンプスの高いヒールと、尖《とが》った靴先《くつさき》がついているのでは……？

彼女の報《しら》せを聞いて、フロントにいた支配人の増元と、二、三人のボーイが階段を駆けあがってきた。

二階廊下から非常階段へ出た彼らは、いっとき布団袋を眺《なが》めて立ちつくしていたが、最初に増元が手をかけ、すぐにみんなでそれを踊り場のまん中へ引っぱり出した。

ナイロンの紐は意外に強靭《きょうじん》で、一人がフロントから鋏《はさみ》を取ってきて、ようやく切った。

布団袋の下は、ゴミ用の黒いビニール袋を二つ合わせ、継ぎ目にもガムテープが貼られていた。

臭気が強烈にあふれ出た。

ビニール袋の下から現われたものは——モスグリーンのスーツにクリーム色のブラウス、エナメルのパンプスをはいた小柄な女性の死体であった。

死体は両膝《りょうひざ》を曲げて、背中を丸めた姿勢をとっている。両手は胸元で交差し、いくつものリングとマニキュアの光る指が、頸《くび》にくいこんだナイロンストッキングを必死に外そうと、もがくように折れ曲っていた——。

3

丸の内署刑事課長の波倉喜一警部ら数人と、警視庁捜査一課の一班約十人とは、前後して現場へ到着した。

今から十六日前に当る十月十四日には、東京駅構内の霊安室で建設会社役員が殺害されるという事件が発生していた。死体が発見されたのは翌十五日で、丸の内署に捜査本部が置かれ、目下捜査中である。

捜査の途上には、ステーションホテルも浮かんでいた。

そんな矢先に、ステーションホテルでまたも殺人事件が起きたのだから、捜査担当者の胸中には、いつにも増した緊張と、何か出し抜かれたような焦燥も加わっていた。

捜査本部が設置されそうな事件の現場には、現在三人いる警視庁嘱託医の誰かが臨場を要請される。

嘱託医の検屍《けんし》の結果、死因はナイロンストッキングによる絞頸《こうけい》。死亡推定時刻は十月二十七日正午から午後六時の間、との所見が出された。死体は死後二日半から三日近く経過しており、部分的に腐敗が始まっていた。

身長百五十センチ前後の小柄《こがら》で、中肉。多少染めているらしいコーヒーブラウンの髪。身につけている服は比較的高級品のようで、裕福な家庭の主婦とも見えるが、目のまわりの濃い化粧や、四つもファッションリングをはめている装いから、水商売の女性かもしれないとも想像された。

「推定年齢は、二十五歳から三十二、三歳の間くらいではないですかね」

嘱託医が意見をのべた。

被害者の身許《みもと》を示すようなものは、何も見つからなかった。

「もしこの女性がホテルの泊り客であったならば、二十七日までにチェックインしたと考えられるわけですが、見憶《みおぼ》えはありませんか」

波倉は増元支配人に尋ねた。

彼は異様な肌色《はだいろ》に変色した女の顔から全身をなんとも気味悪そうに眺めていたが、

「いや……お客さまでこういう方は見かけなかったような気がしますが」

そばにいた二人のボーイも、憶えがない様子で頭を振った。

「うちは今使っている客室が六十ございますが、今週は七、八割の利用率で、大部分はビジネスマンの方がシングルにお泊りでした。ウィークデイはたいていそんな感じなんですが。シングルが満室になってツインをシングルユースでご利用いただいた方もあります。

もちろんご家族連れのお客さまもいらっしゃいましたが、みなさん揃《そろ》ってチェックアウトされたようでしたし……」

「二十六日以前から今日まで、ずっと泊っている客はないですか」

「いえ、そんなに長期の方はおられません」

それでは、今ホテルに残っている客に聞込みをしても、大した収穫は期待できないだろう。

それでも波倉は、全員にできるだけ話を聞くようにと、部下に指示した。

もしこの女がホテルに泊っていなかったとすれば、泊り客の誰かを訪ねてきて被害にあったか、もしくは犯人も被害者も外部から入ってきて、ホテル内が犯行の現場に選ばれたのか、いまひとつの可能性は、この死体入り布団袋が外部から持ちこまれたというケースであろう。

最後の場合には、今ホテルにいる客が、何かを目撃していなかったとも限らない。

「この方のことかどうかはわからないんですが……」

増元が考えこみながら口を開いた。

「あれは一昨日の夜九時すぎだったと思いますが、女の人のことで問合わせの電話が掛りましたですね」

「一昨日というと、二十八日の夜ですか」

「ええ。私がフロントにいて直接聞いたんですが、確か加地本さんといわれて、お姉さんが前日そちらへ行ってないだろうかというような問合わせでした」

電話の声は若い男で、二十七日から姉が外泊しているが、その場所がわからない。マンションの電話のそばに〈ステーションホテル、バラ〉とメモしてあるので、そちらに泊ったか、あるいは泊り客にバラの花を贈ったというようなことはなかっただろうかと尋ねたそうである。

「加地本さまというお名前のお客さまはお泊りではありませんでしたし、当日は結婚式やパーティなどもございませんでしたから、外から花が届くこともなかったんですよ。ただ、バラとメモしてあったのは、当方のダイニングルームのことではなかったかと思いまして……」

「……?」

「ホテルのメインダイニングは、二階の南端にございまして、〈薔薇《ばら》〉という名前なのです。それでもしかしたら、ステーションホテルのダイニングのことではないでしょうかと申しあげたんですが」

「その〈薔薇〉へは外からでも入れるんですか」

「もちろんです。うちはフロントのある正面玄関のほか、一階の南端にも出入口があります。階段を上ればすぐダイニングですから、一般のお客さまにもお食事や待ち合わせに利用していただいております」

「なるほど。で、その加地本という人は、二十七日から姉の行方がわからないといったんですね」

波倉は念を押すように訊《き》いた。

「ええ、だいぶん心配そうなご様子で、もし何か思い出したら知らせてほしいといわれたので、電話番号を伺っておきました」

「それはまだとってありますか」

「ええ、たぶん」

波倉は支配人といっしょに一階のフロントへおり、保存されていたメモを見せてもらった。問合わせをした男性は加地本悟、江古田にあるどこかの寮に入っているらしい。姉の名は加地本由実、住居は世田谷区代田一丁目のマンションで、どちらの電話番号も控えてあった。

現場での検屍が終った遺体は、ひとまず丸の内署へ運ばれた。

その間に、加地本の寮と代田のマンションへ捜査員が電話を掛け、都内各署へは家出人捜索願の照会がなされた。被害者の女性は二十七日から行方不明になっていたはずで、家族から捜索願が提出されている可能性も少なくない。

果たして、代田を管轄《かんかつ》する北沢警察署から、折返し回答が寄せられた。

昨二十九日朝、加地本由実二十六歳の捜索願が提出されていた。届出人は、弟の加地本悟十九歳。由実は二十七日夜から、勤め先である銀座八丁目のクラブ〈しおん〉を無断欠勤していたという。

丸の内署捜査員が北沢署の防犯係員から情報を聞いている間に、加地本悟とも連絡がとれた。西池袋にある予備校で授業を受けていた彼が、丸の内署からの伝言を聞いて、署へ電話を掛けてきた。

午後一時半頃、署へ駆けつけてきた悟は、遺体が姉の由実にまちがいないことを認めた。

「店の人に聞いてもらえば、もっとくわしくわかると思いますが、姉は二十六日まで、ふつうに働いていたそうです。ぼくも、その日の昼すぎには、佐世保から電話して姉と話したんです。母の術後の経過がいいといったら、とってもよろこんで、二十八日にはぼくと東京駅で待ち合わせる約束をしたのに……」

悟は時々涙で声を詰らせながら、捜査員の質問に答えた。

「二十六日は、お姉さんは何時頃まで店にいたんだろうか」

「十一時四十五分頃帰ったそうです。同じ店の仲間二人といっしょに新橋まで五分ほど歩いて、駅で別れて地下鉄に乗った。そのあとは、渋谷まで来て、井の頭線に乗り換えて新代田で降り、マンションまではタクシーを使ったと思います。歩けば十分くらいだけど、夜道は怖いからっていつもいってたから……」

「すると、二十六日の午後十一時五十分頃、新橋駅で同僚と別れた。それ以後、お姉さんと会ったり、電話で話したという人は、今のところ見つかっていないわけだね」

「はい……」

「お姉さんは、日頃からステーションホテルをよく利用していたの？」

「いえ、ぼくは聞いたことありません」

「お姉さんには恋人とか、結婚の約束をしている相手などはいなかったんだろうか」

「さあ……あんまりそういう話はしなかったから」

「誰かに怨《うら》まれるとか、脅されているというような話は？」

「そんなはずありません！」

突然悟が激しい語気で叫んだ。

「姉は一生懸命働いて、ぼくの学資を出してくれていたんです。生活費も節約して、いつか自分の店を持つんだっていってました。そんな真面目《まじめ》な姉が、人に怨まれたり……殺されるなんて、そんな馬鹿《ばか》なことが……！」

波倉警部と本庁捜査一課の雲野《うんの》警部らは、まだステーションホテルに留《とど》まり、丸の内署と連絡をとりながら調査を続けていた。

ホテル内の入念な見回り、従業員や泊り客の聞込みなど、ようやく当面の仕事を終えた彼らは、増元支配人といっしょに、二階南端のメインダイニング〈薔薇〉の隅の席に腰をおろした。まだ支配人に尋ねたいことがいくつか残っていた。

厚い絨毯《じゅうたん》が古ぼけ、ベルベットのカーテンのかかるクラシックなダイニングの窓からは、東京駅の各ホームと八重洲側まで見通すことができた。晩秋の空には朝から灰色の雲がたれこめたままだが、ホームにはオレンジやブルーや色とりどりの電車がひっきりなしに出入りしている。

支配人がテーブルにコーヒーを運ばせた。

被害者の身許が早い時点で判明したことは、波倉の気持ちを多少軽くしていた。

まず、加地本由実がこのホテルに宿泊していたかどうかの問題だが、最初に遺体を見た支配人と二人のボーイのほか、食堂やラウンジを含めて六人のボーイやウェイターにも検《あらた》めさせたところ、みんな見憶えがないと首を振った。

ことにこの〈薔薇〉のウェイターたちには、注意深く観察してもらったが、答えは同じだった。

遺体は腐敗が始まっているとはいえ、まだ顔立ちが見分けられないほどではない。服装にもある程度の特徴があるわけで、それでも全員が否定的なのは、彼女が泊り客ではなかった公算が高いと判断された。

まだおおぜいいるメイドやウェイトレスにまで無残な他殺死体を見させることは控えた

いし、今日休みの従業員もいるので、由実の写真を入手しだい、全員に見せ、それで結論を出すことになるだろう。

由実が泊り客でなかった場合には、ホテルへ誘いこまれて殺されたか、もしくは死体となって搬入されたのか――？

「あの布団袋を人目につかず運びこむってのは、ちょっと無理ではないですかねえ」

コーヒーを一口飲んだ雲野警部がいう。東京駅霊安室で曽根寛が殺された事件のさいとは別の一班が、本庁から応援に来ている。雲野は波倉と同年配の四十五、六で、どことなく飄然《ひょうぜん》とした風貌《ふうぼう》の人物だった。

「このホテルの出入口は、全部でいくつあるの？」と、支配人に尋ねる。

「フロントのあるメインエントランスと、この下の宴会場入口と呼ばれているところですが……」

「それと非常口があるでしょう？」

「はい。これは直接駅の丸の内南口コンコースへ通じております」

「非常階段はほかにないの？」

「ございません」

「すると結局出入口は三つあるわけだな」

「一晩中開けているんですか」と波倉。

「いえ、フロントは午前二時まで開けておりまして、その間は必ず係の者がおります。それより遅く帰られたお客さまには、ドアの横のナイトブザーを押していただくようにしております。宴会場入口は午後十一時に閉めまして、階段の上のシャッターもおろします。非常階段の南口コンコースへのドアは、午前七時から午後六時までは鍵をかけておりません。業者の出入り中には開けっ放しになっていることもあります。夕方六時になると、内側からノブのつまみを押して施錠《せじょう》してしまいます」

「うむ……正面玄関からはまず考えられんな、常時係が見張っているのでは。午後十一時以前に宴会場入口からか、もしくは昼間に非常階段から担《かつ》ぎこんだか」

「宴会場入口の横には、やはり十一時まで営業しているグリルがございまして、かなり人目はあると思いますが」

「南口コンコースに至っては、衆人環視というところだ」

「それでも盲点みたいなこともありますからね。目撃者がいないかどうか、駅や売店などにもなお綿密な聞込みをする必要があるでしょう」

波倉の意見に、雲野もむろん同意の表情で頷《うなず》いて、

「だがなんといっても、被害者がホテルで誰かと会って殺され、死体が非常階段に置かれた。この可能性がもっとも有力じゃないですかね」

「被害者のマンションに残っていたステーションホテル、バラというメモが、やはりここ

のダイニングを意味すると見れば、ですね」

「当然そう見るべきではないですか。でなければ、あまりにも偶然すぎる」

「ええ。しかしダイニングのウェイターたちは、被害者に見憶えがないといっていますね」

「メイドなど全員に写真を見せれば、憶えている者がいるかもしれない。あるいは〈薔薇〉で会うつもりが、何かの都合で変更されたというケースもありうるでしょう」

「なるほど。――ともかく、東京ステーションホテルの〈薔薇〉が待ち合わせに利用されたとすれば……この事件は霊安室の事件と関係があるんだろうか……？」

波倉はなかば独り言になって呟《つぶや》いた。

雲野は曽根寛の事件の捜査には参加していないので、詳しい事情を知らないから、ちょっと訝《いぶか》るように見返した。

「実は、まだ外部には伏せてあるのですが、例の霊安室で殺されていた帝都建設の曽根寛は、事件の十二日前の十月二日金曜の夕方、このダイニングルームで若い女性と会っていたことが判明しているのです」

増元支配人が電話で席を外したところで、波倉が口を開いた。もっとも支配人も一通り承知していることだが。

「そのまた四日前と二日前に当る九月二十八日と三十日に、同一人物と思われる女性の声で帝都建設の曽根に電話が掛り、彼が『ステーションホテル』といっていたのを、秘書が小耳に挟《はさ》んでいます。それでホテルで聞込みをした結果、曽根寛と思われる人物が、十月二日の午後五時半から六時半までの一時間くらい、〈薔薇〉の窓際《まどぎわ》のテーブルで、若い女性と会っていた事実が浮かんだんですよ」

「その女性の身許もわかっているんですか」

「いや、まだ残念ながら。曽根がビールとオードブルを注文して、二人は低い声で話していた。女性の年配も、二十五歳から三十歳の間という程度で、あまり従業員の印象に残っていないのです」

「なるほど。しかしそういう共通項があるとすれば……いや、共通項はもう一つあるじゃないですか」

「そうです。被害者はどちらもナイロンストッキングで頸を絞められている……」

霊安室の台の上に横たえられていた曽根寛や、夫にとりすがって泣き崩れた紀和子夫人の姿などが、波倉の脳裡《のうり》をかすめた。

その霊安室と、閉鎖された地下通路は、このダイニングの窓から見える3・4番ホームの北の外れにあった……。

第五章　駅の記憶

1

東京駅ステーションホテルの非常階段で女の絞殺死体が発見された事件は、十月三十日金曜の夕方のテレビニュースと、三十一日の朝刊各紙で報道された。

すると、三十一日午後二時頃《ごろ》、〈東海キヨスク〉の職員が、八重洲派出所に、黒エナメルの中型ハンドバッグ一個を届け出た。

「これは、八重洲北口のコインロッカーに預けられていたものなんですが、昨日期限切れで回収したんです。今日になって中身を調べたら、名刺や定期券もありまして、その名前がステーションホテルの事件の被害者と同じだったもんですから」

署員がバッグを開けると、中には、財布、定期券、名刺入れ、化粧品、ハンカチ、キイホルダー付きの鍵《かぎ》などが入っており、通勤定期の氏名はいずれも〈加地本由実〉、年齢は

〈26歳〉となっている。

署員はキヨスクの職員にも同行してもらい、バッグを直ちに丸の内署に設けられた〈ステーションホテル殺人事件特別捜査本部〉の一室へ持っていった。

刑事課長の波倉警部が、東海キヨスクのロッカー係から改めて事情を聞いた。

「八重洲北口改札の右手に出札所があります。その裏側にコインロッカーが七十ほど設置してありますが、その中の一つに入っていたものです」

初老の職員が多少勢いこんだような口調で質問に答えた。

「ロッカーは、預けた日も含めて三日間利用できます。それをすぎると、こちらで開けて、中身を回収するんですが。くわしく申せば、預ける時に二百円入れて、その後夜中の十二時がくるたびに料金表示が二百円ずつ加算されるんです。三日目をすぎると六百円になります。わたし共は見回りのたびに600の数字が出ているやつを開けていくわけですよ」

見回りの時刻は、ロッカーの場所によってもちがい、一定していないが、問題のロッカーは昨日の正午ごろ開けたという。

「回収したものは、倉庫に一ヵ月保管し、それでも持ち主が現われなければ処分するんです。で、このバッグも、今朝からほかの荷物といっしょに倉庫で整理点検を始めたんですが、開けてみると何だか聞き憶《おぼ》えのある名前にぶつかった。ひょいと思い出して、家を出がけに読んだ新聞記事をもう一度見直したところが……」

「なるほど」

　波倉は彼の協力に謝意を表してから、

「すると、このバッグは十月二十七日にロッカーへ入れられたわけでしょうか」

「その通りです。何時頃かまではわかりませんが」

　波倉がちょっと考えていると、職員はさらに説明した。

「東京駅には全部で四千五百個ほどコインロッカーがありまして、一日約二十一時間はいつでも利用できます。午前一時すぎの終電から、始発が出る午前四時前までの約三時間は、駅そのものが閉まってしまいますから無理ですが。全体によくふさがってますけど、中でも八重洲南口と丸の内北口がいちばん混《こ》むみたいですね……」

「これが発見されたのは、八重洲北口の出札所の裏側にあるロッカーといわれましたね。丸の内側へ抜ける自由通路のほうへ行く途中の……?」

「そうです。途中の左手になります」

「そのコンコースには、自由通路へ曲る角にドアが付いているでしょう。閉鎖された旧自由通路の入口で、いつも閉まってるようですが」

「そうそう。あの二枚のドアに突き当る手前にあるコインロッカーですよ」

　古ぼけた灰色のドアの内側には、荒れはててほの暗い閉鎖通路が横たわっている。

「7の扉《とびら》」は、その中途の階段の先にあった……。

冷え冷えとした霊安室の光景が、再び波倉の脳裡に甦《よみがえ》った。

定期券のほか、博多織でできた名刺入れの中の小型名刺にも〈しおん・加地本由実〉と印刷されていた。

これで、バッグは被害者のものにまずまちがいないと推定された。

財布には二万二千円ほどの現金が入っていた。

捜査員と鑑識係が、ロッカー係の案内でさっそく現場へ赴き、指紋採取などの作業にとりかかった。

バッグの指紋も当然調べられたが、検出された数個のうち、鮮明なものはいずれもロッカー係の指紋と一致した。

加地本由実の十指の指紋も、遺体から採取されていた。

バッグに付着していた数個の指紋のうち、由実のと一致するものはなく、似た指紋すら、一個も認められなかった。

これは、バッグが彼女の死後ロッカーに預けられたとの推測を、より強く裏付ける結果となった。犯人は、彼女の死体を布団《ふとん》袋に詰めてホテルの非常階段に遺棄したあと、指紋を拭《ふ》きとったバッグを駅のコインロッカーに預けて去ったのであろう。

しかし、なぜわざわざロッカーに入れたのか？　しかも、名刺や定期券も中に残したまま。

ロッカーなら、使用期限をすぎれば開けられることもわかっていただろう。そこから死体の身許《みもと》が割れるという可能性もなくはなかったのだ。

一方、バッグを焼却するとか、発見されないような場所に捨ててしまえば、犯人にとってはより安全だったはずではないか？

「被害者の身許はどっちみちわかると、犯人は肚《はら》をくってたんじゃないですかね」

警視庁捜査一課の雲野警部が意見をのべた。

「家族が当然捜索願を出すだろうし、ホテルの非常階段ってのも、そうそう長く隠しておける場所じゃない。どうせ身許が割れるなら、バッグが出てきても同じだと考えたんでしょう」

「うむ……それにしても、ホテルに近い丸の内側にもいくらもコインロッカーはあるのに、なぜわざわざ八重洲側まで持って行ったのか……？」

「丸の内側はみんなふさがっていたのかもしれない。それとも……」

「八重洲北口は、霊安室に近い場所ですよ」

雲野もその点に留意していた表情で頷いた。

「例の閉鎖通路へ入るドアのすぐ右側にもコインロッカーがありましたが、数が少なかったから、それこそそこはふさがっていたのかもしれない。いずれにせよ、問題は、曽根寛の事件との関連性です」

「共通項はいくつかある。第一に、殺害方法がナイロンストッキングによる絞頸《こうけい》。第二は死体発見の場所が東京駅構内。ホテルも駅舎の中に造られているんだから。そして、どちらの事件にも、ホテルのダイニング〈薔薇《ばら》〉が登場している」

「曽根寛が、被害にあう十二日前に〈薔薇〉で若い女性と会っていたという事実は、必ずしも事件と関係があるかどうか、まだ断定はできませんが」

「そして、コインロッカーと霊安室の位置関係だ」

雲野は波倉のことばを軽く無視する感じで続けた。

「つまり二つの事件には何らかの関連があり、しかも、犯人がその点を強調しようとしているきらいも窺《うかが》われる」

少し黙っていてから、波倉が、

「もうちょっと別の考え方もできますね。つまり、加地本由実を殺害した犯人は、先の事件を利用したという見方です。曽根事件はかなり派手に報道されてますからね。わざと同じ犯行手段で、死体置場も東京駅近辺を選んだ。おまけに遺留品のバッグまで、霊安室に近いロッカーに預けて、あたかも両事件が同じ犯人の手になるごとく見せかけようとしたのではないのですか」

しばらくたって、雲野が天井を向いて呟《つぶや》いた。

「うーむ、だからこそ共通点を強調しようとした、とも考えられるわけだな」

2

ステーションホテルと、被害者の身辺捜査も、並行して進められていた。

捜査本部では、由実のマンションにあった彼女の写真を弟の悟から預かってコピーし、それをホテルの全従業員に見せた。が、はっきり見憶えがあると答えたものは一人もいなかった。これで、彼女がホテルの宿泊客ではなかった可能性がいよいよ強くなった。

また、同じホテルの従業員と、駅や近辺の喫茶店、グリル、キヨスクなどへ聞込みをかけた結果からも、最近大きな袋を担《かつ》いでホテルへ入った不審な人影を見たなどという証言は得られなかった。

「やはり、誰かを訪ねてきて、被害に遭われたんじゃないかという気がするんですが」

フロントの裏側にある事務室で、支配人の増元が捜査一課の座間警部補に自分の考えをのべた。

「その場合にも、フロント経由でなく、〈薔薇〉の下にある宴会場入口からではなかったかと……フロントには常時係の者がおりますから、前をお通りになれば、誰も見憶えてないということはないと思うんです」

「宴会場入口は夜十一時まで開いているんでしたね」

「ええ。十一時になると上のシャッターをおろしてしまいますが」

由実のマンションの電話機の横に〈ステーションホテル、バラ〉のメモが残されていたことから推しても、彼女が何者かに呼び出され、〈薔薇〉の下の出入口からホテルへ入ったと見るほうが自然でもあるのだが……。

「しかし、〈薔薇〉のウェイターもウェイトレスも、彼女には記憶がないみたいですね」

彼らにはとりわけ慎重に写真を見てもらったのだ。

三十すぎの座間警部補は、ちょっと愛敬《あいきょう》のある大きな目玉で空間を睨《にら》んだ。

「ああ、そうか。そのメモは、必ずしも〈薔薇〉で人と会うという意味ではなく、その下の入口から訪ねてこいといわれたのかもしれないな……」

犯人がそうやって彼女をホテルへ呼び寄せ、彼女が宴会場入口からやってきたところを、素早くどこかの部屋へ連れこんだとしたら——これなら彼女は誰にも姿を見られなかったかもしれない。

「ホテルでは、空室はふつうどうなってるんです？　ロックしてあるのか、それとも……」

「もちろんロックしています」

「すると、犯人自身はチェックインしていた可能性が強いな」

被害者をいきなり非常階段へ連れこんで凶行に及ぶというのは、あまりに危険すぎないか？

まあ、そんなケースもありえないとはいい切れないが、犯人が自分の部屋をとっていた公算がより高いのではあるまいか？

その日は当然十月二十七日火曜と思われる。遺体解剖の結果、死亡推定時刻は二十七日午後三時から五時の間に絞られているのである。

「二十七日の宿泊カードを見せていただけますか？」

「はあ」

「こちらには、昼間の休憩という客もいるんですか」

「ええ、いらっしゃいますよ」

「アベックですね」

「いや、そればかりでなく、列車が出るまで待ち時間が長いので休んでおきたいというようなお客さまも……」

「そういう客にも宿泊カードを書かせますか」

「はい、一応お願いしています」

「それは好都合だ」

「ただ……」

増元がフロントのほうへ立っていきながらいった。

「うちはご予約をいただいたお客さまに、こちらから確認の電話はしておりません。ホテルによっては必ずするところもあるんですが。ですから、お客さまの住所氏名が本当かどうかはわからないんですが」

「それをこれから調べさせてもらうんですよ」

保存されていた宿泊カードにより、十月二十七日のホテルの利用率は約七十五パーセントとわかった。三階にあるシングルの三十五室は満室、二階のツインは約半数の十二室に客が泊っていた。昼間の休憩客はなかったが、終電に遅れて駆けこんだ、通称〝ウォーク・イン〟のサラリーマン客が一人あったという。

座間は、宿泊カードを預かって署へ持ち帰り、片っ端から宿泊者の身許確認を行うことにした——。

同じ頃、丸の内署刑事課の加藤警部補と団巡査部長の二人連れが、銀座八丁目のクラブ〈しおん〉へ出向いていた。

〈しおん〉は、並木通りより一本裏通りに面した古いレンガ造りのビルの三階にあり、弓なりのカウンターと数テーブルのある店内は、この種のクラブとしては中程度の広さだろう。

店のランクも、「中くらい」というのが、新聞記者たちの評判であった。さほど目立つ店というのではないが、開店後十年以上たっているので、古い馴染客《なじみ》も少なくないだろうという。

加藤たちが訪れた午後四時頃には、店はまだガランとしていた。あらかじめ電話で連絡しておいたので、ママとサブママの二人だけが出てきていた。

ママは相沢照《てる》といい、五十前後、餅肌《もちはだ》の太った女性だった。山田ミツ子と名乗ったサブママは三十代半ばくらい、ママとは対照的に痩《や》せぎすで、逆三角形の引きしまった顔立ちをしている。

こちらは加藤が二十代の終り、団は四十五をすぎているが、捜査畑ひとすじのベテランである。

「うちは女の子がわりとよく続くほうでね、由実ちゃんももう一年半も来てくれてたのに……どうしてあんなことになってしまったんでしょうねえ」

ママはまるで歌うような慨嘆調でいい、肉付きのいいお多福顔を深々とうつむけた。

「こちらへ来る前、加地本さんはどこで働いてたんでしょうか」

加藤が訊《き》く。

「西銀座の〈ロザンヌ〉というクラブです。そこの前のママと私は長年の親友で、彼女がお客さんと、由実ちゃんもつれてうちへ来てくれたことがあったんで、由実ちゃんとも会ってたんです。そのうちママが身体《からだ》をこわして仕事が続けられなくなっちゃって、ママが替ればお店の雰囲気《ふんいき》もちがってくるでしょ。それを潮に由実ちゃんにうちへ来てもらうことにしたんですよ」

「彼女はいわゆるウリ？　それともまだヘルプだったの？」

団が手慣れた調子で質問を挟《はさ》む。

「〈ロザンヌ〉では、前のママに店のお客さんをわけてもらったりして、パート的にウリという感じだったのかしら。でも、うちへ来る頃にはかなりいいお客さんをつかんでましたからね、完全にウリで雇ってたんですよ」

クラブでのホステスの立場には、ウリとヘルプとの二種類がある。以前築地署の勤務の長かった団は、およその事情を心得ていた。

ヘルプは単に固定給で雇われている立場だが、ウリは自分固有の客を持っている。自分の責任で客から勘定をとり、それは一応クラブに支払われるが、ホステスは割り戻しをもらう。ホステスが店の軒《のき》を借りて自分で商売をしているようなものだが、代りに危険負担も大きい。万一客のツケが焦《こ》げついてしまった場合にも、ホステスは四十五日から六十日以内くらいで、店にその分の金を納めなければならない。極端なケースでは、その金をつくるためにソープランドへ身を落としたホステスもあった。

ウリは自分の客が来ない日には店の客にもつくから、店から固定給ももらっている。

由実は自分の客をつれて、〈ロザンヌ〉から〈しおん〉へ鞍替《くらが》えしたのであろう。

「〈ロザンヌ〉からこちらへ移る時、何かトラブルがあったなんてことは？」

「いえ、そんなことはなかったと思いますけど」

「なかったと思うってのは、何かあったかもしれないということかな」

照が困ったように首を傾《かし》げていると、ミツ子が横から口を挟んだ。

「いえ、だいたいね、由実ちゃんは自分のことをほとんど話さない人だったんですよ。プライバシーに触れられるのをすごく嫌《きら》うっていうか。だから、いっしょに働いてても、心底仲のいい友だちはできなかったみたいですね。私なんか、お店の中では割とよく喋《しゃべ》ったほうですけど、それでもいつも聞かされるのは弟さんのことばっかり。予備校の寮に入ってる弟がいて、その子だけは希望の大学へ入れて、充実した人生を送らせてやりたいって……」

「遺体発見の前々日に当る十月二十八日、代田のマンションへ電話して弟さんと話をされたのも、あなたですね」

ミツ子という名前を悟から聞いていた加藤が確認した。

「そうです。その前の日、由実ちゃんがお店を休んだ時にも、何回か電話したんですけど、誰も出なかったんです。今年の三月頃にも一回、無断欠勤したことがあったから、その日はわざわざ様子を見には行かなかったんですけど」

二十八日になっても由実は姿を見せず、夜遅く電話で悟から相談を受けたミツ子は、照に話した上、翌朝捜索願を出すように勧めたという。

「約半年前に無断で休んだ時は、店の客と旅行に行ったんだそうですね」

「金曜の晩から熱海のへんへ出掛けたらしいんですね。ところが風邪がひどくなって、土曜の夕方までに帰れるつもりが帰れなくて、つい電話を掛けそびれてしまったとかいってましたけど」

「その時の相手の名前を教えていただけませんか」

加藤に正面から訊かれると、二人は困ったように顔を見合わせた。

「いえ……私たちも聞いてないんですよ」

「とにかく彼女は、よけいなことはいっさい喋らなかったですから」

ほんとうに聞いてないのか、知っていても口をつぐんでいるのかは、団にも即断できなかった。由実の固有の客であっても、彼女の死後も店へ来そうな相手なら、迷惑をかけぬために名前を隠そうとするだろう。

「由実さんがいっしょに旅行するような相手は、おおぜいいたんでしょうか」

加藤がひとまず質問を変えた。

「そうねえ、同伴出勤も珍しくなかったですからねえ」

同伴出勤とは、客と待ち合わせして夕食をご馳走《ちそう》してもらったりしたあと、いっしょに店へ来ることである。それだと、出勤時間も遅くていいことにしてある店が多い。

ミツ子がちょっと開き直ったような感じで喋り出した。

「由実ちゃんは、とびきりの美人ってわけでもなかったけど、小柄《こがら》に見えて意外とグラマーで、男好きするタイプでしたものね。それと、こういっちゃなんですけど、お金のある相手だと睨《にら》んだら、どこまでも放さないで、しかも男同士にはぜったい気取《けど》らせない。複数の相手と上手に付き合って、ガッチリ貯《た》めてたんじゃないかと思うんですけどね」

複雑な家庭をとび出して単身上京し、将来は自分の店を持つ夢を抱いていた……悟が打ちあけた話を、団は頭に浮かべた。

「要するに、肉体関係のあった男はかなりいたらしいと？」

「ええ」

「何人くらい？」

「ですから何度もいいますように、彼女、すごい秘密主義だったんですよ。誰と何があったなんて、可愛《かわい》げがないくらい、ポロリとも喋らなかったですもんね。口を開けば弟さんのことばっかり。いちばん当り障りがなかったからでしょうけど」

団は煙草《たばこ》をくわえて火をつけ、クラシック調のインテリアの店内を見まわした。

「おたくはなかなかの老舗《しにせ》らしいから、会社の接待なんかも多いんじゃないの」

「ええ、まあ、おかげさまで」と照が会釈《えしゃく》するような仕種《しぐさ》をする。

「主にどんな会社ですか」

「それはいろいろですけど」

「建設業界ではどうです？」

「そうねえ……」

「どこが利用してますか」

「………」

「できれば聞かせてもらいたいんだけどね。源泉徴収票が税務署に出てるはずだから、そっちに問合わせればどうせわかることだが」

団の口調には独特の押しがあり、照はしぶしぶ数社の名を挙げた。竹松組、三五工業、方丈建設など、大手十社のつぎくらいにランクされる会社であった。

「帝都建設の人は出入りしてなかったかな」

「いえ、あちらとはご縁がなかったんですよ」

この返事はきっぱりしていた。

「社用でなくても、帝都建設の曽根寛さんがここへ来たり、由実さんと知合いだといったことはなかったですか」

団も具体的に名を挙げて訊く。

「いいえ」

では曽根に限らず、帝都建設の関係者と由実との接触を、どんな形ででも聞いたことはなかったかとくいさがったが、二人とも迷いなく頭を振った。

ただ、照のほうは、その後頬《ほお》に手をやって考えこんでいる。

「何か心当りでもありますか。ささいなことでもいいんですが」

「――いえ、うちじゃないんですけど、〈ロザンヌ〉で……」

「ええ」

「昔、帝都建設の方がいらしたって話、チラッと聞いたような憶《おぼ》えがありますけどねえ」

「由実さんから？」

「いえ、亡《な》くなったママから」

「亡くなった？」

「ああ、私が親しくしてた前のママは、お店辞めてから間もなく亡くなったんですよ。肝硬変でね。やっぱり長年のお酒と無理がたたったんでしょうねえ」

加藤と団は思わず失望した顔を見合わせたが、

「しかし、ママさんが替っても、帝都建設がその店を利用しているということは充分ありうるわけだ」

団のことばに、照も小さく頷《うなず》いた。

「ママが代替りして、由実ちゃんもうちへ来てから、〈ロザンヌ〉のことはあんまり知りませんけどね……とにかく由実ちゃんは、前のママにとても可愛がられてたみたいでしたよ」

3

東京駅の霊安室と、ステーションホテルで発生した二つの事件は、どちらも丸の内署に捜査本部が置かれ、警視庁捜査一課から一班ずつ、各十二、三名が応援に派遣されている。両本部は密接な連絡をとりあいながらも、一応別個に捜査を進めていた。

霊安室の事件は、発生からすでに二週間以上経過していながら、まだ容疑者の目処《めど》もたたず、本部では焦《あせ》りの色を濃くし始めている。

なにしろ現場付近の目撃者が見つからない上、有力な手掛りとなるほどの遺留品も残されていない。

加えて、被害者は大学卒業後三十七年間帝都建設に勤務しており、そのうち昭和四十七年までの二十二年間はあちこちの現場を移動しながら工事主任や所長を経験していた。その間まる五年は、群馬県へ単身赴任もしている。

そうした経歴を通して、どのような交友関係を持ち、それがどんな形で現在まで尾を曳《ひ》いていたのか、跡を辿《たど》ることは非常に困難な、また時間と根気の要る仕事だった。

というのも、曽根寛殺害は、行きずりの犯行ではなく、霊安室付近を綿密に調べた上での計画的犯行と見られ、動機も痴情、怨恨《えんこん》などの線が濃いと考えられる。ところが、最近の曽根が殺人に繋《つな》がるほどのトラブルに巻きこまれていた形跡は見当らず、いきおい、動機の発生を過去に求めるほかなかったのだ。

十一月二日の昼下り、本庁捜査一課の角警部は、若手の部下一人と共に、東海道線で茅ヶ崎へ赴いた。

ステーションホテルで死体が発見されてから三日、別個の捜査とはいえ、担当者たちはどうしても両事件の関連にこだわりがちである。

すると——曽根はなぜ東京駅で殺されたのか？

角の思考もまた、その原点へ立ち戻ってしまうのだ。

何らかの東京駅にまつわる動機が、犯人にそこを選ばせたのではあるまいか？

では、曽根と東京駅との結びつきは何か？

一つは、彼が十二年間東京駅を通って通勤していたこと。

いま一つは、東京駅の新幹線工事に携わっていたことである。

しかも、そこで少々不自然な事態が発生していた。

三十七年三月、帝都建設が全体を三工区に分けたうちの一工区を請負って着工したさい、曽根は三十五歳の若さで工事主任に抜擢《ばってき》されている。現場所長のすぐ下である。

ところが、一年九ヵ月後の三十八年暮には、そのポストを解任され、翌年早々から群馬県のダム工事現場へ転勤しているのだ。

初動捜査の段階から帝都建設の調査に当った角は、そこにひっかかりを覚えた。

それに対する会社側の説明は、つぎのようなものだった。

曽根より三年入社が早く、若い頃《ころ》には何回も同じ現場を担当して気心が知れていたという楠田常務が、角の疑問に答えた。

「新幹線工事には私は直接タッチしていませんでしたし、当時の管理職はほとんど定年退職してますので、そんなにくわしい状況までは申しあげられませんが、まあおよそのことは聞いてますよ。一言でいって工期遅れですな。もともと当時の現場所長に統率力がなく、技術的な能力も不足していたため、何かと下から苦情が出たり、仕事もジリジリ遅れがちになってたところへ、ちょっとした工事ミスみたいなことも発生して、壁面の一部をやり替えなきゃならなくなった。そうなるともう突貫工事です。それでまあどうにか遅れは取り戻したんですが、社内的には所長が責任を問われましてね、所長は本社へ引きあげて、別の所長に替ったわけです。ところが、その人が、過去に何度もいっしょに仕事をした息の合った工事主任を連れていきたいといい張った。まあ、前所長の下で工事主任をつとめていた曽根君にも、多少の連帯責任はあるわけで、それやこれやで彼も新幹線工事を離れることになったんですよ。だから、彼はむしろ被害者みたいなものでね、上を怨《うら》みこそすれ、その件で誰かに怨まれるなんてことは絶対ありえないですよ」

「解任された所長は、その後どうされたんですか」

「しばらくは本社にいましたが、それほど経たないうちに、もっと小規模な土木会社へ移ったと思いますよ」

どこの会社かは知らないと、楠田は首を振った。

「どっちみちもう定年になってるでしょうが」

角は念のため、社内でほかの二、三人にも探りを入れてみたが、主だった関係者はやはりほとんど退職しており、楠田の話以上のことは聞けなかった。

ほかにも調査の対象事項は数限りなくあったから、角はひとまずその問題を脇《わき》へおいた。

しかし――、
約二週間後にステーションホテルで事件が発生し、すると角の関心は再び東京駅そのものへ引き寄せられた。

三十八年当時、万一会社にとって何か不名誉な事態が発生していたとしたら、楠田常務もほかの者も、口外を避けるだろう。

未亡人の紀和子ならどうだろうか？

もし彼女が何か聞いていた場合、事件捜査のためといえば話してくれるのではあるまいか？

丸の内署の波倉警部の話では、彼が、ご主人は東京駅に愛着を抱いておられただろうと尋ねた時、紀和子は妙に複雑な面持《おもも》ちで、「さあ、それはどうでございましょうか」と答え、その一言が妙に印象に残っているそうである……。

「ステーションホテルの被害者のホステスが以前勤めてたクラブ、そっちの聞込みはどうだったんでしょうか」

向かいの席に掛けた若手刑事が思い出したように尋ねた。湘南電車が辻堂《つじどう》を出たころである。車窓の風景が全体に褐色《かっしょく》をおびて、もう十一月に入ったのだという実感を強くさせられる。

「うむ、〈ロザンヌ〉のマネージャーがそこに長く勤めてる男で、十二、三年前までは帝都建設の客もたまに出入りしていたみたいだといっていたそうだ」

角は、そちらの捜査本部から聞いていることを話した。

「が、今は全然縁がない。ホステスもみんな替っちゃってるから、その頃の様子がわかる者はいないらしい」

「ママはどうなんです？」

「現在のママは知らないといっているし、先代のママは去年肝硬変で亡くなってるんだ。彼女はその少し前に身体をこわして店をやめるまで、十年以上もママをしてて、その前から〈ロザンヌ〉に勤めてたそうだからね。彼女が生きてれば、帝都建設との関係を聞けたんだろうがね」

「十二、三年といえば、曽根はまだ四十七、八で、現場から本社勤務に戻ったところですね。だから彼が〈ロザンヌ〉の馴染《なじみ》客だった可能性もなくはないですね」

「いずれにせよ、由実とは接触してないわけだが」

しかし、由実は亡くなった先代のママに可愛がられていたという。

一つの仮定として――先代のママが、曽根自身か、あるいはほかの社員から、帝都建設と関《かか》わる何事かを聞き知り、それが由実に伝わった。その何事かが二つの事件をひきおこした。そのようなケースもなきにしもあらずではないか……？

辻堂のつぎは茅ヶ崎で、二人は下車した。

早い午後の静かなホームにやわらかな陽射《ひざ》しが落ち、吹き渡る風は肌《はだ》に冷んやりとしみる。風には潮の香が含まれているように感じられた。

曽根寛は、朝夕このホームを歩き、東京へ通勤していたわけだ。

角は改めて思い描いた。

彼自身は東京下町の生まれで、以来三十七、八年も葛飾《かつしか》区や墨田《すみだ》区に住んできたから、日頃東京駅とはあまり縁がない。東京駅といえば、彼は修学旅行や新婚旅行など、地方への旅立ちを連想する。遠い旅の記憶が懐《なつか》しく甦《よみがえ》ってくるのだ。

だが、毎朝夕そこを通過している者には、またまるでちがうイメージがつくられているだろう。それも十二年間も通っていれば、やはりごく身近で親しい、アットホームな愛着を抱くようになるのがふつうではないだろうか。

ところが、未亡人はどちらかといえばそれを否定する反応を示したらしい。

「もしかしたら何か……」

ホームの階段へ足をかけながら、角は独り言に呟《つぶや》いた。

曽根と、彼の妻にとって、東京駅は何か拒絶的な記憶を孕《はら》む存在だったのではないだろうか……?

第六章　地下ホーム

1

茅ヶ崎駅から南へ車で二、三分。さほどの大邸宅はないが、湘南らしいどこかのどかに落着いた住宅地の中に、曽根寛の住んでいた家がある。

あらかじめ電話しておいたので、未亡人の紀和子が角警部ら二人を迎え、玄関脇の応接室に請《しょう》じ入れた。

いったん彼女が奥にひっこむと、角はガラス戸のそばまで立って行って、外を眺《なが》めた。南向き三十坪ほどの庭には、植木が自然なたたずまいで繁《しげ》り、枝ぶりのいい松が何本か目についた。

穏やかな秋の陽のさす庭の向こうには、さらに家々が立ち並んでいるが、その先から潮《しお》騒《さい》がかすかに聞こえてくるような気がした。

黒のスカートにグレーのカーディガンを羽織った地味な装いの紀和子が、お茶をテーブルに並べ、向かいあって腰をおろすと、角たちは改めて簡単な悔みをのべた。

角が紀和子に会うのは二回目で、曽根寛の死体が東京駅霊安室で発見された十月十五日の夜、丸の内署に来た彼女を見かけて以来である。角も本庁から駆けつけたばかりで、紀和子の事情聴取は署の波倉警部が行っていた。

曽根の死の十三日後になる十月二十七日には、同じ管内のステーションホテルで加地本由実が殺され、二つの捜査本部が丸の内署に置かれているから、刑事課長の波倉はほとんど署を動けなかった。

「本部の渡辺が一度こちらへ伺っていると思いますが——」

高校野球で鍛えたがっしりした長身の角は、その上体を少し前へ傾けて、用件を切り出した。

「ご主人は、被害に遭われる十二日前の十月二日夕方五時半頃から約一時間、ステーションホテル二階の〈薔薇《ばら》〉というダイニングで、若い女性と会っておられたことがわかりました。その二日前と四日前には、会社へ電話が掛り、会う約束をされた模様なんですが、奥さまはその女性にやはり心当りないですか」

会社で電話のことなどを聞き込んできた渡辺警部補が、すでに尋ねていたが、角はもう一度念を押した。その後何か思い出してくれていたら——?

紀和子はかすかに眉《まゆ》をひそめて、首を傾《かし》げた。

「二日の金曜の晩は、ふだんより遅い七時四十二分着の小田原行で帰ってまいりました。その電車は東京を六時四十分に出ますので、ステーションホテルからならちょうど時間は合いますけれど」

彼女は毎日夫の帰宅時刻を分単位で予測できたみたいだと、波倉が驚嘆していたのを角は思い出した。

「軽く食べてきたと申しまして、家ではお茶漬《ちゃづけ》程度でした……」

「ホテルでは、ご主人がビールとオードブルを注文され、低い声で話しこんでおられた様子です。誰と会ったのか、いわれなかったですか」

「今夜は珍しく客があって……とか、一言申しておりましたが、それ以上のことは。でも今思えば、女の方の電話があったという九月末頃から、主人はちょっと考えこんでいるような節《ふし》もございました。さほど思い悩んでいるというほどではありませんでしたけど」

「日頃から、家で外の話をなさるほうでしたか」

「若くて仕事に夢中な頃は、全然話しませんでした。齢《とし》をとり始めてから、気が向いた時にはずいぶん喋《しゃべ》るようになりまして、でも、話したくないことは口に出さなかったようです」

「十月二日のことは、珍しい客があったと、それだけしかいわれなかったのですね」

「ええ。ですから私は、仕事の関係の男の方かと思っていたんですが」

「失礼ですが、昔ご主人には、深い付き合いの女性などいたんでしょうか」

昔といったのは、現在は浮いた噂《うわさ》などまったく聞かれなかったからだ。

「さあ……やっぱり少しはあったのかもしれませんねえ」

未亡人は寂しげに微笑した。

「若い頃は仕事仕事で、毎晩遅くまで帰ってきませんでしたし、子供が弱かったので、私はついそちらに手をとられて、気が付かずにおりましたけれど」

昔関係のあった女が、会社に電話してきて、再会を望む。曽根は「いや、いいですよ。お会いするのはかまいませんが」と答え、多少億劫《おっくう》ながら、会社近くのホテルのダイニングまで出向いた。が、なにぶん過去のある相手なので、妻にはあえて話さなかった……。

これなら一応の辻褄《つじつま》は合うが、事件に結びつくほどの事柄《ことがら》とも思えない。

「ご主人が過去の女性問題でトラブルを抱え、家にも電話が掛ってきたとか、そういったことは……？」

「いいえ、最近女性の電話などは一回もありませんでした」

「加地本由実という名前にも、聞き憶《おぼ》えないですか」と、若手刑事が質問を挟《はさ》んだ。

「例の、ステーションホテルの被害者ですが」

「いいえ」

〈しおん〉や〈ロザンヌ〉といったクラブの名前にも、紀和子は反応を示さなかった。

「近頃はめったに銀座に出ることもなかったようです。ただ、昔そういうお店を利用していたとしても、私にはわかりませんが」

どうしても、事件の根は「昔」や「過去」に繋《つな》がっているように思われる。

「実は、捜査の参考として、ご主人のこれまでの経歴などをくわしく調べたわけなんですが――」

角は背筋をのばして、本題に切りこんだ。

「ご主人は帝都建設へ入社以来、順調な出世をとげてこられたようですが、ただ多少不審に感じられるのが、昭和三十八年暮に、急に新幹線工事から外され、翌年群馬県のダム工事現場に単身赴任されている点です。奥さまはそのへんの事情をどんなふうに聞いておられましたか」

つとめて軽い口調で尋ねたつもりだが、視線をさげている紀和子の表情が硬くなるのを角は認めた。

少したって、一度気持ちを静めるような呼吸をしてから、

「私はあんまりくわしく存じませんので、会社の楠田常務にでも尋ねていただけば……」

「いや、実はそちらにも一通りはお聞きしたんですよ」

常務の話を、角はごくかいつまんで伝えた。

「ああ、そういえば、施工《せこう》ミスみたいなことが起きて、地下の壁面を一部やり替えなきゃならなくなった。突貫工事になるかもしれんと、帰ってきた主人がむずかしい顔でいっていたのを思い出しました。あの頃は世田谷に家を借りて住んでましたんですけど」

「その施工ミスは、どんな原因で発生したんでしょうか」

「さあ……コンクリートの混ぜ方をまちがえたとか、チラッと聞いたような気がしますが……」

「コンクリートの混ぜ方？」

「いえ、なにぶんうろ憶えですので」

ハッとあわてたような気配が、紀和子の横顔をかすめたかに感じられた。

技術的なことは、角が楠田常務以外の社員二、三人からもある程度聞いていた。

工事途中の駅舎地下壁面の一部に薄茶色の汚れが発生し、原因を調べたところ、その付近の地層が有機物の混った地下水の水道《みずみち》に当り、地中から湧《わ》き出す水をポンプアップしても吸いあげきれずに、それが壁の立上り部分を汚染したのであろうと推定された。

ただ、汚れた地下水が壁面にしみ出すには、コンクリートが防水不完全で、中にスやヒビ割れなどがなければならない。それがどうしてできたのかは、はっきりしなかった（当時もはっきりしなかったのか、聴取に応じた技術系の社員が忘れてしまったのかは、判別できなかった）。

いくつかの原因が複合した結果であろうと、彼らは語っていた。

「とにかく、問題の箇所を急遽《きゅうきょ》打ち直すよう、国鉄工事区より指示され、突貫工事の工程が組まれた。その結果、それまでの工期遅れも取り戻したが、所長が管理責任を問われ、工事主任だったご主人もそれに倣《なら》ったということですね」

「大体そんな事情だったと思います」

「現場を外れたのは、その二人だけですか」

「ええ、たぶん……」

「もっと下の者も、とばっちりを受けて左遷《させん》されたというような話を聞かれませんでしたか」

「いえ」

「所長はなんという人でした？」

ここでも紀和子はしばらく思案してから、

「高辻《たかつじ》さんといわれましたか……」

「うむ」

角は社内で聞いて知っている。

「その人はまもなく帝都建設をやめたそうですが、どこへ移られたんでしょうか」

「いえ、私には……」

「ご主人が高辻さんを怨《うら》むとか、何かいっておられなかったですか」

「いえ、憶えておりませんが」

今度は即座に否定した。あたかも、この件についてはいっさい口をつぐんでしまおうと、ガードを固めたかのように。

しいて勘ぐれば、「コンクリートの混ぜ方をまちがえた」という一言を、彼女がうっかり口をすべらせたと受け取れぬこともない。

会社の技術者たちで、とくにそれを指摘した者はいなかったのだ。

もしかしたらそのへんに、会社にとって不都合な事情でもひそんでいたのではあるまいか？

いや、深読みしすぎてもいけない。

「群馬県には単身赴任されたようですが……？」

「ああそれは、直子が生まれるまぎわでしたのと、上の息子もまだ小さかったものですから」

「なるほど。——いずれにせよ、ご主人は不本意な形で新幹線工事から離れられたわけですね。ところがこの十二年間は、朝夕その東京駅を通って通勤されていた。何か複雑なお気持ちがあったかもしれませんね」

「いえ、そんなことは……気にもかけていなかったと思います」

紀和子はふいに顔をあげて、しっかりと目を見開いた。

「建設会社では、現場を移り歩くことは当り前ですし、一時でも自分が工事を手がけた駅には、とくべつの愛着があったのではないでしょうか」

角は軽く息をのんで彼女を凝視《みつ》めた。

夫の死体発見直後、取り乱していた彼女は、波倉警部が、ご主人は東京駅に愛着を抱いておられただろうと尋ねた時、

「さあ、それはどうでございましょうか」と、微妙な否定のニュアンスで答えた。そこが印象に残っていると、波倉は話していたのだ。

事件から二十日近くたち、悲しみは癒《い》えないにせよ、ある程度落着きを取り戻し、警察の聴取も何回か経験した彼女は、心を鎧《よろ》い始めたのではないだろうか。ふれたくない過去、亡夫や会社にとって不都合な事柄は、もう絶対に口外しない決心で……？

これもまた読みすぎかもしれないが、角はそんなふうに感じられてならない。同時に、彼女のけんめいな姿勢に、ふといじらしさすら覚えた。

冷めたお茶を一口喫《の》んで、彼は少しの間黙っていた。

「——こちらではお独りですか」

「いえ、娘がいっしょにおりますけれど」

「お寂しくなられましたでしょう」

「まだ信じられなくて……電車が着く時間になりますと、それから今にも主人が帰ってくるような気がいたしまして……」

紀和子の表情がむしろ和んで、眸《ひとみ》にゆっくりと涙がにじみ出た。

2

今にも降りてきそうな気がするんだけど――。

藤井久乃《ふじいひさの》は胸のうちで呟《つぶや》きながら、本八幡《もとやわた》駅の白とグレーの駅ビルをもう一度振り返った。

高架の上のホームから電車が発車し、そのあと駅の階段を下ってきた人の群れがひとまず途切れたのを見て、久乃は踵《きびす》を返して歩き出したのだが。

まだ新しい駅ビルには、店舗もたくさん入っているから、電車をおりたあと買物でもしているのかもしれない。

だが、しばらく立ち止まって待ってみても、小柄な身体《からだ》にチャコールグレーのコートを羽織り、トレードマークのような古ぼけたチェックのハンチングをかぶった合屋雄之助の姿は、いっこうに現われなかった。

「もう四時半をまわっているのに。床屋さんがよほど混《こ》んでたのかしら」

彼女は今度は声に出して呟き、小皺《こじわ》の集まった口許《くちもと》をちょっと尖《とが》らせるように引きしめた。

今日は午後一時半頃《ごろ》、総武線の上りに乗って東京駅へ出掛けた合屋は、つぎの市川で快速に乗り換え、市川から東京駅までは約二十分だから、ちょうど二時頃着いているはずだ。東京駅丸の内側の地下ホームから、新幹線側にある理容室まで、合屋の足でゆっくり歩けば十分近くかかるとしても、二時十分には中へ入って、それからまたよほど待たされたとしても……やっぱりもう帰ってくる時分なのだ。

そもそも彼が、決まって毎月第二水曜の午後二時頃、お馴染《なじみ》の〈構内職員用理容室〉へ出掛けるのは、いつも繁盛している店でもその頃は案外すいていると見越しているからで、そんなに待たされるはずはないと思うのだが。

知合いにでも会って、話しこんでいるのかもしれない。なにぶん国鉄ＯＢのことだから。

そう思い直すと、久乃は今度こそ身体の向きを変えて、しっかりした足どりでまた歩き始めた。

千葉県市川市の西寄りになるこのあたりは、久乃が結婚後東京から移り住んだ昭和三十年頃には、まだ随所に田圃《たんぼ》や畑がひろがっていたが、その後の高度成長期以降、ベッドタウンとして急速に開発が進んだ。それはもう目を瞠《みは》るばかりのスピードで、駅前にもつぎつぎとビルが建ち、まるでちょっとした地方都市の景観である。

といっても、新興住宅地は主に駅の南側で、北側は、駅前の繁華街を外れれば、幅三メートルほどの狭い道に沿って、古くからの家々が並んでいる。

このところさわやかな秋晴れが多かったが、今日は夕方から曇り出し、冷たい風も吹き始めた。日の短い季節で、四時半をすぎるともううす暗い。

久乃はスラックスに若者風のスニーカーをはいた足を早めて、京成電車の踏み切りを渡る。

その先は駅名の由来である八幡宮《はちまんぐう》の参道で、境内では天然記念物の千本銀杏《いちょう》の老木が今年も鮮やかに黄葉している。

参道の横から十分ほど歩いた先に、久乃が独り暮ししている木造二階家がある。

昭和二十九年に、東京の書籍販売会社に勤めていた夫と二人の子供との四人家族で移り住んだ家だ。「築三年」と不動産屋がいった家を買って、何度か改築しながらもまだ保《も》たせている。家はガタガタだが、七十坪の土地が今では相当に値上りしているはずだ。

今年六十三歳になる彼女は、十年余り前に夫を亡《な》くしたが、子供は三人いる。一人は今の家に越してから生まれた。

ところが、どうしためぐりあわせか、子供たちは揃《そろ》いも揃って外国へ出ていってしまった。水産会社に勤める長男はオーストラリアのシドニー駐在事務所に、長女は外国語学校の事務局で働くうち、パーティで知合ったアメリカの電子機器メーカーの営業マンと恋仲になり、六年前に結婚して、今ではロサンゼルス暮し。そして今年ちょうど三十歳の末息子は、都市銀行に就職したからまず外国へ行く心配はないと思っていたら、昨年春からマレーシアのクアラルンプール支店勤務と決まった。

その子もそれ以前からあちこちの社宅暮しだったし、相談を受けた時、久乃は、あなたが行きたいと思えばかまわないと答えた。

強がりばかりでもなく、彼女は独り暮しがさほど寂しいとは感じていない。身体は健康だし、いろいろと趣味もある。何よりも、夫と子供たちのためだけに費してきた毎日の時間を、今は百パーセント自分自身のために、それも意の向くままに使えると思うと、そう思うだけで、気分が豊かになってくるのだ。娘はいっそアメリカへ来ないかと呼んでくれるが、外国へ行ってまで孫のお守《も》りなどする手はない。

その上この頃は、合屋雄之助という気の合う「茶呑《ちゃの》み友だち」もできたことだし。

久乃は、スーパーの袋を自宅の門柱の内側にひっかけると、家の前を通りこして、なお百メートルほど、静かな住宅街の道を歩いていった。

少し歪《ゆが》んだ路地の三つ角を曲った先の、古い洋風の二階建が合屋の家だ。彼は早生まれだが、同じ大正十三年生まれ、つれあいを亡くしたあとの独り暮しという境遇も久乃と似ている。もっとも、彼の二人の子供はそれぞれ東京近郊で世帯を持っていたが。

玄関脇《わき》の、黒ずんだ黄土色の壁に切られた丸窓から、灯《あか》りは洩《も》れていなかった。

「やっぱりまだ帰ってないみたいね」

久乃はまた独り言をいい、念のためブザーを押してみたが、応答はなかった。

「晩ごはんどうするつもりかしら」

もう少したったら電話で尋ねてあげよう。

彼女は来た道を引き返した。

定年退職後の悠々《ゆうゆう》自適で、月一回決まって東京へ出掛けていく合屋だが、散髪の帰りに外食とか、寄り道もほとんどしたことはないようだ。

だからあの人の場合、東京へというより、東京駅へ行くといったほうが当っているみたい。

なんとなくそんなことを考えて、久乃はふっと空恐ろしいような暗い感じに襲われた。

少したって、その理由に思い当った。この十月には東京駅で続けて二件、陰惨な殺人事件が発生していたのだった。

3

東京駅は、午前一時から午前四時までの三時間、すべての出入口のシャッターが閉ざされ、業務を停止して短い眠りにつく。

正確にいえば、午前一時一分に山手線品川行の最終電車が出たあと、JR東日本の乗客係数人がその日最後の巡回を開始し、丸の内北口、南口と、順にシャッターをおろしていく。まだ構内にいた酔っぱらいや浮浪者などはそのつど追い出されるが、残った者は八重洲中央口へ集められ、そこから外へ出される。そのあとでシャッターがおりる。だから厳密には、最後の一枚が閉まるのは午前一時十五、六分になっている。

しかし、もっと早くに閉まる場所もある。いちばん早いのは丸の内中央口で、ここは午後八時に閉まってしまう。

つぎは総武線快速・横須賀線の発着する地下ホームである。総武線千葉と横須賀線久里《く》浜《はま》とを直結する両線のホームは、丸の内側の地下五階、二十八メートルの地底にあり、上野駅新幹線ホームにつぐ大規模な地下駅とされている。

発車の最終は、総武線下りの〇時発千葉行、到着は総武線上りの〇時二十九分東京止まり。

その乗客が散ってしまうと、JR東日本の当直の助役と営業係など数人が見回りを始める。職員の間では通称「追い出し」と呼ばれている。

まず、改札のある地下一階から、大エスカレーターで一気に地下四階まで下る。

地下四階から、もう一つ別のエスカレーターで地下五階のホームへ。両方合わせて、所要時間が七十八秒という長いエスカレーターである。

ホームの隅《すみ》や柱の陰に残っている浮浪者や酔っぱらいなどを追い立てながら、上りのエスカレーターで引き返す。

地下四階は、キヨスクと、時には臨時きっぷ売り場などが設けられる。広いコンコースの両側には〈運転士詰所〉〈休憩室〉〈更衣室〉、倉庫やトイレ、〈特別避難階段〉など、数々の設備が並んでいる。

「追い出し」を予想してトイレに隠れている浮浪者などもいるから、係員も心得て、要領よく点検していく。

十一月十二日木曜の午前〇時半すぎも、その晩当直の田中助役ほか四人のグループで、いつもの巡回が開始された。丸の内側は、飲食店の多い八重洲側ほど酔っぱらいはいない。浮浪者もまだ少なく、これから寒くなるにつれて増えていくという感じだ。

地下四階コンコース東側にある〈倉庫〉のドアを開けた係員が、電灯を点《とも》し、習慣的な動作で内部を覗《のぞ》いた。

幅七メートル、奥行四メートルくらいの内部は、ブロックの壁で横に長く仕切られ、手前側にはホウキ、チリトリ、モップ、バケツなど、奥には、キャタツ、ホース、大きなカゴ、オガクズを入れた缶《かん》等々、実に雑多な用具が所狭しと置かれている。

電灯のスイッチを切りかけた彼は、ふと手を止め、念のためにもう一度首をのばして、ブロックの向こう側へ目をやった。

奥の隅に立てかけてあるキャタツと壁との隙間《すきま》に、人が蹲《うずくま》っているように見える。黒っぽいグレーの丸いものを、最初はゴミ袋だと思ったのだが。

うむ、まちがいなさそうだ。ゴマ塩頭の一部が肩の下に見えている。

係員は舌打ちしながら、用具の間を縫って近付いていった。酔っぱらいがあんな隅っこまでもぐりこむとは思えないから、浮浪者が隠れているのだろう。なんとか追い出しを免《まぬか》れて、一夜の塒《ねぐら》を確保しようという魂胆だ。このところ夜中は大分冷えこんできたし。

「ちょっと、ちょっと」

声をかけたが、相手は返事をしない。眠りこんでいるのか、そのふりをしているのか。が、浮浪者の追い出しには、ふつうわりに手間がかからないものだ。ことに常連ほど、係員の姿を見ればのっそり立ち上って、自分から出ていく。シャッターの閉まっている約三時間を、そのすぐ外側で毛布や筵《むしろ》にくるまって凌《しの》ぎ、午前四時に開いた途端、すぐまた入ってくる。なれあいのゲームみたいなものだった。

係員はホースや缶をまたいで、やっとキャタツのそばに達した。

案の定、髪のうすい小柄《こがら》な男が蹲って壁にもたれていたが、チャコールグレーのコートの背中は、意外に浮浪者とも思えない。がっくり垂れた頭の下に、古ぼけたチェックの帽子が落ちている。

「もしもし……」

背中に手をかけた時、何か強い不審を彼は覚えた。

「もしもし、お客さん！」

つぎの瞬間、冷水のような感覚が彼の身内を走り抜けた。口を開けて、息をのんだ。その視線は、コートの襟《えり》の下に吸いついて離れない。首筋に皺がよるほどきつく巻きついているものは、スカーフではなくて、例のナイロンストッキングでは……？


丸の内北口の鉄道警察隊分駐所から、丸の内署へ連絡が届いたのは、十一月十二日午前○時四十分頃である。

二つの捜査本部が設置されている署内には、その時まだ、波倉刑事課長をはじめ、かなりの人数の捜査担当者が居残っていた。

波倉ら数名と、当直の鑑識課員が現場へ急行した。

推定年齢六十歳から六十五歳、身長百六十二、三センチのやや小柄な男性が、ナイロンストッキングで頸《くび》を絞められて息絶えていた。

真夜中でも、警視庁嘱託医の臨場が要請された。

嘱託医の到着まで、遺体にはほとんど手をつけない決まりだが、鑑識課員が顔や手足に触れてみた感じを波倉に告げた。

「足や手指にまで硬直が及んでいますから、死後十時間から十二時間くらい経《た》ってるんじゃないかと推定されます。見たところ外傷などはありません」

十時間から十二時間前といえば、十一日午後一時から三時の間くらいになる。当然ホームやコンコースには人があふれていただろう。すると犯行現場も、この倉庫の公算が強いのではないか。

でなければ、よそで絞殺《こうさつ》された死体が、夜、人目が少なくなってからここへ持ちこまれたかだが。

しかし、雑多な用具が床に並び、奥のほうでは埃《ほこり》をかぶっている室内には、最近それらを動かしたり大きなものをひきずったような形跡は認めにくいようだ。

また、夜更《よふ》けてからにせよ、男一人の身体ほどの大荷物を運びこんだりすれば、当然見《み》咎《とが》められる危険は多大である。第一何かに包んでこなければならないわけだが、ここでわざわざそれを取り去っていったというのも不自然に思われる。

では、ひとまず犯行現場がここであるとの判断に立ってみると、いやでもまた先の二つの事件が波倉の脳裡《のうり》に浮かんだ。

十月十四日に発生した第一事件では、曽根寛が霊安室へ連れこまれて絞殺された。

十月二十七日の第二事件は、加地本由実がステーションホテルへ誘い出され、どこかの部屋で絞殺されたあと、布団《ふとん》袋詰めの死体が非常階段に置かれた。

そして今度は、地下ホームの倉庫が選ばれたのではあるまいか？

といっても、三つの事件が同一犯人の手になる連続殺人であると、まだ決まったわけではない。

ただ、いくつかの共通点を挙げることはできる。

第一に、犯行と死体発見の場所が、いずれも東京駅構内であること。

第二は、被害者が犯行現場へ誘いこまれた状況が想像されること。

第三は、殺害方法がナイロンストッキングによる絞頸《こうけい》であること。

そうだ、この男性が絞殺されるまでには、何かの口実でここまで誘いこまれなければならない。

波倉は田中助役に断わり、少し離れた並びにある〈休憩室〉を使わせてもらうことにした。

そこへ、田中をはじめ、ホームやコンコースにいた乗客係三人と、やはりまだ残って清掃していた〈弘済《こうさい》整備株式会社〉の職員二人を呼び、当面の事情聴取にとりかかった。

「あそこの倉庫へは、どの程度人が出入りしてるんですか」

「朝夕はたいてい何人かで用具の出し入れをするわけですが、それからあとは、そうめったには行かないわな」

紺のユニホームを着た初老の〈弘済整備〉職員が、同僚を顧みた。

「そうだねえ。必要なものでもあれば取りに行くけど、そんなにたびたびはね。物置は一つじゃないし」

「あそこは日中電気が点《つ》けっ放しになっているのかな」と助役が尋ねた。

「いや、いちいち点けたり消したりしてますよ」

「ああ、そうすると、出入口の近くのものを取る時など、電気を点けないこともあるんじゃない？」

「ありますよ。それと、たとえ点けたって、奥まで覗かないですね。日常使う道具はたいてい手前のほうに置いてありますから」

「今日の夕方も、用具の出し入れをされたわけですか」と波倉がまた質問する。

「ええ、六時半頃にね」

「その時は誰も何も気が付かなかった？」

「そうなんでしょうねえ。わたしらはなんにも聞いてないから」

「誰かが何か大きな荷物を運びこむのを見たとか、そんな話を聞かれた憶《おぼ》えはないですか」

みんな無言で首をひねるばかりだ。

「あの倉庫へ、関係者以外の人が入ろうとしたら、当然注意するわけですね」

「ええ。でも、まちがって開けた人は、すぐ倉庫だと気が付いて閉めますけどね」

乗客係の一人が答えた。

「ドアの外に〈倉庫〉という札が掛ってはいますが、小さいので、たまにトイレか何かとまちがって開けるお年寄りなんかもあるんですよ」

確かに、目の高さより少し上にある〈倉庫〉の名札はごく小さいものだったと、波倉は思い返した。

それに気付かなければ、あそこが何の部屋なのか、部外者にはわからない。

その点も〈霊安室〉と似てはいないか。〈7〉という数字が記されたドアを一見しただけでは、どういう場所なのか、知らない者には想像もつかない。だから曽根は騙《だま》されたのではなかったか。たとえば「JRの者だ」と名乗った犯人に、家族の誰かが急病で、こちらで休ませてあるとでもいわれれば、彼は疑いもなく犯人のあとに従って、霊安室まで誘導されたのではなかったかと推測されているのだ。

同じような事態が、この男性にも発生したのではなかっただろうか?

コンコースを歩いていた彼に、犯人が接近し、何か火急の用件を告げて、〈倉庫〉へと導く。犯人が先にドアを開けてしまえば、彼には〈倉庫〉の名札は見えなかったかもしれない。

彼がブロックの仕切りの内側へ入った直後、犯人は後ろからナイロンストッキングをかけて一気に絞殺したのか——?

ただし、被害者に近付いた人間が、彼の知らない相手で、本当に「JRの者」と名乗ったか、それとも、知人だったので安心してついていったのかなどは、無論まだ不明である。

ともあれ、被害者の身許《みもと》を突きとめることが先決だった。

死体の身辺に、所持品らしいものは見当らなかった。

コートの内ポケットには財布、手帳、ハンカチ、鍵《かぎ》などが入っていた。

財布の中身は四千円。市販のうすい手帳には、ところどころ買物メモみたいな書きこみがある程度だ。

コートのネームの縫い取りなどもなく、その下は丸首の黒いセーターと茶色のズボン。

身許を示すものは何もなさそうに見えたが、最後に帽子の裏を返してみた捜査員が、頭の後ろに当る部分に一つの名前を発見した。墨かサインペンのうすれた文字は〈合屋〉と読めるようであった。

朝になると、丸の内署にまたしても新たな捜査本部が設置された。

やはり被害者の身許確認が急がれた。

合屋という姓の家出人捜索願が提出された場合は直ちに連絡してほしい、との要請が、都内各署と、千葉県と神奈川県の県警本部へ伝えられた。被害者は総武線か横須賀線沿線の居住者である可能性が高いと認められたからである。

駅のコインロッカーを片っ端から開けてみたら、といい出す者もいる。加地本由実のケースと同様、犯人は被害者の鞄《かばん》などをコインロッカーに預けて逃走したのではないか？

とはいえ、期限が切れていないロッカーを無断で開けることには問題があり、十四日まで待つしかなさそうだ。もっとも、男は女とちがって、必ず鞄などを持ち歩いていたかどうかはわからないという意見もあった。

東京駅のJR職員や、キヨスク、飲食店、そしてステーションホテルへも、いっせいに聞込みが行われた。被害者は、曽根のような通勤者だったとは考えにくいが、何か東京駅との結びつきはなかっただろうか。それで駅の誰かが彼を憶えているということはありえないか？

この聞込みは、図に当った。

駅構内の、それも改札《ラッチ》の内側、新幹線南乗換出札窓口の隣で営業している〈職員用理容室〉の店主兼理容師が、被害者の苗字《みょうじ》と年恰好《としかっこう》を捜査員から聞き、「もしや、あの合屋さんでは？」と首を傾《かし》げたのだ。

「うちはまだ開店して五年なんですけどね、オープン早々から毎月一回、必ず来てくださるお客さんがいるんですよ。いや、そういうお馴染《なじみ》さんはほかにもおられますが、合屋さんはここ三年くらい、月の第二水曜日の午後二時頃《ごろ》と、ほとんど決まってましたからね。それが昨日はどうしてか、お見えにならなかったんですよ」

「ここは看板通り、職員用じゃないんですか」

「ええ。それと、関連企業や出入り業者の方ですね。でも、多少でも縁故があればかまわないし、実際には身分証明書を見せてもらうわけじゃないですからね。ここを知ってる人なら、誰でも利用できるようなもんです」

「で、その合屋さんという客は？」

「合屋さんには、ちゃんと資格がありますよ。国鉄ＯＢですからね」

「なに……駅の職員だったの？」

「いや、駅じゃなくて、国鉄工事局におられたそうです。東京工事区の時代には、新幹線工事の監督で、毎日のように東京駅へ来たもんだなんて、いつかちょっと話しておられましたねえ」

第七章　幻の女

1

東京駅には、誰でもが利用できるふつうの床屋が二店ある。八重洲側名店街と、丸の内側ステーションホテル横の地下に。

だが、そのほかに、〈構内職員用理容室〉というものが六店もある。ほとんどは車掌区や新幹線総合指令所付近などの奥まった区域なので、外部の人はその存在すら知らないだろう。

一つだけやや例外なのが、八重洲側改札《ラッチ》の内側、新幹線南乗換出札窓口の隣にある一店だった。理容室の符丁である〈り〉のシールを貼《は》った鉄のドアが、一般乗降客の往来するコンコースに面している。

大体が職員用理容室は、料金は市中のほぼ半額で、サービスや仕上りも一般の店に優《まさ》るとも劣らないという定評である。おまけにどこも若い女性理容師が多い。だから、利用できる者は、当然よろこんでそちらの顧客になる。

が、なにぶんにも〈職員用〉だし、多くは入りにくい場所なので、直接の職員ではないが多少でもJRと縁故のあるような人は、いきおい出札窓口の隣にある一店を利用する傾向にあった。

四十すぎの店主兼理容師に、捜査員はさらにくわしく、被害者の年恰好や特徴を告げた。

「遺体のそばにチェックのハンチングが？　いやあ、それはいよいよ、合屋さんかもしれないなあ」

相手は憂《うれ》わしげに眉《まゆ》をひそめた。

「もと国鉄の方などは、現役時代ずっと帽子をかぶっておられたんで、その後も何かしら頭にのっけてないと物足りない気がするらしいんですね。こちらとしても、帽子に合うヘアスタイルに仕上げることが、鉄道床屋のコツみたいなもんですから」

捜査員は、彼に丸の内署まで来てもらった。

遺体は解剖のため、すでに大学病院へ運ばれていたが、写真を何枚か見せると、彼は「合屋」にまちがいないと、沈痛な面持《おもも》ちで頷《うなず》いた。

波倉刑事課長が改めて事情聴取に当った。

「――さあ、フルネームまでは。そのうち顧客名簿をきちんと作ろうなんて考えながら、まだ……」

「年齢は？」

「六十二、三くらいになられてたんじゃないですかね。国鉄を退職したあと、関連会社に六十まで勤めて、ここ二、三年は悠々《ゆうゆう》自適だなんていっておられましたよ」

「国鉄は工事局だったそうですね」

「そんなふうに伺ってました。東京工事区が長くて、それから一度よそへ移られ、最後は東京工事局の課長で定年を迎えられたとか」

「東京工事区の時代に、新幹線工事を監督されたんですか」

「ええ、いつかチラッとお聞きした憶えがあるんですが。その頃は毎日東京駅へ来てたもんだなんて」

「定年退職後はどこの会社に勤めておられたか、ご存知ですか」

「ええっとねえ、どこといわれたかなあ……」

店主は宙に目をこらす。開業以来約五年間、月に一回散髪にくるうちには、プライベートな話をする機会も少なくなかっただろう。

「御茶ノ水だか秋葉原だかに、国鉄所有のビルなんかを管理する会社があって……確かそういうとこだったと思いますが」

「なるほど」

調べればわかるだろう。

「合屋さんはどこにお住まいだったんでしょうか」

「総武線の本八幡じゃないですか」

これはかなり確信のある口調で答えた。

「市川で快速に乗り換えて、二十五分くらいで東京駅に着くって、よく話しておられました。うちは金曜日、それに給料日の二十日あたりがものすごく混《こ》みますからね。合屋さんはその前になる第二水曜の、二時頃のすいた時間を選んでいらしてたわけでしょうねえ。帰りも、ラッシュにぶつからないうちに電車に乗るんだなんて……」

犯人は彼の習慣を心得ていたのだ。そこで、昨十一日水曜も、午後二時頃地下五階の総武線ホームからエスカレーターで上ってきた彼に近付き、何かの口実で地下四階コンコース脇《わき》の倉庫へ連れこんだのではなかったか？

霊安室のケースと似ている。波倉はいっそうその感を強めた。また新たな共通点に気が付いたからである。

曽根寛の事件でも今回でも、犯人は被害者の習慣を調べ出していたと想像されることだ。曽根は退社後、ホテル国際観光の前まで会社の車で送られ、八重洲北口改札の先に当る出入口から構内へ入った。すぐ右手にあるキヨスクで夕刊を買うのも毎日の慣わしだったが、犯人はそれ以前に彼に接近し、閉鎖通路内の霊安室まで誘導したものと推測されている。

そして今度の事件でも、合屋の理容室通いが巧みに利用されたのではないか。それがなかったら、気ままな暮しをしている人間を東京駅まで誘い出すには、またそれなりの企《たくら》みが必要とされただろう。

加地本由実のケースはどうだったか?

代田のマンションから銀座のクラブへ通勤していた彼女には、毎日東京駅へ来るような習慣は認められなかった。彼女は犯人に電話で呼び出された公算が強い。部屋の電話機の横に〈ステーションホテル、バラ〉のメモが残されていたのだ。

由実の事件から数えれば二十五日前の十月二日夕方、曽根はステーションホテルのダイニング〈薔薇《ばら》〉で若い女性と会っている。その二、三日前の電話で呼び出された形跡があった。

「合屋さんがいちばん最近理容室へ来られたのはいつでしたか」

「先月の第二水曜ですから……」

「十月十四日になりますね」

波倉はカレンダーを確認した。

「その時、最近女性から電話が掛ってきたというような話をされてなかったでしょうか」

「女性から?」

「女性でなくても、何か変った電話とか、誘いとか……?」

「いや、とくには憶えていませんが」

「合屋さんは新幹線工事の監督をしていたということでしたね」

波倉は話を戻した。

「その当時の思い出なんか、折にふれて語られたりしなかったですか」

「いやあ、あんまり。新幹線工事のこともいっぺん聞いただけですよ」

「ほかの仕事についてでも、何か?」

「うーん、それが、時々は話しておられたのかもしれませんが、なにぶんうちのお客さんはほとんどみんな鉄道関係の方でしょう。どなたが何の話をしてらしたか、こちらはゴッチャになっちゃいましてねえ……」


国鉄の定年は五十五歳であったから、合屋はその後五年間、御茶ノ水か秋葉原にある関連会社に勤めていたことになる。そこも辞めて、二、三年の悠々自適――。

それだけの手掛りで調べたところ、まもなく合屋の最後の勤務先が判明した。秋葉原駅の高架下に事務所のあるＪＲの関連企業で、駅ビルや施設を貸したり、保守管理をしている会社だった。捜査本部からまずＪＲ東日本の本社に尋ね、そういう会社のあることを聞いて、つぎにはその会社へ直接問合わせてわかった。

合屋雄之助。大正十三年二月生まれで、昭和五十四年に国鉄東京工事局を定年退職したあと、その会社へ入り、五十九年に六十歳で退職していた。

およその経歴は、山梨県の高等工業卒業後、運輸通信省へ入省、国鉄東京幹線工事局東京工事区技術掛、担当助役をへて、市川工事区長、東京工事局土木課長補佐、課長に昇進して定年を迎えている。

秋葉原の会社を退職した時点での住所は、〈千葉県市川市八幡五丁目十四番〉であった。最寄《もよ》り駅は総武線本八幡だろう。

「退官された翌年に奥さんを亡《な》くされて、あとはずっと独り暮しみたいでしたが」と、関連会社の同僚が話していた。

十一月十二日の午後四時すぎ、捜査本部の中谷警部補と渋沢巡査部長の二人組が、合屋の住所地を訪れた。三十すぎの二人は、どちらも本庁捜査一課の刑事である。丸の内署の刑事課はほぼ全員、先の二つの捜査本部に配属されていた。

二人は本八幡駅の北口を出て、銀杏《いちょう》並木が美しく黄葉した八幡宮の参道を歩いていった。昨夜からの雨がようやく上ったところだが、湿った空気は冷え冷えとしている。一雨ごとに寒くなる季節である。

駅から十五分あまり、少し歪《ゆが》んだ路地の三つ角を曲った先に、黄土色の外壁が黒ずんだ洋風の二階家が建っていた。石の門柱に〈合屋〉の表札がさがっている。

「ここでしょうね」と、渋沢が呟《つぶや》いた。番地も合っている。

付近の家々はそろそろ電灯を点《とも》しているが、玄関脇の丸窓はひっそりとした薄闇《うすやみ》を孕《はら》んでいる。

念のためにブザーを押してみたが、応答はない。ドアにも鍵《かぎ》がかかっていた。

「今は独り暮しだが、子供は二人ほどいるという話でしたね」

合屋のかつての勤め先での話である。が、その子供たちの連絡先がわからない。

「近所で尋ねてみるか」

二人は、生垣《いけがき》を挟《はさ》んで左隣の、〈大津〉という表札のある家の玄関へ歩み寄った。

ブザーに応《こた》えて出てきたのは、四十すぎくらいの主婦らしい女性だった。

「お忙しい時間に恐縮ですが、捜査の参考に少々お伺いしたいことがありまして」

中谷が警察手帳を示すと、主婦の顔が少しこわばった。東京駅構内でまたも絞殺《こうさつ》死体が発見された事件は、テレビニュースや今朝の新聞で報道されていたが、被害者の身許《みもと》はまだ外部に知れていない。

「お隣の合屋というお宅には、合屋雄之助さんが住んでおられたんでしょうか」

「ええ、そうですね……そういうお名前です。小包なんかお預かりすることがありますから」

「独り暮しだったらしいですね」

「ええ」

「子供さんが二人おありなんでしょう?」

「二人とももう独立なさって、お孫さんも三人くらいいらっしゃるんじゃないですか」

「どちらにお住まいなんでしょうか」

「息子さんは田無《たなし》のほうとかいわれなかったかしら。娘さんは……とにかく東京近辺にはいらっしゃるみたいですけど」

「自宅や勤務先の電話番号などはわかりませんか」

「いえ」

主婦は頭を振った。

「でも……合屋さん、今お家《うち》におられないんですか」

「いや」

「何かあったんですか」

中谷は返事を濁した。

「合屋さんの家族のことなどをくわしく知ってらっしゃる方は、このへんにいないでしょうかね」と渋沢が尋ねる。

「さあ、やっぱり町内会長さんかしら……」

少しして「ああ」と彼女は瞬《まばた》きした。

「藤井さんなんかが案外ご存知かもしれませんよ」

「藤井さん？」

「ご近所のお年寄りで……いえ、それほどのお齢《とし》じゃないですね。合屋さんと同じくらいだから。やっぱり独り暮しなので、話が合うらしくて、八幡《はちまん》さまの境内を二人で散歩されたりしてるのを見たことがあります」

藤井宅はここからほんの百メートルほど駅寄りだという。

「そういえば、昨日のちょうど今時分も、藤井さんがそこの前の道路を歩いてらっしゃるのをお見かけしましたよ。合屋さんとこへいらしたのかもしれませんねえ」

主婦はほほえましげな顔付きで目を細めた。

2

「昨日の四時四十五分から五十分くらいの間に、ブザーを鳴らしてみましたけど、お留守みたいでした」

藤井久乃は生粋《きっすい》の東京育ちといった歯切れのいい調子で答え、小皺《こじわ》の寄った口許をちょっと尖《とが》らせるように引きしめた。彼女は真白な髪をボーイッシュなショートにしたごく小《こ》柄《がら》な女性で、愛敬《あいきょう》のある童顔の中でもとりわけ丸い眸《ひとみ》が人懐《ひとなつ》こくて、どこか知的な光をたたえてもいた。

大津宅を辞去した二人は、その足で藤井宅へ赴いた。合屋の家よりもっと年月を経て見える木造の和風で、庇《ひさし》のきわで渋柿《しぶがき》がルビーのような光沢に熟していた。

幸い彼女は家にいて、突然の訪問者を玄関脇の応接室へ請《しょう》じ入れた。古ぼけたピアノの上に子供たちの家族写真らしいものが何枚か飾ってあった。

「東京駅へ散髪にいらしてるってことはわかってましたからね。お帰りが遅いので晩ごはんはどうなさるのかと思って、六時半と七時に電話を掛けてみましたが、まだみたいでした。今朝もちょっと様子を見にいったんですけど……何かあったんですね？」

中谷たちは顔を見合わせ、彼女にはもう事実を伝えてもいいだろうと判断した。

今朝の午前〇時四十分頃、丸の内側地下四階の倉庫で絞殺死体が発見された模様を話す間、彼女は身動《みじろ》ぎもせずに耳を傾けていた。

「その後身許は判明したわけですが、親族の方の連絡先などがわからないものですから、藤井さんならご存知かもしれないと聞いて、お訪ねしたしだいなのです」

なおしばらくの間、彼女はなかば上体を俯《うつむ》けて静止していた。

やがて、深い溜息《ためいき》をついて、藤色《ふじいろ》のカーディガンの肩を落とした。すると急に彼女の身体《からだ》が、またひと廻《まわ》りも小さくなってしまったように見えた。

「やっぱりそんなことだったんですねえ。なんだか只事《ただごと》でないような予感はしてたんですよ。この間から東京駅で起きた事件のことも、すぐ頭に浮かびました。だからよけい、まさかと思ったりして……」

ようやく顔をあげた時、眸は涙に濡《ぬ》れていたが、悲しみに暮れる以前に、少しでも捜査に協力しようといった気構えが、早くもその表情に現われていた。

「失礼ですが、合屋さんとは長年のお付き合いでいらしたんですか」

「長年というほどでも。あの方の奥さまが一昨年の秋に亡くなられて以後ですから、まだ二年足らずですかしら。町内会から何人かでお悔みに参りまして、その後、お独りでどうしてらっしゃるかと、様子を見にいってさしあげたりしているうち、自然といろんなお話をするようになりまして」

「合屋さんはいつ頃からあちらにお住まいだったんでしょうか」

「昭和四十二年に、東京の官舎から、あの家を買って引越したと伺ってましたけど」

「子供さん二人とお孫さんもおられた様子ですが、連絡先はご存知ないでしょうか」

「ああ、お嬢さんの住所ならわかるかもしれません。一度合屋さんのお宅でお会いしましてね。とてもいいお嬢さんで、はじめての赤ちゃんがお生まれになった時、お祝いをお送りしたくて教えていただいたんですよ」

藤井久乃はすぐ立って奥へ入り、手帳を携えて戻ってきた。

川崎市百合ケ丘《ゆりがおか》の住所と電話番号が、はっきりした文字で記されていた。

「息子さんは製薬会社に、お嬢さんは小学校の先生で、ご主人も教員で共働きだそうです」

渋沢が電話を借りて百合ヶ丘に掛けたが、先方は不在のようだ。

「合屋さんは昨日、東京駅へ散髪に行かれたと、それもご存知だったんですね」

中谷は聴取を続けた。

「月一回の習慣だったんでしょ。それに、昨日は一時十五分頃でしたか、出かける前にちょっとここに寄られましたから」

久乃は時刻を細かく記憶する習慣があるらしい。これで、合屋雄之助が理容室へ出掛けた機会を犯行に利用されたことが、ほぼ確定的となった。

「自然といろんな話をするようになったと、さっきいわれましたが、合屋さんは主にどんな話をなさっていたんでしょう?」

「最初はね、私がお訪ねした時、あちらのお宅に本がずいぶん置いてあるのに気が付きましてね。実は私も、亡くなった主人が書籍の販売会社に勤めておりましたから、本とは馴《な》染《じ》みが深くて、合屋さんと昔読んだ小説の話なんかしているうち、たちまち打ちとけてしまいまして。読書というのは、それ自身のほかに、同じ本を読んだ方と感想を語りあったりすることが、またいちだんと楽しみなもので、それには同世代同士がいちばん。同じ年頃に読んだ本がおよそ共通しておりますのでねえ」

彼女はふっと楽しそうに口許を和ませ、つぎの瞬間、たちまちその微笑がこわばった。合屋の死がまだ信じられずに、瞬時忘れていたのかもしれなかった。

「気候のいい時には、足腰を鍛えるために、いっしょに遠歩きしたり、この頃は将棋を教えてもらっておりました」

気の合う茶呑《ちゃの》み友だちといった間柄だったのだろうかと、中谷は想像した。

「最近合屋さんに女性から電話が掛ったとか、何かの誘いを受けたというような話を聞かれた憶えはありませんか」

「電話ですか？……いいえ」

「合屋さんは、国鉄在職中の思い出話なんかもされてましたか」

「ええ、たまには」

「どんな話を？」

「どんなと急におっしゃられても……でも、それが事件と関《かか》わりがあるんでしょうか」

「あるいは、ですが。ご存知の通り、東京駅での絞殺事件は、これで三件目です。各事件の関連性は、まだ決定的には摑《つか》めてないのですが、とにかく何らかの形で東京駅と結びつく動機がひそんでいるのではないかと――」

捜査員はふつう、事情聴取の相手に手の内を明かしたりはしない。だが、このどこか明敏そうな初老の女性には、ある程度話して、協力を求める甲斐《かい》がありそうだと、中谷は判断した。

「たとえば、第一事件の被害者の帝都建設役員は、かつて東京駅の新幹線工事に携わっていました。ところが、合屋さんの経歴をみますと、東京工事区担当助役の時代に、国鉄側の監督官として、毎日現場事務所へ詰めていたことがわかりました。そこに一つの接点が見つかったわけです。東京駅の新幹線工事は、昭和三十四年四月から三十九年の開通まで行われ、もう四半世紀も昔になるわけですが、何か些細《ささい》なことでも、合屋さんがその当時の話をされたような記憶はおありになりませんか」

再びジッと聞いていた久乃は、そろそろと顔をあげ、夕闇の濃くなった窓の外へ、遠くを見るような眼差《まなざし》を注いだ。

どれほどかして、心持ちひそめた声で、

「ええ、確かに、新幹線工事の話を合屋さんがされていたことがあります。それも、わりに最近……」

「いつ頃《ごろ》?」

「九月下旬頃でしたか」

「内容はどんなことでしたか」

中谷のくい入るような視線を受けて、久乃は考えをまとめるためか、唾《つば》を飲みこんで、いっとき唇《くちびる》を引き結んでいた。

「――合屋さんの話では、東京駅の新幹線工事は、全体を三工区に分けて、三つの建設会社が請負ったんだが、神田寄りの駅舎の地下工事で、施工《せこう》ミスが発生したことがある……」

久乃は慎重に正確な記憶を辿《たど》ろうとするように、ゆっくりと語り出した。

「駅舎の地下のコンクリートの壁に、汚れがしみ出して……薄茶色のハナタレみたいな……合屋さんはそんないい方をしてたと思います」

「ええ、それで？」

「自分がいちばんに発見して、その部分の……ええっと、ピースとかっていってましたね、とにかくそこのコンクリートを一部抜きとってテストしたところが、強度が不足していた」

「ええ」

「本来なら、そのまわりの区域も徹底的にコンクリートを打ち直させるので、もとの三倍くらいの費用がかかり、場合によっては業者は指名停止になるところだったが、まあそこまでの大問題にしてはあんまり気の毒だと思ったので、業者にはとにかく大急ぎでその箇所を打ち直せ、工期に間に合えば不問に付してやるといった……」

「その業者とは、帝都建設ではなかったですか」

「ええ、そうだったと思います」

「汚れの出た箇所は、直接上を列車が走るわけではないし、強度が出ていないとはいっても、指定強度にやや足りないというだけで、それは十分な安全率を見込んで定められている。打ち直しさせれば、実際には何も危険性はなかった、とか……」

「それで？」

「コンクリートの強度不足はどういう原因で起きたのか、そのことは何か？」

「生コンの水が多すぎたんだろうって、これはちょっと聞いただけですけど」

「水分の多すぎる生コンを使ったために、壁の強度が落ちた。そこへまた何らかの原因が加わって、壁面に汚れが発生したということでしょうか」

　中谷は憶測するしかない。

「たぶん、そんなことだったんでしょうねえ。合屋さんも、私みたいな素人《しろうと》に話してもどうせわからないと思ったのか、そのへんはあんまりくわしくいわれなかったですけど」

「で、打ち直しの結果はどうなったんですか」

「突貫工事で、なんとか工期遅れも取り戻し、表向きは大事に至らず、その後も工事が続けられたが、社内では関係者の責任が問われて、二人左遷《させん》されたといってましたね」

「その二人は、どういった人ですか」

「現場の所長と、その下の人じゃないでしょうか」

「どの程度の処分だったんでしょう？」

「さあ、とにかく厳しい処分だったらしくて、所長さんはその直後に自殺を図られたとか。未遂に終ったそうですけど」

「なに……」

中谷と渋沢は思わず顔を見合わせた。

彼女には何か聞けそうだと漠然《ばくぜん》と期待していたのだが、期待以上の〈過去〉に突き当りそうな予感で、中谷は胸の奥がキュッと収縮するような感覚を味わった。

「当時の現場所長が、左遷された直後に自殺未遂した。で、その後は？」

「私も尋ねたんですけど、合屋さんは、とにかくいろんなことがあったけど、もう二十四、五年も昔になるんだから、なんて。それ以上はもう話したくなさそうに見えたので、私も押しては訊《き》かなかったんですよ」

「話したくなさそうに見えた？」

次の渋沢の質問が、またも久乃の記憶を触発したようであった。

「それにしても、最初はどういうきっかけで、新幹線工事の話が出たわけですか」

「ええ、私も今思い出したんですけど……そもそも合屋さんのお宅へ、珍しくお客さんがいらしてたんですよ」

「お客？　どんな？」

「若い娘さんで、まあ二十七、八にはなってらっしゃるみたいでした。ですから最初遠くから見た時、百合ヶ丘のお嬢さんかと思ったんですけど」

「それはいつのことです?」

「やっぱり九月下旬の……そう、あれはお彼岸でしたから、二十三、四日だったんですねえ」

午後三時半頃、久乃は彼岸のおはぎを拵《こしら》えたので、合屋にもお裾分《すそわ》けするつもりで出掛けた。

彼の家が見える場所まで来ると、ちょうど玄関のドアが開いて、ブルーのスーツを着た若い女性が出てくるところだった。年恰好《としかっこう》が合屋の娘と似ていたが、すぐに別人だと気が付いた。彼女が玄関口でお辞儀をして、そっとまたドアを閉めた様子が他人行儀だったからである。

久乃はその人と路上ですれちがった。大柄ですらりと背筋ののびた、二十七、八歳のキャリアウーマン風という感じを受けた。

合屋の家のブザーを押し、返事を聞いてドアを開けたすぐ目の前に、彼が立っていた。客が帰ったあとも、まだ上《あが》り框《かまち》に佇《たたず》んでいたような気配だった……。

「何か、物思いに沈んでいる様子に見えましたねえ。話しかけても上の空だし、私に上れともいってくれないので、おはぎだけさしあげて帰ってきたんですけど」

「どういう客かとも、お訊きにならなかったんですか」

「その時はね。でも、私もいささか気にかかったもんですから、二日ほどして、またお訪ねしてみました。将棋をさしたあと、ちょっとくつろいだ感じの時に、この間のお客さんのことをそれとなく尋ねてみたら、昔、仕事で関わりのあった人の娘さんだ、近所を通ったので寄ってくれたんだと……」

「昔仕事で関わりのあった人の娘？」

中谷はおうむ返しに問い直した。

「ええ。昔っていつ頃って尋ねたら、東京工事区の時代だといって……それからなんとなく、新幹線工事の話になったんだと思いますよ」

「なんとなく？」

「ええ……」

久乃は首を傾《かし》げて熟考するふうだったが、やはりそれ以上の答えは出てこなかった。

「合屋さんは四十二年から本八幡に住んでおられるんでしたね」と渋沢。

「ええ。今年でちょうど二十年だったはずです」

「するとちょっとおかしくないかな」

彼は中谷を振り向いた。

「彼の経歴によれば、新幹線開通の翌年、東京工事区から市川工事区へ異動になり、区長に昇進したんじゃなかったですかね」

「そうだった」

中谷も、渋沢がいわんとする意味が理解できた。

「つまり東京工事区の時代には、まだ本八幡の家には住んでなかった。ところが、その当時仕事で関わりのあった人の娘が、近所を通ったので寄ってくれたというのはおかしい……」

「それはまあ、よほど親しい知合いで、その後もずっと付き合っていたなら、娘さんも彼の家を憶えていたかもしれませんが」

「いえ、それほど親密な間柄という感じではありませんでしたわねえ」

久乃が奇妙に力をこめて呟《つぶや》く。

「だって、自分の立場に照らしてみたって、もし長年の親友の娘さんが年寄りの独り暮しの家を訪ねてくださったら、どんなにかうれしいはずですもの。でも、合屋さんは、そんなによろこんでいる感じではなかったですわね。いえむしろ、どっちかといえば、あれから妙にふさいでいたみたいな……」

「…………」

「そう、もしかしたら、あの来客があった日から、合屋さんの運命に何かが起きていたのかもしれませんねえ。何かこう、不吉なことが……」

「合屋さんがそういったことを?」

「いえ、あの人がいったわけじゃないですけど、今思えばはっきりそんな気がしますよ。ああ、どうしてもっと早く気が付いて、注意してあげなかったのか。だめですねえ、時間が足りないってことは……」

「時間が足りないというのは？」

久乃はもだえるように身をよじって、はじめて大粒の涙がたて続けに頰《ほお》をすべり落ちた。

「合屋さんと私が、お付き合いしてた時間が足りなかったんですよ。もっと長い年月、いっしょにいたら、もっと早くに直感して、こんなことにはならずにすんだんですよ。ああ、くやしい。私たち、もっともっと時間がほしかったのに……！」

3

その夜、丸の内署の捜査本部へ戻った中谷警部補は、藤井久乃から聴取した話を報告する時、曽根寛殺人事件の本部にいた角警部にも同席してもらった。帝都建設関係の情報は、彼がもっともくわしく把握《はあく》していると思われたからである。

案の定、がっしりした上体を乗り出して中谷の報告に聞き入っていた角は、たちまちその顔に興奮を漲《みなぎ》らせた。

「やっぱりそんなことがあったのか。現場所長が左遷された直後に自殺未遂。犠牲者が出てたわけだな」

「殺された曽根だって犠牲者の一人とはいえませんか。所長と連帯責任を負わされた形で——」

その意見に対して、角は微妙な表情で首を傾げた。

「いや、高辻と曽根とでは背景がちがう。曽根の義父は三十八年当時すでに取締役で、なかなかの策士だったという評判もある。後には副社長までつとめた実力者だった。曽根も確かにいったんは群馬県のダム現場へ移されはしたが、五年後には東京都内の現場所長に復帰し、その後また順調な出世コースを辿ることができたのは、義父の後楯《うしろだて》によるところが大きかったでしょう。それに比べ高辻義一は、孤立無援のまま、本社土木本部の工事部長付に降格され、おそらくその直後に自殺を図ったものと想像されますね」

当時の現場所長の氏名や解任後のポストなどは、角が帝都建設本社で調べ出していた。

「曽根未亡人も、そうしたいきさつは当然聞き知っていたはずなのに、先日茅ヶ崎を訪ねた時には何一つ語らなかった。あるいはそのへんに、ある種の怨恨《えんこん》の構図とでもいったものがひそんでいるのかもしれません」

「施工ミスのそもそもの原因については、社内ではっきり糾明《きゅうめい》されてたんでしょうか。生コンの水が多すぎたんだろうと、合屋は洩《も》らしていた模様ですが」

少しして中谷が角に尋ねた。

「社内の人間は、複数の原因が重なった結果だろうなどと、あいまいな答えをしていたが、曽根未亡人は、コンクリートの混ぜ方をまちがえたと夫からチラリと聞いた、といった。うっかり口をすべらせたともとれる感じだったが、内容は合屋の話と一致している」

「ここで不可解なのは、本来ならもっと大問題になるところを、合屋が内々ですませてやった、と受け取れる点ですね」

波倉刑事課長がはじめてことばを挟《はさ》んだ。

「合屋がなぜそうしたのか。そこらの事情もくわしく洗い出す必要があるでしょう」

再びそれぞれが思考を集中するような沈黙が流れた。

「いまひとつの焦点は、問題の女性ですね」

波倉が重ねていった。

「曽根は十月二日の夕方、ステーションホテルの〈薔薇《ばら》〉で若い女性と会っていた。相手は二十五歳から三十歳の間くらいと、従業員たちは証言している。この二日前と四日前には、おそらく同じ女性の声で、会社にいた曽根に電話が掛っている。また、第二の被害者加地本由実も、ステーションホテルへ電話で呼び出された可能性が強い。電話の主が男か女かは不明ですが」

「そして問題の女は、今度こそ藤井久乃にはっきりと目撃されたんじゃなかったでしょうか」

中谷が勢いこんで続けた。

「ブルーのスーツを着た若い女。大柄ですらりと背筋ののびた二十七、八歳のキャリアウーマン風だったと……」

「全部が同一の女性だと決めてかかることは危険ですよ」

角が自制するようにいった。しかし、

ついに幻の女が姿を現わした——。

そのような印象を抱いたのは誰しもが同じで、つぎにはそのイメージを思い描くように、無言で空間に目をこらした。

第八章　二十四年後の事件

1

曽根寛、加地本由実、合屋雄之助の三事件の捜査本部は、密接な連絡をとりあいながら捜査を進めることになった。皮肉な幸いで、本部はみんな丸の内署に置かれている。微妙な競争意識もないとはいえないが、所轄《しょかつ》署がちがう場合ほどひどいわけではない。

もっとも、三事件の犯人や動機が同一であるとはまだ断定できないのだが、一応その前提に立ってみると、一つの接点が浮かんでくる。

東京駅新幹線工事。三十八年九月に発生した帝都建設工区での施工《せこう》ミス。

曽根と合屋は直接の関係者だった。加地本由実がどう繋《つな》がるかは依然わからないが、今後の調査で判明する可能性は大いに期待できる。

捜査側としては、施工ミスの正確な実情を把握することが急務だと考えた。

しかしながら、現在の帝都建設内部での聞込みには限界があった。主要な関係者はほとんど定年退職してしまっているし、当時から在職していて残っている者は楠田常務などの役員だけで、彼らは会社に都合の悪いことは喋《しゃべ》らないだろう。

新幹線工事は三十九年まで続くが、懲罰人事は工事の区切り目の三十八年暮に行われた。現場トップの所長・高辻義一と、工事主任の曽根が左遷されている。

高辻義一は大正九年生まれ、三十八年当時四十三歳。旧帝大卒で、それまでは順調な出世コースを歩んできたが、施工ミスの一件で本社へ戻され、「工事部長付」の肩書きを与えられた。その後間もなく、もっと小さな土木会社へ移っていったという。

今までに帝都建設社内で聞き出せたことは、この程度だった。

左遷直後に高辻が自殺を図り、未遂に終ったことなども、社内ではいっさい聞かれなかった。これは合屋が藤井久乃に洩らした話である。

本庁捜査一課の角警部、渡辺警部補らは、粘り強い聞込みによって、高辻と同期入社で、本社営業本部部長までつとめて定年退職した人物を、ようやく見つけ出した。なにぶん、帝都建設に五十五歳の定年（現在は六十歳）までいたとしても、退職後十二年たっている。まして高辻は四十三、四歳で辞めてしまったのだから、記憶している者もほとんどいない。たまたま、伯父が同期だったという社員がいて、彼が「伯父から昔高辻さんの話を聞いたことがあるような……」と洩らしたので助かった。

その人物、永井猛男《たけお》は、私大出身で、高辻とほぼ同じコースを辿《たど》って現場所長まで昇進しているが、それからは旧帝大卒との差がひらいてくる。所長を長くつとめたあと、五十歳で本社営業本部次長、部長になって定年。その後、中堅どころの土木会社へひっぱられ、取締役、常勤顧問をへて、六十五歳で引退。その後は保谷《ほうや》市の自宅で長男の家族と同居して、平穏な老後を送っている。——これは捜査一課の渡辺警部補が甥から聞いてきた。

十一月十四日の午後、渡辺ともう一人若手の二人組が、永井の家を訪れた。渡辺は角警部の直属の部下で、曽根事件発生当初から帝都建設内部の捜査に当っている。まだ三十すぎ、色白のぽっちゃりした童顔は、愛敬《あいきょう》があるがあまり刑事らしくない。

「——新幹線工事ねえ。わたしはその頃《ころ》、新宿の地下鉄工事現場の所長をしておったので、東京駅の様子を直接この目で見たわけじゃない。社内で話を聞いただけですがね……」

永井はそんなふうに前置きしてから、遠い過去に思いを馳《は》せる眼差《まなざし》になった。白髪、細《ほそ》面《おもて》の、上品だがちょっと一癖ありそうな風貌《ふうぼう》だった。

「話というより、噂《うわさ》程度かな。会社では、何につけあまり芳《かんば》しからぬ事柄《ことがら》は、お偉いさんたち四、五人で処理してしまい、なるべく話を広げまいとする。ところがそうなると、よけい噂ははびこるものでね。——とにかく、まだ工期なかばという頃じゃなかったですか。最初は駅舎の地下の壁面立ち上り部分に、ハナタレのような汚れが浮き出したということです。コンクリを打ち、型枠《かたわく》を外してから、しばらくたった時期でしょう。このことはどうにも隠しようがないわね」

「原因は何だったんですか」

「うむ、考えられるのは、コンクリの中に何らかの理由でスとかヒビ割れができており、そこへ地下水が流れこんで、壁面にしみ出した。いや、調べたところやはり、付近の地層が有機物で汚染された地下水の水道《みずみち》に当り、溜《たま》った水をポンプアップしきれなかったらしいとわかったわけです」

「ええ」

「このへんからはわれわれの憶測や噂も混っているかもしれないが……施主の国鉄側は、その部分をコアボーリングして検査しますね。ところが強度不足。うちとしては、とにかく大急ぎで打ち直ししなけりゃならん。大変な突貫工事になったようですが、なんとか工期遅れを取り戻した。それでオフィシャルには大事に至らなかったんだが、当然所長は責任を問われたでしょう。なにせ、問題の箇所のまわり七、八区画を取り壊して、フーティングからやり直し、新規に打設したそうですから、当時の金で二千万から三千万はかかっていたはずですよ。だから、所長は管理責任と同時に、その欠損の責任も問われたわけですよ。――いや、何度もいうように、いちいち社内に説明があったわけじゃない。左遷は施主に対する体面づくりでもあってね。懲罰委員会などつくると外部に洩れていよいよ大騒ぎになるので、トップクラスの数人で処理してしまったようでしたが」

専門用語の説明は後回しにして、渡辺は先を促した。

「高辻さんは本社へ引きあげたあと、自殺を図ったと聞いてますが――？」

「うむ……」

永井は口許《くちもと》を引きしめ、眩《まぶ》しそうな目を庭先へ移した。知らないというかと思ったが、小さく二、三度頷《うなず》いた。

「心労が重なって、発作的にやったんでしょうがねえ……」

「方法は、どんなふうに……？」

「休みの日に、家族が外出したあと、ガス栓《せん》をひねったんだが、たまたま奥さんが忘れものをして戻ってきたために、大事に至らなかった。それでもしばらくは入院していたね。――うむ、最初は会社にも病気ということにしていたんだが、同僚や部下が見舞いにいって、看護婦の話を小耳に挟み、会社へ来て喋ったもんだから、ばれてしまった。それやこれやで、会社にいにくくなって、よそへ移ったんでしょう」

「コンクリートの中にスやヒビ割れができて、そこへ地下水が流れこんだというお話ですが、そもそもその原因はどういうことだったんでしょうか」

「ああ、そこで想像される第一は、生コンですな。ご存知かどうかわからないが、生コンというのは、バッチャープラントでセメント、砂、砂利、水を適量に混ぜ合わせたものです。生コンの会社では、これをミキサー車に入れ、回転させながら運搬する。練られた状態のまま現場に着き、型枠の中へ流しこむという手順です。この混合の割合がどこかでまちがっていたのか、いまひとつ考えられるのは、施工の段階で、突き固めが不足であった。その結果、コンクリの中に亀裂《きれつ》が生じた。そこへまた不運な偶然が重なり、さっきもいったように地層が水道《みずみち》に当っていたため、汚れた地下水が立ち上り部分にしみ出したのではないか……」

「直接的には誰の責任というようなことは……?」

「いやあ、そこまではとても。それこそ調査委員会でもつくって、徹底的に糾明すればわかったかもしれないが、建設会社ってのは体質的にそういうことはやりたがらない。それとねえ、まあこういっては酷かもしれないが、結局は高辻さんの統率力不足に帰する部分も大きかったんではないですかねえ」

その点は、楠田常務も指摘していたようだ。渡辺は角警部から聞いている。

「こんなことが起こる以前から、現場では何かと苦情が出ていたらしい。トラブルのあとでは、国鉄の工事事務所の側からも、あの所長はどうも資材の管理がずさんだったというような声も聞こえてきた。たとえばまあその自殺未遂にしたって、本当に仲間うちの信望を得ていれば、みんなして内々にしてやったはずでしょう。それがオープンになってしまうというあたりにも、彼の問題があったというべきか……いやもちろん、性格は非常に真面目《じめ》で優秀な人物ではあったんですが……」

永井は高辻と同期ではあったが、意外とクールな見方をしていたようだ。旧帝大卒と私大卒の間の、微妙な反発もあったのかもしれない。

「それにしても、自殺を図るというのはよくよくのことだったと思うんですが……？」

「エリートほど挫折《ざせつ》に弱い。一時的に心労が重なって、発作的にやったんでしょうが……」

永井はさっきと同じことをいったが、ちょっと下唇《したくちびる》をなめてから、

「ああ、それとねえ、高辻さんが本社へ戻った直後くらいから、ちょっと黒い噂が流れていたんだなあ……」

渡辺の表情が引きしまる。

「どういった……？」

「いや、あれはねえ……東京駅工事の以前に彼が所長をつとめていた宅地造成の擁壁工事で、工事仕様書で指定されている鉄筋を使わず、無規格品を納入させて業者からリベートを受け取っていたらしいとか……あるいは別の工事で、鉄筋を規定の本数使わないで、その分の金を浮かせたとか、とにかくその種の噂だったと思いますがね」

「事実だったんですか」

「わかりませんよ、そんなことは。しかし、とにかくいったんそういう風聞が立ってしまうと、東京駅の一件だって、何やってたのかわからないと見られてしまうでしょう。もと

もとあまり人付き合いのうまいタイプではなかったですから、社内でも完全に孤立した形で……そのへんも自殺の引き金になったと察しられますね」

「なるほど。が、自殺は未遂に終った」

「ええ。でもそれでもういたたまれなくなったのか、間もなくうちの下請け……いや、最近は下請けといわずに、協力会社というんですが、ずっと小規模な土木会社に移って、最後は取締役くらいになられたんじゃないですかね」

「その会社の名前はおわかりになりますか」

「うむ……挨拶《あいさつ》状は来てたと思いますがねえ。それがとってあればわかるわけだが……あとで見てみましょう」

高辻が今どうしているかなどは知らないと、永井は頭を振った。

「いやしかし、彼は帝大工学部卒で……とりわけ建設会社では帝大出はエリートなんですよ。よほどのことがない限り、帝都建設の重役になっていたはずなのにねえ……」

永井は複雑な面持《おもも》ちになって腕を組んだ。

「ところがほとんど詰め腹を切らされたような恰好《かっこう》で、小さな会社へ移って、たとえそこで役員になったとしても、さぞ無念だったにちがいありませんねえ。もっとも、彼が本当に不正なことをやっていたのなら、自業自得《じごうじとく》というほかないんだろうが」

渡辺は、出されていたお茶を一口飲んで、ちょっと語調を変えた。

「実は、先日東京駅の地下ホームで、絞殺《こうさつ》死体で発見された合屋という人ですが、その人は東京駅新幹線工事で、国鉄の東京工事区担当助役をつとめていたことが判明しています。そもそもは合屋さんが壁面の汚染をいち早く発見して、コアサンプルを抜き取らせたということなんですが……ところがここで奇妙なのは、彼が帝都建設に、とにかく大急ぎで打ち直せ、工期に間に合えば不問に付してやるといったらしい。ほかからの聞込みで浮かんだ話なんですが。どうして彼が、そんな帝都建設を庇《かば》うような態度をとったのか、永井さんはどう思われますか」

彼は意外な話を聞くように目をこらしていたが、

「そうだねえ、それが事実とすれば……まあ、これも私の推測にすぎないんだが、たとえばもし、事の原因が生コンにあったとしますよ。しかしそれなら、もっと早くにわかってなきゃならないはずなんですね。だって、現場では、スランプ試験といって、打設直前にかなり頻繁《ひんぱん》に生コンの軟らかさを検査しているんですから、通常は経験でコンクリートの異常、欠陥は発見できるものなんです。そこで欠陥を発見できなかったとしたら国鉄監督官の手落ちでもあるわけですよ。そういう具合に発展すると困るので、合屋さんも内々ですませたかったんじゃないですか」

「ああ、なるほど」

しかし――曽根と合屋が同じ東京駅で殺害された事実から翻《ひるがえ》ってみれば、一見帝都建設を庇った合屋の行動には、もっと深い理由がひそんでいたとも疑えるのではないか。たとえば真の原因を意図的に隠蔽《いんぺい》し、その結果、高辻一人をスケープゴートにするような――？

「あるいはそのへんに、ある種の怨恨《えんこん》の構図とでもいったものがひそんでいるのかもしれない」と、角がいったことを渡辺は思い浮かべる。

だが、それではなぜ二十四年後の今になって事件が起きたのか？

「高辻さんにはむろん家族がおられたわけでしょうね」

「ええ、娘さんが一人あったんじゃなかったかな。確か、かなり遅くに生まれた子供さんでね。非常に可愛《かわい》がっておられたことを憶《おぼ》えてますよ」

「今いくつくらいになられるでしょうか」

「さあ、高辻さんが会社を辞められた頃が、まだ三つか四つの可愛い盛りじゃなかったですかねえ。とすると、今は二十七、八くらいかなあ」

「二十七、八……」

ドキリとした緊張が渡辺の胸を過《よ》ぎった。

「彼も一度は自殺を図ったが、まだ幼い子供さんのためにも、人生をやり直す決心をしたんじゃないでしょうか。屈辱を忍んでも、小さな会社に新しい職を見つけて。そういうふうにも想像できますよねえ……」

永井はじめてしんみりと声を落とした。

2

昭和三十九年三月、四十四歳で帝都建設を依願退職した高辻義一は、丹沢工業という従業員七、八十人くらいの土木会社へ再就職していた。永井が、当時彼から送られた挨拶状の葉書の氏名と勤務先の部分を切り抜いて、名刺ホルダーにはさんで保存していたおかげでわかった。

丹沢工業の本社は神田にあった。

渡辺らは、永井宅を辞去した足でそちらへ向かった。

高辻は、三十九年から五十八年までそこに勤め、永井の推察通り、最後は取締役に就任していた。

それらのことを話してくれたのは、六十二、三歳くらいの社長である。

「五十七年まで、わたしより五つ上の兄が社長をしてまして、その兄が高辻さんをうちへ迎えたんだと思います。高辻さんの帝都建設時代に、何かとお世話になってましたからね。しかし、その兄も亡《な》くなりまして、翌年には高辻さんもそろそろ潮時という感じで引退されて、あとのことはあんまり……」

退職当時の住所はどうにかわかったが、現在の暮しぶりなどを知る者は社内にいない様子だ。

「ご家族は、奥さんと、娘さんが一人と聞いていますが……?」

「いや、奥さんは、高辻さんがここにいる間に亡くなったんじゃなかったですかね。その後は娘さんと二人暮しだったように思いますが」

高辻義一の退職時の住所は、練馬区東大泉四丁目。

渡辺らは、今度はいったん丸の内署へ戻り、本部の角警部らと協議した。

「高辻の一人娘は今二十七、八歳の年頃か……」

角も目を光らせた。いうまでもなく、〝幻の女〟を想定しているのである。

「ひとまずここへ電話を掛けてみてはどうかな」

住所といっしょに電話番号も聞いてきていた。

渡辺がダイヤルを廻《まわ》した。周囲は固唾《かたず》をのんで見守っていたが、呼出し音が鳴るだけで先方は出ない。

それでは、こちらはグループで出向いて、高辻が今もその住所にいるとわかれば、帰宅を待ちながら、近隣で聞込みする、という方針に決まった。

渡辺ら四人が車で東大泉へ着いたのは午後五時近く、晩秋の短い日が暮れて、家々の灯火が人通りの少ない路上にこぼれている。練馬区も西外れになると、ずいぶん建てこんできたとはいっても、まだ随所に木立が残り、黒々としたシルエットが郊外の趣を感じさせる。

区立中学の西側に当る幅四メートルほどの道路に面した家に、〈高辻〉の表札が掛っていた。少し繁りすぎた生垣《いけがき》の奥に、小ぢんまりした二階家が見えているが、どこにも灯《あか》りはついていない。

「ああ、今も住んでたんだ」

若手がホッとした声を洩らした。

念のためブザーを鳴らしてみたが、応答はなかった。木造の家はかなり古びているようで、メールボックスのブリキも錆《さ》びついている。中を覗《のぞ》くと、夕刊と、〈高辻潤子〉宛《あて》の郵便が一通入っているのが見えた。

「高辻の娘は潤子という名前なんですかね」

「まだ結婚してないわけか……」

ようやく〝幻の女〟に接近しつつあるという予感で、みんな気負いたち、またそれを抑えようとする意識も働いている。

一人が張り込みの形で門の見える位置に佇《たたず》み、ほか三人は聞込みにまわることになった。

渡辺は、三百メートルほど離れた角の、小さなコンビニエンスストアまで歩いていった。校門の斜向《はすむ》かいに当り、食料品と雑貨品、煙草《たばこ》も売っている。高辻の家からではいちばん近い商店のようだ。三、四人の中学生が出ていき、入れちがいに渡辺が入ると、幸い店内はすいた感じだった。

ホットドッグなど並べたガラスケースの向こうに、四十前後の男性と、少し離れた煙草のカウンターの前にはおばあさんがすわっている。

「少々物をお尋ねしますが」

渡辺はガラスケースに近付き、警察手帳を示した。

「捜査の参考までにお訊《き》きするんですが……この先に高辻さんというお宅がありますね」

細長い柔和な顔をした男性は、二、三度瞬《まばた》きして、

「ええ……」とやや自信のない返事だ。

「生垣のある二階家で、お父さんと娘さんの二人暮し……いや、はっきりとはわかりませんが。娘の潤子さんは二十七、八くらいの年頃で……」

「ああ、たぶんあの方かなあ……」

「大柄ですらりとした人じゃないですか」

「ええ、背は高いほうですねえ……」

「高辻潤子さんは、どこかへ勤めておられるんでしょうか」

「そうみたいですね。朝や夕方に時々寄っていただきますから」

「勤め先はどういったところですか」

「うーむ……いや、ぼくが考えてる人がそうだとすればですがね。なんかの折に名前を聞いたような気もするんですが。——あの方は、よく外国へ行かれるお仕事じゃないですかね」

「ほう。何かそんな話を?」

「いや、直接聞いたわけじゃないけど、お茶とか梅干とか塩昆布《しおこんぶ》とかの小さなパックを、定期的に買っていかれるみたいなので……」

「なるほど。お父さんもここへ来られますか」

「お父さんというと……」

「高辻さんでしょう、あそこの」

急に声がとび、後ろを振り向くと、おばあさんが道路の先の方向を指さしている。二人は顔立ちが似ているから、親子かもしれない。

「ええ。ご存知ですか」

「高辻さんはねえ、もしかしたらお亡くなりになったかもしれませんよ」

「えっ?」

「もう三ヵ月くらい前でしたけど、あそこらへんでお葬式があって、それからしばらくして通った時、高辻さんの家の門に忌中の紙が貼《は》ってありましたものね」

「死因は?……病気ですか」

「さあ、そうくわしいことはわかりませんけど」

「娘さんのほうは相変らず来られますか」

「ええ、まあ、時たまですけどね」と男性が答えた。

三ヵ月前に高辻義一が死んだ——?

渡辺は動悸《どうき》を覚えながら、冷えこんできた道を引き返した。

たとえばもし、高辻と、曽根、合屋との間に動機関係が存在したとしても、それは二十四年前に発生した怨恨であり、なぜ今になって事件が起きたのか?

その疑問が横たわっていたのだが、高辻の最近の死が何らかの引き金になったとは考えられないか——?

家の前に戻ると、窓から灯りがさしている。あっと思った時、張り込み役の若い刑事が後ろから歩み寄った。

「五分ほど前に、娘が帰ってきました。勤め帰りみたいな様子で、自分で鍵《かぎ》を開けて、家に入ったところです」

渡辺は腕時計を覗いた。五時三十五分。ふつうのOLが帰宅するにはやや早すぎる時刻だ。

聞込みに行ったほかの二人はまだ戻ってこないという。

「ひとまず、会ってみようか」

渡辺は呼吸を整えるようにして、戸口へ歩み寄った。

さっき押したブザーをもう一度鳴らす。

少したって、家の奥から足音がゆっくり近付いてくる。

耳をそばだてながら、足許《あしもと》に目を落とすと、鉄平石《てっぺいせき》のポーチの隅《すみ》に石榴《ざくろ》の鉢植《はちうえ》が置かれている。

「彼女がさげて帰ってきたんですよ」

朱色の実が三つ枝について中央が裂けている石榴のありさまが、ふと何か生々しい連想を彼の感覚に呼びおこした。

第九章　ツアーコンダクター

1

「はい、どちらさまでしょうか」

「警視庁捜査一課の者ですが」

「え……？」

「東京駅の事件の関連で、ちょっとお伺いしたいことがありまして」

心なしか身構えるような気配が感じられ、躊躇《ためら》いがちにドアの掛け金が外された。

ほの暗い玄関に立っていた女性は——身長百六十五センチ前後、軽く茶に染めた髪を一本の三つ編みにして、レンガ色のセーターの肩に落としている。形のいい眉《まゆ》の下に少しひっこんだ目が大きく、唇《くちびる》がふっくらと厚い。

「どうも、突然恐縮ですが——」

渡辺はここでも警察手帳を示す。

「高辻潤子さんですね」

「はい」

「高辻義一さんの娘さん？」

「そうですが」

「お疲れのところをすみませんが――」

「東京駅の事件、とかおっしゃいましたか」

潤子はまだ訝《いぶか》る声で問い返した。

「ええ。ご存知と思いますが、十月なかばからここ一ヵ月間に、東京駅で三件もの殺人事件が発生しています。それについて――」

「どうして私に？……？」

「被害者のうちの二人が、東京駅新幹線工事中、高辻義一さんと仕事の関《かか》わりがあったと考えられますので」

潤子はあきらめたように短く息をついた。

「じゃあ、どうぞ」

彼女は、上って左手の応接室に電灯を点《とも》し、二人を請《しょう》じ入れた。石油ストーブもつける。炎の音が耳につくほど、家の中はひっそりとしていた。

明るい光の下で対座してみると、潤子の肌《はだ》は小麦色に日灼《ひや》けして、目の下に少しばかりソバカスが散っている。

「大柄《おおがら》ですらりと背筋ののびた二十七、八歳のキャリアウーマン風」——合屋の茶呑《ちゃの》み友だちという藤井久乃の証言を、渡辺はあらためて目の前の女性に当てはめ、内心で頷《うなず》いた。

「お父さまは、今お宅におられますか」

「いいえ、父は今年の八月に亡《な》くなりました」

やっぱり、といいそうになって、彼はことばをのみこんだ。

「それはどうも……八月のいつですか」

「八月九日に」

「まだ三ヵ月あまりですね。おいくつでしたか」

「六十七になったばかりでした」

「ご病気で?」

「ええ。昨年の秋、胃ガンとわかって、手術をしたんですが、もうあちこちに転移してまして、あと半年といわれてたんです……」

今年の七月から再び不調を訴え、入院していたが、八月九日に他界したと、潤子は感情を抑えた口調で話した。

「ご本人はガンを知っておられたのですか」

「さあ……隠していたんですが、うすうす察していたかもしれませんねえ」

「すると、お父さまが亡くなられてからは、あなたが一人でここに？」

「まあ、留守も多いんですけど」

「失礼ですが、どこかへお勤めですか」

「ええ。〈オーティックス〉という会社に」

「やはり建設関係か何か？」

「いいえ、旅行代理店です。外国旅行のパックを扱う会社で、ツアーコンダクターをしております」

「ツアーコンダクターというのは、添乗員ですか」

「そうです」

「ああ、それで外国へ……いや、それでは外国へたびたび行かれるわけですね」

「そうですね、月の半分くらいは」

「ほう、かなり多いですねえ」

　高辻潤子は、昭和三十四年生まれ、今年二十八歳。外国語のレベルが高いことで知られる都内の私大を卒業し、商社に就職したが、二年で辞め、〈オーティックス〉へ入り直して四年になる。——渡辺の質問に答えて、彼女は略歴をのべた。商社を辞めたのは、「男性本位の職場で、責任のある仕事をさせてもらえそうになかったから」といった意味のことを、サラリと答えた。

「亡くなった高辻さんが帝都建設を退社されたのは、三十九年の三月ですから、あなたはまだ四、五歳の頃《ころ》ですね」

「三月なら、まだ四歳かしら」

「当時もうここに住んでおられたんですか」

「この家を建てて、移ったばかりだったとか、母に聞いた憶《おぼ》えがありますけど」

「お母さまはいつごろお亡くなりになったんですか」

「私が大学二年でしたから……昭和五十四年ですね」

「それ以来ずっとお父さまと二人で？」

「はい」

「高辻さんが帝都建設を退職された事情などを、お聞きになったことがありましたか」

質問はそろそろ核心に触れてきた。渡辺はつとめてさりげなく尋ねながら、潤子の表情を観察している。

彼女は膝《ひざ》の上で指を組んだり開いたりして、考えをまとめているかに見えた。

「私が、勤めを変る時に、父に相談しましたら、その時ちょっと……」

「どんなふうに話されてましたか」

「あの頃は、東京駅新幹線工事の現場所長をしていた。そこでちょっとした施工《せこう》ミスが発生して、自分はその責任をとって、所長を退き、本社へ戻った……」

潤子は、正確に記憶を辿《たど》ろうと努めるような、やや突きつめた口吻《くちぶり》で、ゆっくりと答える。

「施工ミスは、直接自分が原因をつくったわけではないが、所長が管理責任を問われることは、やむをえない。そうやって、いったんキャリアに瑕《きず》がついてしまうと、いつまでもそれがついてまわるから、そういう勤め先はひと思いにやめてしまうのが賢明だ。現に、丹沢工業へ移ってからのほうが、のびのびして、納得のいく仕事ができたと……」

「………」

「つまり、私が商社を辞めて、もっと自分の力が発揮できそうな職場へ替ることに賛成してくれたんだと思うんですけど」

「あなたが勤めを移られたのは、三年前といわれましたね」

「そうです」

すると、高辻が帝都建設を去ってから二十年たっていたことになる。

高辻は娘に、心にもない嘘《うそ》をついたのであろうか。

それとも、二十年の間に、結局は賢明だったという結論に達したのか。

少なくとも、三十九年当時は、とてもそんなサバサバした心境でいられたはずはない。左遷《させん》の直後には、彼は自宅でガス自殺を図っているのだ。

その時、四歳だった潤子はどうしていたのだろう?

渡辺は、尋ねかけたが、思い留《とど》まった。彼女が何も知らされずに今日までできていたとしたら、ひどいショックを与えることになる。また、たとえ知っていたとしても、知らなかったと答えるような気もした。

もう一つ考えられるケースは——。

彼は思考を戻した。

潤子が、父親のことばと称して、まったくの偽りを伝えているのではないか?

「高辻さんが、昔を振り返って悔んだり、怨《うら》みごとをいったりしておられたことはなかったですか」

渡辺より後輩の刑事が、多少苛立《いらだ》ったような口調で訊《き》く。

「いえ、私は聞いた憶えはありませんけど」

「帝都建設の曽根とか、国鉄の合屋とか、そういう名前に聞き憶えあるでしょう?」

「いえ……」

「じゃあ、加地本由実は? 銀座の〈ロザンヌ〉、最近は〈しおん〉というクラブに勤めていたホステスですが——?」

若手は畳みかけて訊くが、潤子は首をひねるばかりだ。

「父はそんなにお酒を飲むほうではありませんでしたから」

「わかりました」

渡辺が引きとるようにいって、

「ところで、あなたは月のうち半分は外国へ出ていると、さっきいわれましたが、先月のお仕事のスケジュールを、参考までに伺わせていただけませんか」

これもできるだけ軽く尋ねたが、下を向いていた潤子が、息を深く吸いこんで、ゆっくり顔をあげた。睫毛《まつげ》のカールした眸《ひとみ》を瞠《みは》って、しげしげと渡辺を見返した。

彼も思わず息をこらす。

潤子の印象は、確かに知的で活動的なキャリアウーマン風だが、どこかに不透明な膜のような翳《かげ》りを感じさせもする。

彼女こそ、こちらが捜している〝幻の女〟であろうか？

とすれば、彼女は警察の来訪をとうに予期していたのではあるまいか？

そして、対応を熟慮した上、身構えて待っていたのではないだろうか？

「半月といっても、日数にすればのことで、いつもそんなに長いツアーばかりじゃありません」

高辻潤子は、短く息をついてから、多少事務的な口調で話し出した。

「ふつう一週間か十日、すごく長い時時には二十五、六日なんてツアーもたまにはありますけど」

「添乗員をつとめて、帰ってくれば、つぎのツアーまでは休暇ですか」

「お休みといえばお休みですけど、仕事はけっこうあるんです。行ってきたツアーのレポートを書くとか」

「レポートね。どんなことを書くんです？」

渡辺は若いだけに、ほかの世界への好奇心も実際に強い。

「そうですね。たとえば、どこのホテルの食事や待遇がよかったとか悪かったとか、現地ガイドがどうだったとか、旅行中のいろんなアクシデントも報告しなけりゃなりませんし」

「なるほど」

「つぎに参加するツアーの打合わせや下調べもあります」

「四年やってても、下調べが必要ですか」

「もちろん。行き慣れた国はまだいいんですけど、初めての先だと……」

「通訳みたいな役目も兼ねるわけでしょう？」

「そうですね。たとえば……イスラエルなんか行くと、現地で英語のガイドを雇うんですけど、その話を日本語に訳して説明する時、旧約聖書を読んでいないとわけがわかりませんし」

「ははあ、そんなものですか。ツアーコンダクターという職業も、なかなか勉強が大変なんですねえ。――では、そのツアーとツアーの間も、きちんと会社に出て仕事をされるんですか」

「いえ、そんなに拘束はされません。第一、会社には自分のデスクもないんですもの」

潤子ははじめてちょっと苦笑した。

高辻潤子の勤める〈オーティックス〉のオフィスは、大手町のビルの中にある。中規模の旅行代理店の子会社で、コンダクター約五十人のうち、七対三で女性が多いという。

嘱託の身分であるコンダクターには、デスクも出勤簿もない。ただ、小さなロッカーとメールボックスが与えられていて、課長からの伝言などはメールボックスに入れてあるそうだ。

「参考までに、九月頃からのスケジュールを教えていただけませんか」

渡辺はさりげなく、先刻の質問を繰返した。

「じゃあ、手帳をとってきます」

潤子はまた少し気重な表情になりながら、立って部屋を出ていった。

渡辺は連れの後輩刑事と目を見交わす。

「なかなかしっかりした娘みたいですね」

若手が闘志を燃やしている声で囁《ささや》く。

「写真は君が持ってたな」

彼は心得たように頷いて、内ポケットを叩《たた》いてみせた。

潤子が大型の手帳を携えて戻ってくると、渡辺も自分の手帳を開いた。

「九月のツアーはどんなふうでしたか」

「九日から二十一日まで、カリフォルニアとハワイへ出掛けてます」

「すると、ほかの日は国内におられた?」

「そうなりますね」

「日曜や祭日も返上で、さっきいわれたような仕事をされてるんですか」

「いえ、それほどでも……」

「たとえば九月二十三日の秋分の日は、どちらかへ行かれてましたか」

その日の午後三時半頃、合屋雄之助の茶呑み友だちだった藤井久乃が、彼の家へ彼岸のおはぎを届けにいって、玄関から若い女性が出てくるのを見かけた。「九月二十三、四日」と最初彼女はのべたが、よく思い出してもらうと、二十三日にまちがいないと答えた。被害者たちの身辺に感じられる〝幻の女〟が、はじめてはっきりと目撃された時ではなかったかと、捜査側は見ているのだ。

「秋分の日でしたら、お墓参りに行きました」

潤子はカールした長い睫毛を伏せて、手帳に目を落としたままで答えた。

「お彼岸ですし、お墓の掃除もしとかなきゃいけなかったので」

「………」

「八月九日に父が亡くなりまして、九月二十六日が四十九日に当ります。その日に納骨する前に、お墓をきれいにしておかないと」

「なるほど。墓地はどちらですか」

「多磨《たま》霊園です」

「朝から行かれた？」

「十一時頃出たんですけど……帰りに吉祥寺で買物してたので、四時頃家に戻りましたね」

多磨霊園と、合屋の住んでいた市川市八幡では、ここからは反対方向になる。

「総武線の本八幡のほうへは、行かれなかったですか」

手帳をめくり返していた彼女は、ややあってから顔をあげ、ふっくらと厚い唇《くちびる》をちょっと引きしめた。

「いいえ」

「お墓参りは、一人でいらしたわけですか」

連れの刑事が問う。

「はい」

「十月はどんなふうでしたか」

「十月は、三日から十二日までと、二十八日からまた出掛けましたけど」

「二十八日から、いつまで?」

「今度はヨーロッパだったので、四日前の十一月十日に帰ってきたばかりです」

「うーむ」

渡辺は思わず小さく唸《うな》って、拳《こぶし》で自分の唇を二、三度叩いた。あまりにもすべて期待通り、の答えが返ってきたので、湧《わ》きたつ興奮を紛らすような仕種《しぐさ》だった。

まず九月二十三日だが、「お墓参り」が単独行動であったのなら、もとより潤子のアリバイは成立しない。実は多磨霊園とは反対の本八幡へ出向いたとも、充分疑える。

合屋にはあらかじめ電話で訪問を予告しておいたのかもしれない。

何といって訪れたのか?

父高辻義一の死を伝えるという名目ではどうか。合屋としては、無下にも断わりにくかっただろうし、過去のいきさつはともあれ、単純な昔懐《なつか》しさも働いて、潤子に会ってみる気になったかもわからない。

潤子は、雑談中、合屋が毎月第二水曜の午後二時頃東京駅構内の床屋へ出掛ける習慣を聞き出した——。

つぎに〝幻の女〟の行動が表面に浮上しているのは、九月二十八日と三十日、帝都建設の曽根に掛った電話である。「矢島」と名乗った女が、囁くように低い声で曽根に取次ぎを頼んだと、秘書室の女性がのべている。

　十中八、九、相手の女性はその電話で、二日後の十月二日夕方、ステーションホテルの〈薔薇《ばら》〉で彼と会う約束をとりつけたものと推測される。彼が二日午後五時半から六時半までの一時間ほど、〈薔薇〉の窓際《まどぎわ》のテーブルで若い女性と話しこんでいたことが、従業員の証言で明らかになっているのだ。

　さきほどの潤子の回答によれば、九月二十二日から十月二日まで、彼女は日本にいたのだから、それらの行動も全部可能であったことになる。電話なら国外からでも掛けられるが、十月二日に彼女がツアーの途中だったとでもいえば、こちらはまた考え直さなければならないところだった。

　曽根が〈薔薇〉で若い女と会った翌日の十月三日から、潤子は再びツアーに出たという。十二日に帰国。

　曽根寛が東京駅霊安室で殺害されたのは、十月十四日午後四時四十五分から六時の間と見られている。

　その日も潤子は日本にいた。

　ステーションホテル内の殺人事件は、十月二十七日午後三時から五時の間と推定されている。そして潤子がつぎのヨーロッパツアーに発《た》ったのが二十八日。帰国が十一月十日。

合屋の事件は十一月十一日午後に発生した。

もちろん今はまだ簡単に潤子の答えを聞いただけで、会社にも確認をとる必要はある。また彼女が国内にいる間でも、打合わせ会議とか、友人に会っていたなど、明確なアリバイが成立する時間帯も当然あるはずで、そのへんを詰めていくのも今後の仕事だ。

それにしても、あまりにも見事に符合している――。

やはり渡辺は、逸《はや》る気持ちを抑えるのに苦労した。

それは後輩の刑事も同じらしく、思わず身をのり出した彼は、

「あなたのツアーとツアーの合間に、東京駅でつぎつぎと殺人事件が発生したわけだ。しかも被害者三人のうち二人までが、東京駅新幹線工事でお父さんと直接仕事上の関《かか》わりがあった。何かそのへんに心当りはないですか」

ストレートな質問だが、相手の反応を試すには効果的だろう。二人は食い入る眼差《まなざし》で潤子の顔を観察していたが――彼女は厚い唇を癖のようにまたキュッと引きしめて、軽く首を傾《かし》げただけだった。

「とくには……だって、さっきも申しましたけど、父は仕事のことを、私にそれほどくわしく話してくれたわけじゃありません。被害者の方のお名前だって、新聞で見ても私は別に……」

「それじゃあ、新幹線工事の施工ミスのいきさつをよく知っていた人の名前などを、お父さんから聞いた憶えはないですか」

「いいえ」

不満そうに鼻から息を吐いた刑事は、内ポケットに手を入れ、三枚の写真を取り出した。

「この人たちはお父さんの知合いだったはずだが、あなたも会ったことがないかどうか、よく見てくれませんか」

潤子は渋々のようにそれを受け取る。曽根寛、加地本由実、合屋雄之助の顔写真である。新聞にも載ったから、いずれにせよ潤子にも察しはつくだろう。

彼女は膝《ひざ》の上で、一枚ずつめくって眺《なが》めた。俯《うつむ》いた顔の表情は読みとりにくい。

やがて彼女は、まるで怪訝《けげん》そうに瞬《まばた》きしながら、写真を返してよこした。

「お会いした憶えはないですけど」

今度の返事は、ほぼ予想した通りだった。が、だからテストは無駄《むだ》だったとはいえない。写真を見せた結果、その三枚に潤子の指紋が付着したのである。

2

「――最初からあまりに正攻法で追及すると、相手を警戒させ、証拠隠滅などの虞《おそ》れもあることは、充分認識しておりましたが、しかし、彼女は私たちが訪問した当初から、すでにこちらの意図を見抜いて、身構えていたような印象が強かったのです。それでもうこのさいと考えて、事件に関わる日時の行動等を、くわしく聴取してまいりました」

翌十一月十五日午後六時から丸の内署で開かれた合同捜査会議では、渡辺警部補がまっさきに報告に立った。色白のぽちゃっとした丸顔には、前日からの興奮が持続したような血気が漲《みなぎ》っている。

「結論から申しますと、彼女の記憶の限りでは、三件のいずれにも、絶対的なアリバイは成立していません」

「ほう」といった嘆声の波が、細長い会議室を横切った。

「たとえば、加地本由実がステーションホテル内で殺害された十月二十七日、高辻潤子は翌日からのヨーロッパツアーの打合わせのため、会社へ来ていたが、ミーティングが終って事務所を出たのが午後五時ちょっと前ということです。大手町二丁目の〈オーティックス〉のビルからステーションホテルまでは、車なら一、二分、歩いても十分以内の距離ですから、ほぼ五時には、彼女はホテルへ達することができたでしょう。一方、被害者の死亡推定時刻は、午後三時から五時とされています。それでは間に合わないではないかと訝《いぶか》られる向きもあるかもしれませんが、大方がご承知の通り、解剖による死亡推定時刻にはかなりの幅が持たせられるもので、それでも現実に事件が解決したあとでは、その幅より多少はみ出していたという場合も往々にしてあります。——このように、部分的には一応のアリバイが認められるにせよ、完全なものではありません……」

　渡辺は三つの事件と、それに関連した出来事の日時の行動について、彼女が答えた内容を具体的に説明してから、

「昨日はもう時刻が遅かったので、今朝から〈オーティックス〉へ行ってまいりました……」

　潤子が所属しているコンダクター課の課長から主に話を聞いた。

「およそ高辻潤子本人が話した内容と大差ありませんでした。コンダクターが国内にいる間は、レポートとかミーティングとかの務めを果しさえすれば、あとはいたって自由だということです。逆にいえば、会社でも個人の行動をほとんど把握《はあく》していません。一方、十日や二週間のツアーですと、添乗員は大抵一人なので、途中でひそかに抜け出して日本へ帰ってくるなどということは絶対にありえないといってました」

　要するに、勤め先でも潤子のアリバイの証明は得られなかった。

「ちなみに、高辻潤子の評判なども聞いてみたんですが、これは概《おおむ》ね良好のようでした。この仕事は、英語ができることはほとんど当然ですが、あくまでツアー客の世話をするサービス業ですからね。人が好きで、協調性がなくてはならない。それと、男でも女でも大抵ほかから転職して入ってくる人が多いそうで、高辻潤子も商社をやめてきたわけですが、かえってそういう人のほうが忍耐や柔軟性を身につけていて、安心して任せられる。〈オーティックス〉では、通算千日以上海外へ行ってくると、チーフコンダクターになれる制

度だそうで、彼女ももう一息だなんていってましたね」

いずれにせよ、高辻潤子こそ〝幻の女〟であり、彼女が一連の事件に関与していた疑いは、徐々に濃厚になりつつある。

「しかしながら、くれぐれも断定してかからないように。こちらも柔軟性を備えておく必要があると思いますね」

角警部が発言した。彼は終始その点を警告し続けている。

「たとえば、三つの事件が同一犯人と仮定した場合――これすらまだ仮定の域を出ないわけだが、その場合、すべての犯行が女の手で可能であったか。高辻潤子は身長百六十五センチ前後で、体力はかなりあると思われるわけですが」

「それは、可能と考えていいんじゃないでしょうか」

本八幡で藤井久乃の話を聞いてきた本庁の中谷警部補が意見をのべた。

「第一事件の曽根寛は、六十歳で中肉中背ということですが、霊安室へ誘いこんだ直後に、いきなり後ろから頸《くび》を絞めれば、抵抗力を失ったと思いますね。第二の加地本由実は百五十センチそこそこの小柄《こがら》です。第三の合屋雄之助もまた、痩《や》せ型で、けっして屈強な体軀《たいく》ではなかった。齢《とし》は六十三です。地下ホームの倉庫へ誘導し、同様の方法で――」

「うむ……凶行そのものは女手でもやれたかもしれないが、まれに男の影が感じられる部分がありますね」

丸の内署刑事課長の波倉警部が穏やかに口を挟《はさ》んだ。

「たとえば、八重洲北口のキヨスクの仁科アッ子という女性販売員が最後に曽根さんの姿を見たわけだが、彼がいつもの夕刊も買わず、急用ができたみたいな様子で、閉鎖通路のドアのほうへ歩いていったという時、彼に連れはいなかったかと、わたしは念を押して尋ねた。すると彼女は、『そういわれれば、曽根さんの少し先を、ＪＲの職員が歩いていたような気も……』と答えているのです」

事情聴取は「7の扉《とびら》」より丸の内寄りの事務室で行われたが、その場には駅の石川助役も同席していた。

「ＪＲの？」と彼が吃驚《びっくり》した顔を振り向けたので、仁科アッ子は多少あわてて、

「いえ、はっきりとはわかりません。それに、もし歩いていたとしても、偶然通ったのかもしれないし」と言い訳した……。

「しかし、この証言は、なかなか示唆《しさ》に富むものと思われます」

波倉は続けた。

「犯人は曽根さんに、自分はＪＲの者だと名乗ったのかもしれないし、似たようなブルーの制服を着て接近したかもしれない。家族が急病でこちらで休ませてあるなどといえば、難なく霊安室まで誘導できたのではないか」

「ＪＲには女子職員もいるし、女子の制服もあるんじゃないですかねえ」

隅《すみ》のほうから、どこか飄然《ひょうぜん》とした響きの声を発したのは、本庁の雲野警部だった。ステーションホテルの事件で、捜査一課から丸の内署へ派遣された一班のトップである。

「その通りですが、助役のいないところで仁科にもう一度尋ねると、見たような気がしたのはJRの男子職員風だったと、はっきり答えたのです。ただし、その男が曽根さんを振り向いたり話しかけたりしたわけではないので、偶然通っただけかもしれないという点は変りないのですが。しかし、まったく先入観なしで見た瞬間の直観というのは、案外正鵠《せいこく》を射ていることがあります」

「確かにそれはいえる」と、雲野は意外に賛意を表わして、

「ステーションホテルにも、男の影はないわけじゃない。——なあ、座間君、十月二十七日の宿泊カードの件を報告してくれ」

座間警部補が大きな目玉をむいて立ちあがった。

「はい。十月二十七日火曜のホテルの利用率は約七十五パーセントでした。三階のシングル三十五室は満室。二階のツインは約半数の十二室に客が泊り、昼間の休憩組はなかったが、終電に遅れて駆けこんだ通称〝ウォーク・イン〟の客が一人あったという状況です。これらの客の宿泊カードを借りて署へ持ち帰り、身許《みもと》確認を行いましたところ、カードに記入された氏名のうち二人が、住所地にそのような人物は実在していないことが判明しました。あとはみんな本名と実際の住所を記入していたようで、身許調査は一通り終りまし

たが、今のところ、加地本由実やほかの二人の被害者との繋《つな》がりは浮かんでいません」

　座間は手帳を持って黒板へ歩み寄り、金釘《かなくぎ》流の文字で二つの氏名と年齢を書いた。

　山口日出夫　四十歳
　佐藤吉巳　二十八歳
「山口の住所は静岡市、佐藤は群馬県富岡市ですが、いずれも該当者はいないのです」

「シングルか、ツインか」と角が訊く。

「二人とも二階のツインです。山口は連れがあった模様で、他一人と記入していますが、チェックインのさいに二人いっしょだったかどうか、フロント係の記憶は定かではありません。佐藤はツインのシングルユースです」

「その佐藤の名前は、ヨシミと読むんでしょうか」との質問が出た。

「そうでしょうねえ」と座間。

「男性ですか、女性ですか」

「男性だったような気がする、とフロント係はいってるんですが、これも百パーセントの自信はないみたいなんですねえ」

　座間は鼻の下をこすった。

「それというのも、事件は十月二十七日に発生し、犯人がチェックインしたと考えられるのも当然同じ日のわけですが、死体の発見は三十日の朝です。おまけに、二十八日、二十九日には結婚式や宴会がたてこみ、その関係の団体や何かでホテルは満室に近かった。それで私たちが聞込みをする頃には、従業員は二十七日のことまでよく思い出せない状態だったみたいです」

「ホテルの話では、身許不明の客たちはいずれも二、三日前に、電話で予約していたということです」

雲野が引き継いだ。

「加地本由実をホテルへ呼び出して殺害した犯人としては、やはり部屋を用意していた公算が高いと考えられる。由実にはダイニングの〈薔薇〉へ来いといったにせよ、約束の時間になると〈薔薇〉の前で待機していて、直接部屋へ連れていった。だからこそ、〈薔薇〉のウェイターもウェイトレスも、誰一人被害者の顔に見憶えがなかった。いきなり非常階段へ連れ出して凶行に及ぶというのも、あまりに大胆すぎるし、ゆっくり死体を梱包《こんぽう》する場所も必要だったはずだからね。すると、煎《せん》じつめれば、加地本由実殺害犯人は、偽名偽住所のこの二人の中にいると断定していいのではないか」

雲野が急に声のトーンを高くしたので、室内の緊張を煽《あお》るにはまことに効果的だった。

「両人の本名や身許、あるいは人相特徴などは――」と誰かがいいかけると、雲野は両手を広げて肩をすくめた。

「残念ながら、まったく摑《つか》めていません。どちらも翌朝チェックアウトしてしまっている。

もし、どちらかに高辻潤子がいるとすれば、佐藤吉巳は女性で、つまり彼女当人であったか、もう一つは、山口日出夫が彼女の共犯者だというケースでしょう。連れの女が潤子だった。彼女自身が四十歳の男性に化けることは、ちょっと無理だろうからね」

「しかし、いずれにせよまるで実体が摑めないということでは……」

「一つの頼みは指紋だね。昨日渡辺君たちが高辻潤子の指紋を入手している。両手の拇指《ぼし》と人差指、それに右手中指の一部が、彼女に持たせた写真から検出されています。一方、身許不明客の宿泊カードと、彼らが利用した客室から残留指紋を採取し、一致するものが見つかればこれは有力な証拠となります」

「顔写真は〈オーティックス〉から借りてきて、目下コピーを作成中です」と渡辺がいい添えた。

「それにしても……高辻潤子と加地本由実との動機関係は、その後何か浮かんでいるんでしょうか」

ほかの捜査本部から質問が出た。

「うむ、そのへんが依然問題なんだねえ」

雲野は渋い表情になり、しゃくれた顎《あご》の先を指でつまんだ。

「加地本由実の私生活や人間関係については、なお捜査を続けているわけですが——」

丸の内署刑事課の団巡査部長が、そういいながらゆっくりと立ちあがった。事件の直後、銀座の〈しおん〉や〈ロザンヌ〉への聞込みを担当している。

「とにかく由実は、徹底した秘密主義というか、自分のプライバシーを周囲にほとんど喋《しゃべ》らなかった。訊《き》かれるだけでも嫌《いや》がった。そんなふうだから、いっしょに働いていても、心底仲のいい友達はできなかったんじゃないかと、〈しおん〉のサブママが最初に話してたんですが、ほかのホステスたちに当った結果も、実際そういう印象なんですねえ」

「深い仲の男はいなかったんですか」と角が訊く。

「いやいや、それもどうやら一人じゃなかったような形跡なんですが、では誰かとなると、みんな確かなところはわからないと首をひねる。周囲に知られると、男同士で勘づく危険性が生まれる。それを怖《おそ》れてたみたいですね」

金のある相手だと睨《にら》んだら、あくまで離さないで、しかも男同士にはぜったい気取《けど》らせない。複数の相手と上手に付き合って、ガッチリ貯《た》めてたんじゃないか——サブママの山田ミツ子のことばを、団は復誦《ふくしょう》した。

「マンションのほうではわからないんですか」

「こっちがまた、近所付き合いなどはほとんどなかった様子でね。井の頭線新代田から十分くらいの四階建マンションで、部屋は全部2DKです。住人には水商売もけっこう多くて、生活が不規則なせいか、隣近所のことなどかまっている暇はないという……」

「予備校生の弟がいたはずですね」

「江古田の寮に住んでるんです。由実がよく面倒をみていたらしいですが、異性関係のことまでは話してなかったようで、弟もわからないといっています。結婚するという話も聞いたことはないと……」

つまるところ、由実の異性関係は皆目不明で、高辻義一や潤子、あるいはほかの被害者たちとの接点もまだ浮かんでないのである。

「今後は由実の以前の勤め先である〈ロザンヌ〉での古い人間関係を、もっと掘り下げて調べるつもりです」

十二、三年も昔には、帝都建設が〈ロザンヌ〉を利用していた。当時のママは昨年病死しているが、由実は彼女に可愛《かわい》がられていたというから、何事かを聞き知っていたのではないか――？

予想される繋がりといえば、依然その程度に留《とど》まっている。

「一つの仮定として、ぼくは考えるんですがねえ――」

雲野がまたどことなく無責任に聞こえるような調子で意見を吐いた。

「一連の事件の犯人は、曽根と合屋が目的だった。しかし、二人だけ殺したのでは動機からすぐに露顕するおそれがあるので、あえて無関係な加地本由実の殺害を間に挟んだ。現場も同じ東京駅構内を選び、さらに関連性を強調するために、彼女のバッグを霊安室に近いコインロッカーに預けておいた。こんな真相ではないのかな」

第十章　秘密部屋

1

高辻潤子の顔写真を携えた捜査員が、曽根紀和子、加地本悟、藤井久乃など、被害者の身近にいた人々や、ステーションホテル、〈しおん〉などへ再度聞込みを行った。

わけても、ステーションホテルのダイニングの従業員と藤井久乃には、期待をかけていた。彼らは〝幻の女〟を目撃しているのである。

もっとも〈薔薇《ばら》〉では、もともと曽根寛の相手の女性は、あまり従業員の印象に残っていなかった。最初から、年配は二十五歳から三十歳の間くらいという程度の証言しか得られていなかったのだから、一ヵ月半もたつ今になって写真を見せても、みんな首をひねるばかりである。

その点は藤井久乃も、若い女性が合屋宅を訪れていたのを見かけたのは九月二十三日だから、もっと日はたっているわけだが、独特のしっかりした観察眼を身につけた人のようだからと、最後の望みを託していた。

ところが、ここでも——

「私はねえ、若い頃《ころ》からひどい遠視の上に、最近急に目が悪くなって。本を読む時や、将棋をさす時には眼鏡をかけてます。ほんとは常時かけなくちゃいけないって目医者さんにいわれてるんですけど、ついうっとうしくってねえ。ですからふだんは、人の顔でも細かいところまではわからないんですよ」

路上ですれちがった娘が、「大柄《おおがら》ですらりと背筋ののびたキャリアウーマン風」といったのは、あくまで全体の印象であって、顔まで特定する自信はないと、久乃はあいまいな証言を避けるように、むしろきっぱりと断わった……。

指紋の照合も急がれたが、決定的な証拠指紋はまだ発見されない。

その間に、高辻潤子の張り込みと尾行が開始された。犯行の証拠を摑むことと、さらに第四の事件発生を防ぐ意味もある。

とはいえ、彼女がすでに本ボシと決まったわけではないし、何一つ証拠もないのだから、相手の行動を規制したり、威嚇《いかく》しない程度、つまり気付かれないように行う。気付かれると、人権侵害で訴えられるおそれもある。

実際には、昼間は捜査員が高辻宅の周囲をぶらついて、夜は門の見える路上の暗がりに車を駐《と》めて見張っている。二十四時間の張り込みで、警視庁捜査一課の女性刑事が当ることもあった。

十一月十日にツアーから帰国したばかりという潤子は、在宅している時間が比較的多かった。来客はない。

外出すれば尾行するが、彼女はさして警戒しているふうも認められない。たいていまず大手町の〈オーティックス〉事務所へ顔を出し、帰りに日本橋の本屋を廻《まわ》って洋書を買ったり、西銀座で化粧品を選んだりしている。

十一月二十日金曜には、午後から家を出て、やはり会社へ寄ったあと、地下鉄で新宿へ。デパートでクレープのようなお菓子を買って、小田急線の各駅停車に乗った。

三十分ほどで下車したのは喜多見。

午後五時まえで、ラッシュには少し間があるが、駅を出ると町は早くも宵闇《よいやみ》に包まれていた。

商店街を抜けて、住宅街を十分ほど南へ歩いた潤子は、家々の間に挟《はさ》まった七階建のレンガ造りのマンションへ入った。比較的新しいが、どこにでもある中クラスのマンション風で、ロビーにはとくべつのセキュリティシステムなどはない。

エレベーターで四階まで上り、四一四号室のブザーを押す。その横顔はくつろいで見えた。

ドアが開いて、隙間《すきま》にチラリと見えたのは、セーターとパンツ姿の若い女性で、潤子は彼女とくだけた挨拶《あいさつ》を交わしながら、すぐにドアの内側へ姿を消した。幼児の声も少し聞こえていた。

ドアの横には〈依田《よだ》丈文《たけふみ》・さゆり〉というネームプレートがはまっている。

潤子がそこから出てきたのは、十時を少し廻る頃だった。五時間近くも依田宅にいたことになる。

さっき玄関で出迎えた主婦らしい女性と二人でエレベーターに乗り、地下駐車場へおりた。女性は潤子と同年配で、依田さゆりではないかと推測された。

地下に駐めてあった赤いカローラの運転席にさゆりが、助手席に潤子が乗って、駅の方向へ走り去った。遊びに来た潤子をさゆりが送っていくという感じだったが、捜査員には車がないし、タクシーもめったに通らない場所なので、追跡は断念せざるをえなかった。

翌十一月二十一日土曜の午前十一時頃、角警部と渡辺警部補の二人が、依田宅を訪れた。

それまでに、依田家についての簡単な知識は得ていた。マンションの管理人と、隣の主婦から聞いた話では、依田は三十四歳のサラリーマン。妻のさゆりは二十八歳で、二人の間に二歳半になる女の子のなおみがいる。依田たちは四年前、このマンションが新築された時購入して入居した。新婚だったようで、その後なおみが生まれた。家庭にはとくべつ問題はなさそうだ。

潤子らしい女性がときどき訪ねて来ていることは、隣家の主婦が見ていて、話してくれた。

渡辺の押したブザーに、元気のいい女の声が応《こた》え、間もなくドアが開いた。

ボーイッシュなショートヘアがチャーミングな感じの主婦が、驚いたように目を瞠《みは》って二人を見較《みくら》べた。渡辺が警察手帳を示すと、相手の目はいっそう大きくなった。

「失礼ですが、依田さゆりさんでしょうか」

「ええ」

「いや、捜査の参考までに、高辻潤子さんのことをちょっとお伺いしたいと思いまして」

「潤子の……？」

「お友だちですか」

「高校の同級生ですけど」

「昨夜も遊びに来られてたみたいですね」

「ええ。でもどうして潤子のことを……何の捜査ですか？」

心底怪訝《けげん》そうな問いを受けて、角が答えた。

「東京駅の事件です。実は高辻さんのお父さんが、被害者たちと仕事の関《かか》わりがあったようですので」

「へえ……」と、さゆりはそれもはじめて聞くような顔で、

「でも、彼女とは直接関係ないことでしょ。昨日も東京駅の話はしましたけど、事件のことなんか全然気にしてないみたいでした」

「東京駅のどんな話をされたんですか」

　すかさず訊かれ、さゆりはちょっとドギマギしたように瞬《まばた》きした。

　それから、笑いに紛らす口調で答えた。

「いえ、昔の話なんです。昔、東京駅構内に、外部には知られない秘密の部屋があったとか……」

　角警部と渡辺警部補の二人組が、あっさり引きあげそうにないと判断したさゆりは、多分に渋々の顔で、彼らをマンションの室内へ請《しょう》じ入れた。

　草木染の暖簾《のれん》の奥に、広めのリビングがあった。ベージュのふかふかした絨毯《じゅうたん》が敷かれ、ブドウ色のスウェードのソファ、サイドテーブルのランプの横に置かれた電話機には暖簾と揃《そろ》いのカバーがかかっている。

　室内は温く家庭的でいて、贅沢《ぜいたく》な垢抜《あかぬ》けしたセンスで彩《いろど》られ、思わず警部たちの心まで和むようだった。

　二人が室内に入った時、三十すぎの長身の男性が二、三歳の女の子の手をひいて、ソファからおろした。

「警察の方なの。なんか潤子のことを聞きたいとおっしゃって……あなたもいっしょにいて」

「ああ……」

「主人です」と、さゆりが紹介した。

「依田です」と彼が会釈《えしゃく》し、角たちも挨拶を返した。

依田は子供にもお辞儀をさせた。母親似のくるりと円《つぶ》らな眸《ひとみ》をした、いかにも可愛《かわい》い子だ。

「どうもおくつろぎのところをお邪魔しまして」

渡辺が謝った。土曜の午前十一時すぎである。遅い朝食を終えたあと、水入らずで今日はどこへ出掛けようかと、相談していた矢先に、招かれざる客が押しかけたという恰好《かっこう》であった。

それでも依田は、妻ほどには迷惑そうな顔も見せず、子供をつれていったんひっこんだ。一人で遊んでいるようにいい聞かせたのか、自分だけ戻ってきた。

依田夫婦と、角たち二人は、テーブルを挟んで対座した。

「高辻潤子さんとは、高校の同級生だったといわれましたね」

渡辺が口火を切ってさゆりに尋ねる。

「ええ」

「以来ずっと親しいお付き合いですか」

「そうですね。大学もお勤めも別だったんですけど。私は二年ほど会社勤めしたあと、結婚しまして……潤子は大学二年の時お母さまを亡《な》くされて、独身のまま、お父さまと二人きりの寂しい境遇になりましたから、私が独身の頃には私の実家へよく遊びに来ましたし、結婚後はここへ、私のほうからちょくちょく誘ってました」

「潤子さんは、家庭的な温《ぬく》もりを味わいに来られるんでしょうね」

「とくべつのことは何もしないんですけど……八月にお父さまが亡くなって、潤子もいよいよ天涯《てんがい》孤独になってしまいましたからねえ」

「お父さんの話も、よくお聞きになってましたか」

「ええ、もちろん。直接お会いしたことも。あなたも何回かあったわね」

さゆりが振り向くと、依田は穏やかな表情で頷《うなず》いた。

「去年の秋、高辻さんが胃ガンの手術で入院された時には、家内といっしょにお見舞いに伺いましたし、その前にもお宅へ二回ほど」

依田は百八十センチの角に劣らぬくらいの長身だが、体型はずっとスリムだ。浅黒く引きしまった顔立ちは男らしく端整で、さゆりが夫に注ぐ眼差《まなざし》には頼りかかるような甘えがこもっていた。

「潤子のお父さまが、主人のことを気に入ってくださって……息子さんがいらっしゃらなかったから、珍しかったみたいで」

「仕事も同じ業界でしたから、親近感を抱いてくださったのかもしれませんが」

「すると、依田さんも土木関係のお仕事ですか」

角が訊いた。

「いや、ぼくは主に建築のほうなんですが。会社も、高辻さんがいらした帝都建設などよりずっと小さいですし」

依田の口から「帝都建設」の名が出たので、角は緊張と期待を覚えた。あるいは彼には有力な話が聞けるのではないか？

「失礼ですが、依田さんはどちらにご勤務ですか」

「飛鳥《あすか》工業です。従業員八十人くらいの小ぢんまりしたところですが」

依田は東京の私大の工学部を卒業後、そこに入社して、十二年になる。現在は主任技術者で、ビルやマンション、個人住宅などの建築で、現場所長をつとめているという。

「なるほど。潤子さんのお父さんの高辻義一さんも、あちこちの現場所長をつとめられた上で、丹沢工業の取締役になられたそうですからね。――現役時代の思い出などを、いろいろあなたに話されたんではないですか」

「そうですねえ」

依田は相変らず、おっとりと微笑している。

「何か、とくに印象に残っているお話はありませんか」

「さあ……」

「東京駅の新幹線工事については、何か話されなかったでしょうか」

「そちらの現場所長をされたとは伺ってましたが、お父さんから直接聞いたのか、潤子さんからだったか……」

「その時ちょっと施工《せこう》ミスが起きて、それがきっかけで帝都建設をお辞めになったと、それは私も潤子から聞いてましたわよ」

さゆりがいって、依田も思い出したように瞬きした。

「そのごとについて、潤子さんは何かいわれてましたか」と渡辺がさゆりに訊く。

「いえ、ですからそれだけですけど」

「お父さんが、施工ミスに関して、ひどい迷惑を蒙《こうむ》ったとか、誰かを怨《うら》んでいるというような話は……？」

「いいえ、べつに」

「高辻さんはこの八月に亡くなられたそうですが、それをきっかけにして、潤子さんが変った感じはなかったですか」

「それはとても悲しんでいらっしゃいましたよ。たったひとりの身内を亡くされたんですもの」

さゆりは多少質問の無神経を咎《とが》めるような口調だ。

「いやもちろんそうでしょうが、たとえば、お父さんの昔の仕事について、今まで知らなかったことがわかったとか、あるいは、誰かを怨んでも無理ないと思ったとか……」

渡辺はくいさがっているが、角は途中から、あまり期待が持てなくなった。もし、潤子が父親の死をきっかけとして、彼の過去の怨恨《えんこん》を探り出し、父に代って復讐《ふくしゅう》を決意したとしたら、親友にも軽々しく喋《しゃべ》りはしないだろう。

案の定、さゆりはちょっと不快そうな顔で首を傾《かし》げるばかりだ。

「でもねえ――」

依田が考えこみながらことばを挟んだ。

「施工ミスの一件はぼくもくわしくは知りませんけど、とにかく高辻さんは東京駅に対して、そんなに悪い印象を持ってなかったというか、むしろ懐《なつか》しい気持ちでいらしたんじゃないかと思うんですがねえ」

「ほう……」

「まあ、トラブルはトラブルとしても、歳月がたってしまえば、自分が手がけた建造物には愛着のほうが強く残るものじゃないでしょうか。ぼくにも経験である程度は想像できるんですが。とりわけ、東京駅という存在には、何かほかとちがう、一種独特の魅力があるみたいですねえ」

「高辻さんが、そんなふうなことを……?」

「ええ。今年の春だったか、手術後でまだお元気な頃、あれは家族でどこかへ行った帰りに、高辻さんのお宅へ寄ったことがあったね」

今度は依田が妻を見た。

「ああ、奥多摩までドライブした帰りかしら。潤子のお父様が、ワカサギの飴炊《あめだ》きがお好きなので、届けてさしあげようと……」

「うむ。それから君となおみは潤子さんと三人で近所へ買物に出掛けて、その間ぼくは高辻さんと世間話をしてたんだけど、何かで東京駅の話になってね。――ご存知のように、東京駅は昭和二十年五月の空襲で、外壁だけ残して焼け落ちてしまったでしょう？」

依田は角と渡辺に視線を配った。

「当時、高辻さんは二十五歳。帝大工学部卒業の年に軍隊に入ったが、内地にいたので終戦後すぐ復員して、帝都建設へ入社したそうです。まもなく東京駅の復旧工事が始まったが、それには帝都建設も参加し、高辻さんは現場で働いた。だから、新幹線の時と、都合二回、東京駅の工事に直接携っていたんですね。それではとりわけ愛着も湧《わ》くはずだと思いますよ」

「高辻さんは、東京駅工事の、どういう話をされてたんですか」

角が尋ねた。

「いや、工事そのものというより、駅の歴史やいろんなエピソードなどに、ずいぶんくわしかったですよ。明治四十一年ですか、東京駅建設が着工された頃、今の丸の内は人っ子一人通らない荒涼たる原っぱだったとか……もちろん高辻さん自身もまだ生まれてなかったわけでしょうが」

「………」

「大正三年に、赤レンガ三階建の丸いドーム屋根の東京駅が完成して、開業の運びになった。その後しばらくしてから、その三階の屋根裏に、なんと十年間も駅員に気付かれずに住んでいた人があったとか。これは実話だそうですよ」

依田はゆっくりした口調で、高辻の話を懐しむように語る。角たちは、多少我慢して、それでも注意深く耳を傾けていた。高辻が残した話のどこに、事件の手掛りがひそんでいないとも限らないのだ。

「なんでも、元外交官の、きちんとした人物だったんですが、なぜか勤め先も住む家も失い、駅のドームの下の広い屋根裏部屋にいろんな家財道具を持ちこんで、見つかるまでとうとう十年も暮してたっていうんですね。高辻さんも何かの本で読んだらしかったですが、すごくこの話が気に入っておられたみたいでした。つまりそれくらい、当時はあのへんが寂しくて人も少なく、東京駅がとび抜けて大きかったということと、人間がのんびりした古きよき時代だったんだなんて……」

「昔の東京駅は、丸いドーム屋根の三階建だったんですか」

何事につけ好奇心の強い渡辺が、刑事にはあまり似合わないポチャッと丸い顔をつき出した。

「現在は確か二階建で、屋根も六角か八角か、角ばってるんじゃないかな」

「ええ、その話もされてましたよ。戦争末期、東京は何回もB29の爆撃を受けたが、東京駅は運よく免《まぬか》れていた。それが、二十年五月の空襲でとうとうやられてしまった。戦後復旧工事が行われる時、日本人の多くは当然、昔通りの東京駅を建ててほしかったのだが、なにぶん占領下のことだ。連合軍総司令部の意向で、一層低い二階建の、角屋根にさせられてしまった。むろん、費用の関係で。そんな話でした。——まあ、戦後生まれのぼくらなんか、物心ついた時から、東京駅は今ある形だったから、べつになんとも感じないんですが、高辻さんくらいまでの世代には、戦前の東京駅がなんともいえずよかったみたいですね。秋晴れの空にくっきりとそびえるドームは、実に凛々《りり》しく美しい姿だった。あれこそ日本の首都のシンボルだったのに、なんて、慨嘆しておられましたからねえ」

思いがけぬ懐古的な話題になって、ホッとしたのか、さゆりはキッチンへ立って、コーヒーを淹《い》れ始めた。

「それはそうと、さっき奥さんがちょっといわれたことですが——」

角が煙草《たばこ》を取り出し、「失礼します」と断わって、ライターを鳴らした。

「昔、東京駅構内に、外部には知られない秘密の部屋があったとか……？」

角が吸い出すと、依田もテーブルの下から自分の煙草を取って、火をつけた。煙がしみるように目を細めながら、

「ああ、昨夜《ゆうべ》潤子さんがいってた話でしょう」

さゆりは、コーヒーカップをテーブルに並べて、もとの椅子《いす》に掛けた。警部たちの視線は彼女に移された。

「いえ、昔の噂《うわさ》で、ほんとか嘘《うそ》かもわからないそうですけど……昨夜も潤子とここで、亡くなったお父さまの話が出て、それから東京駅のことになったんです……」

ちょっと待った、という感じで、角が軽く片手を動かした。

「高辻さんのことから、どういう経過で東京駅の話題に変ったわけでしょうか」

さゆりが首をひねりながら救《たす》けを求めるように夫を見たが、依田は気が付かないで灰皿に灰を落としている。

「夕食のあと、潤子が、去年の今時分はお父さまをニュージーランドのツアーに連れていったとか……自分がコンダクターをつとめた機会に。私たちがそんな話をしている時、主人が横で新聞をひろげて読み出したんです。そしたら彼女が、ふっと思い出したように、東京駅でつぎつぎ気味の悪い事件が起きてるのねって……」

「お父さんの思い出話から、つぎには東京駅の事件にとんだわけですね」

「ええ、でもあくまで世間話で、潤子はべつに事件を気にかけてなんかいなかったです

よ」

　さゆりは強調した。

「だけど、そばでなおみも聞いていたし、事件の話はそれっきりになって……少したって潤子がまた、東京駅といえば、昔秘密の部屋があったとか、父に聞いた憶《おぼ》えがあるわ、なんていい出したんじゃなかったかしら」

「事件のことは、潤子さんもそれっきり触れなかったんですね」

「そうですよ」

　だが、すると潤子は、東京駅の事件の被害者二人までが亡父とかつて仕事の関《かか》わりがあったこと、そのためにすでに捜査員の聴取を受けたことも、友だちに打ちあけなかったわけか？

「で、その秘密の部屋というのは？」

「終戦直後、高辻さんが東京駅の復旧工事に携わってらっしゃる時分……いえ、それもまもなく完成するという二十二年頃《ごろ》のことかしら、現場に妙な噂が流れたんだそうです。新しい東京駅には人に知られない秘密の部屋が一つ造られていると――」

　その部屋の存在は、公《おおやけ》の設計図には記載されていない。別にもう一枚の設計図が存在して、それは国鉄側と建設会社側のトップクラス、ほんのいく人しか見ていない。どうしてそんな部屋が必要とされたのかといえば、ＧＨＱや日本政府要人の、いざという場合の避難場所にするためだ――と、最初高辻は現場でそんな噂を聞いた。

「ほう。まあ、終戦直後の物情騒然たる時代には、そういう発想もありえたかもしれませんねえ。下山《しもやま》事件や三鷹事件もその後に起きているわけだし」

角が興味深い顔つきになった。

「東京駅には、貴賓室や特別通路などもあるわけでしょう？」と渡辺。

「もちろんある。松の間は天皇皇后両陛下専用。竹の間は皇族、国賓、大臣などの休憩室。これらの貴賓室と各ホームを結ぶ大理石と赤絨毯《あかじゅうたん》の特別通路も地下に造られていて、百メートルくらいの長さだそうだ。ぼくはまだ入ったことがないが、絵葉書でみた憶えはあるよ。それくらい一般に公表されている事実だからね、狙《ねら》われればかえって危険だともいえるだろう」

「そこで、秘密の避難場所を……」

「いえ、ところが、その後また話が変ってきたんだそうです」とさゆりがいう。

「だって、実際に現場の人が誰も知らないでは、部屋も造れないわけでしょう？　そういうことから、ＶＩＰの避難所などといったのは、建設会社がわざと流した噂ではないか。本当は、建設会社の上層部と現場の何人かが結託して、闇《やみ》物資を隠匿《いんとく》しておく場所を造ったんじゃないかと……」

「ははあ」

「新しい東京駅が完成して、工事がすっかり終ってからも、しばらくそんな話が取沙汰《とりざた》されていたそうです。もしかしたら二つの噂は両方とも本当だったんじゃないか、とか」

「両方？」

「つまり、最初は確かに秘密の避難所が造られた。現場の人も何人かは知っていた。でも、とくにその部屋が使われる機会もなくすぎるうち、その存在を知っている者たちが、闇物資の隠し場所に利用し始めたとか……」

「要するに、当時高辻さんがそういった噂を耳にして、それをいつか潤子さんに話した。それをまた彼女がここで喋った、ということなんですね」

　渡辺が整理して訊く。

「そういうことよね」

　さゆりが夫に同意を求め、彼も「うーむ」と慎重に頷《うなず》いた。

「で、噂の真偽はどうだったんですか」

「いえ、それは結局わからず終《じま》いだったんじゃないでしょうか」

「高辻さんはいつごろ潤子さんに話したんでしょう？」

「さあ……」

「折にふれて何回か聞いた、というようなニュアンスじゃなかったかな」と依田。

「その部屋が本当に存在したのか、あるとすればどのへんにあったかなども、高辻さんは知らなかったということですか」

今度は角が念を押す。

「ええ……」

「しかし、どこにあったかは、非常に興味を抱いておられたんじゃないですかね」

依田が考え深い口調でいった。

「建設関係で働く者として、まして東京駅工事に直接タッチしていたのなら、興味を惹《ひ》かれるのがむしろ当然でしょう」

「潤子も興味津々《しんしん》みたいだったじゃない？」

「ああ、昨夜の話しぶりではね。大体あの人は、そういうちょっと現実離れしたような話が好きなんじゃないかな」

「そうそう。目下彼女の東京駅に対する関心は、連続殺人事件などより、幻の秘密部屋なんじゃないでしょうか」

2

角と渡辺は、いささか煙《けむ》に巻かれたような気持で、依田夫妻のマンションを辞去した。

さゆりが親友を庇《かば》いたい一心で、潤子の関心は最近の事件より、東京駅の昔話に向いているのだと強調しようとしたことは容易に読みとれる。

とはいえ、いずれにせよ、潤子が父の死を契機に、父に代って復讐の犯罪を遂行したと想像させるような事柄《ことがら》は、何一つ聞かれなかった。

依然潤子は、有力容疑者の一人ではあるが、決定的な証拠は何一つなく、捜査の対象を彼女だけに絞るわけにはいかないだろう。

「あるいは……問題の秘密部屋と、最近の事件との間に、何か関係があるということはありえないでしょうか」

マンションの近くに駐《と》めておいた車に戻り、走り出してしばらくたってから、渡辺がポツリと呟《つぶや》いた。

「いや、俺《おれ》も今それを考えていた」

角が即座に反応した。

「依田さゆりは潤子の容疑をうすめるためにした話かもしれないが、実はそれが事件と密接に結びついていたというようなことはありえないかと」

「とにかく、噂の真偽を確かめることが先決でしょうね」

「確かめるといっても、なにせ四十年以上も昔の話だからなあ」

二人とも、その話の重さを測りかねているのである……。

同じ日の午後、波倉警部と渡辺の二人が、東京駅駅長室を訪れた。

波倉は曽根事件と合屋事件のさい、まっさきに現場へ駆けつけているし、所轄《しょかつ》の丸の内署刑事課長という立場上、駅の幹部職員とは日頃から接触の機会が多かった。

JR東日本の駅長室は、丸の内側の中央口と南口との中間にあり、ステーションホテル正面玄関の隣奥に当る。

駅長室の真上には、ステーションホテルの205号室があって、その部屋からは1番ホームが窓のすぐ外に見え、構内の放送が手にとるように聞こえる。時刻によっては八重洲側のほうへ何本かのホームが見通せることもある。

いかにも駅構内のホテルらしい眺望《ちょうぼう》で、おまけに駅長の頭の上で寝られるというので、とくに205号室を希望する客も少なくないという。

波倉もその程度は聞き知っている。

当の駅長室は、広々として天井も高い、古風な雰囲気《ふんいき》の部屋である。

今年五十二歳になる新堀《しんぼり》駅長に、波倉たちは「秘密の部屋」について訊《き》いてみたが、相手は苦笑混りで首を傾《かし》げた。

「わたしが国鉄に入社したのは、昭和二十八年ですが、以来、折にふれては東京駅にまつわるいろんな物語を耳にしていますよ。奇人変人の駅長や駅員のエピソードであるとか、東京駅の七不思議などというものもありましてね。まあ、大して不思議でもないんですが。

その秘密部屋の話も、あるいは一種の伝説風に語りつがれたのかもしれませんが、もう戦後も遠くなりましたからねえ。わたしは直接聞いた憶えはありませんね」

駅長が国鉄に入った時、すでに終戦から八年たっていたのである。当時の国鉄のトップクラスなどははるか昔に退職し、生きている人さえ少ないだろう。

「実際にそういう部屋が造られることは、可能だと思われますか」

「それはまあ、できないことはないでしょう。これだけ大きな建物なんだから、小さな部屋の一つや二つくらい」

「もし造られたとしたら、どのへんだとお考えになりますか」と渡辺が問うと、駅長は笑い出しながら、

「そうですねえ……まあ、建物の中心部分か、あるいはホームの下とか……」

「ホームの下ねえ……」

渡辺はちょっと意表を衝《つ》かれたように呟いた。

「現在新幹線ホームの下には、長い通路と、いろんな設備や部屋もたくさんありますよ。列車が着くと、車内の清掃やゴミ処理、給水やリネン交換などが行われますから、ホームの下には備品置場や、係の人たちの控室なんかもあるわけです。だからたとえば、それに似た部屋が、どこかほかのホームの下に造られ、地下を通ってよそへ抜けるようになっていたとかね。――いやもちろん、昔あったとしても、今はすっかり塞《ふさ》がれて、わからなく

なってしまってるでしょうがね」

波倉たちは、念のため、駅長室の横にある助役の部屋に立ち寄って、そこにいた人たちにも尋ねてみたが、手応《てごた》えのある答えは得られなかった。

「しかしまあ、なにせ日本一の駅だし、その上のべつあちこちで工事してますから、正直なところ、われわれだって隅々《すみずみ》まで正確に把握《はあく》してるわけじゃないんですよ」

助役の一人のいったことばが、波倉には何か暗示的に響いた。現に、例の「7の扉《とびら》」のある閉鎖通路も、丸の内側の先は工事中で行き止まりになっていた。

あれと同じような古い自由通路が、北口改札の反対側にもあって、それは現在も使われているが、まもなく新しい自由通路があと一本造られて、古いものは閉鎖されると聞いている。

生きもののように、あるいは人間の歴史と同様に、駅は一日一日変容しているのだ。

そう思ってみれば、四十年以上も昔の終戦直後、この広大な東京駅の中に、秘密の部屋が一つあったとしても、なかったとしても、今べつにどうという問題でもないような気がしてくる……。

捜査本部では、高辻潤子の張り込みと尾行を継続している。犯行の証拠を摑《つか》むことと、第四の事件発生を防ぐ意味もある。

潤子に愛人はいないか、という点も、重視されていた。東京駅での二つの殺人事件は、いずれも女の手でも可能だったと考えられてはいるものの、男の影がチラつく部分もある。たとえば、曽根寛が閉鎖通路へ入っていく時、JR職員風の男性に誘導されていたと疑えなくもない。

また、加地本由実が殺害された十月二十七日、ステーションホテルに宿泊した客のうち、二人の身許《みもと》が確認されていない。一人は「四十歳」の男性、もう一人は「二十八歳」の男性風の氏名だが、男女どちらとも断定できていない。いずれかが潤子の共犯者であった可能性も大いにあるわけだ。

宿泊カードや客室の残留指紋と、潤子の指紋との照合も行われたが、確かに一致するものは発見されなかった。

張り込みと尾行は十一月十五日から開始されたが、潤子にはとくに変った行動は認められず、愛人らしい存在も摑めないまま、十二日がすぎた。

十一月二十七日、彼女は再びツアーに出発した。十日に帰国して、十六日間日本にいたことになる。

今度は〈エーゲ海クルーズ八日間〉というツアーで、帰国は十二月四日。この予定は、捜査本部が〈オーティックス〉から事前に聞いていた。

二十七日金曜の午後二時に、成田空港へ出向いた潤子が、やがて航空会社の団体カウンター前に集合した客たちを先導して、出国ゲートの先へ姿を消したところで、彼女の尾行はひとまず中断された。

もともと、本ボシと決ったわけではない容疑者を、本人に気付かれない程度に尾行するといった場合、相手に目立った動きがなければ、一週間か十日でいったん打ち切りになるのがふつうである。

が、潤子の場合には、波倉や角の主張で、当分期限を定めずに継続する方針になっていた。

とはいえ、相手が国外へ出てしまえば、その行動を規制するだけの理由がこちらにない限り、尾行も限界であった。

今回も、ツアーの添乗員は彼女一人なので、途中で抜け出してどこかへ行くようなことは考えられないし、万一いなくなったりすれば、現地のガイドからすぐ連絡が入ると、〈オーティックス〉のコンダクター課長が請け合った。

潤子がツアーに出たあと、捜査の主力は、再び三人の被害者へ注がれた。

東京駅新幹線工事をめぐる一件だけに目を奪われるのは危険だ。三人に、それぞれほかの動機関係はないか。そのいずれかが、三つの事件を誘発したということは考えられないだろうか？

あるいは、三人のうち二人に、新幹線工事とはべつの共通項があり、残りの被害者は、真の動機を隠蔽《いんぺい》するために事件に巻きこまれたものではないか。

「いや、もっと原点に戻れば、三事件が同一犯人の手になると断定する根拠さえまだないわけですよ」

会議のたびに、諸説がとび交う。

やはり新幹線工事にこだわる意見も根強い。

その場合、潤子以外に犯人、あるいは共犯者がいると仮定すれば、彼女が海外へ出ている間にも、第四の事件が発生しないとは限らないのだ。

第四の被害者に選ばれそうな立場の人間はいないか？

本部では、新幹線工事をめぐる調査からも、まだ手を抜くことはできなかった。

またたく間に師走《しわす》に突入し、四日になった。

高辻潤子とツアーの一行を乗せた飛行機は、予定通り、午後四時に成田空港へ到着した。

全員が通関手続きをすませたところで、一行は解散になった。

一人になった潤子は、リムジンバスで都心へ戻り、六時半頃《ごろ》、大手町の〈オーティックス〉事務所へ立ち寄った。

三十分ほどいただけで、大手町から地下鉄丸ノ内線で池袋へ。そこから西武池袋線に乗り継いで、東大泉の自宅へ帰った。

尾行は、潤子が税関を出てきた時から、再開されていた。

その晩から、また二十四時間の張り込みと尾行が始まった。

潤子は翌日再び〈オーティックス〉へ出社した。その後は一日中家にこもっていることもあれば、都心へ出て用足しする日もある。

依然として、とくに目立った行動はないし、愛人風の男性とデートするような節《ふし》も認められない。

とはいえ、捜査員は二回ほど、尾行を途中で断念している。一回は新宿駅前の雑踏の中で姿を見失った。あと一回は、京橋付近の路上で彼女が急にタクシーを拾った。続いてすぐ空車も来なかったので、それ以上の追跡は無理だった。

こんな場合、タクシーに乗ろうとする彼女の肩に手をかけてとめられないところが、捜査員にはいかにも歯痒《はがゆ》い。

このようにして、また一週間がすぎた。

これ以上潤子の尾行を続けても無意味ではないかという懐疑的ムードが、本部の中で徐々に強くなり始めた。

十二月十一日金曜日の午後五時十五分頃、彼女はまた一人で東大泉の家を出た。朝からしぐれ模様で、はじめて本格的な冷え込みが到来したような日だった。

五時をすぎると、外はもう暗い。

グレーのコートに黒のショルダーバッグ、黒のショートブーツという身なりの潤子は、西武池袋線大泉学園駅まで歩いて、池袋行の電車に乗った。いつも外出する時と同じだ。

池袋に着いたのが五時五十分頃。

池袋行は逆コースなので比較的すいていたものの、駅は帰宅ラッシュが始まったばかりである。金曜の夕方だけに、地下改札付近には人待ち顔の若い女性や、これから遊びに出掛けるらしいグループが随所にたむろしている。

改札を出て、コンコースを歩き出すと、こちら向きの人の波に押し戻されそうになる。アベックを装った捜査員の二人連れが、人波にもまれてちょっともたついたわずかの間に、数メートル先を歩いていた潤子の姿が見えなくなった。

突然駆け出しでもしたのか？

故意に撒《ま》かれたのかどうかさえ、判断しにくい状況であった。

もうどこを探しても見当らない。

ホームに上って電車に乗ってしまったのなら、どうにもならないだろう。

捜査員は電話で本部に報告し、そちらの指示に従って、東大泉の家の前へ引き返した。

夜が更《ふ》けても、潤子が帰ってくる気配はなかった。

交替の二人組が来て、車の中で夜を明かした。とうとう朝まで彼女は帰宅しなかった。

第十一章　第七の通路

1

十二月十一日金曜の午後六時前に、ラッシュがピークにさしかかる池袋駅コンコースで、高辻潤子の姿は忽然《こつぜん》と消えてしまった。

いや、忽然と感じたのは尾行していた捜査員であって、衆人環視の中、彼女が消えてしまえるわけはないし、付近に身を隠せるような場所とてなかった。アベックを装った捜査員が人波にもまれてもたついている間に、彼女がどこかのホームから電車に乗ってしまったと考えるのがもっとも自然のようであった。

ただ、彼女が意図的に捜査員を撒いたのか、偶然の成行きだったのかは、判然としない。

ともあれ、この時点では、追う側もさほどあわてなかった。

潤子の張り込みと尾行は、十一月十五日以来、彼女がツアーに出ていた八日間を除き、かれこれひと月近くも続けられていた。その間には、今度を含めて三回、捜査員は尾行を途中で断念させられていた。雑踏の中で姿を見失ったり、彼女が急にタクシーを拾って走り去ってしまった時である。相手の行動を規制、威嚇《いかく》しない、任意捜査の範囲内では、そうした事態が発生するのもやむをえなかった。

どうせまた、彼女は自宅へ帰ってくるだろう。

約一ヵ月の尾行にも、これということは起こらなかったのだ。

捜査員は本部の指示に従って、東大泉の家の前へ引き返した。

夜十時には、べつの二人が来て交替した。

丸の内署捜査本部にただならぬ緊張が漂い始めたのは、翌十二日土曜の午前九時をすぎる頃からである。潤子がまだ帰宅しないという報告が、張り込み先から届いていた。

今まで彼女が、友だちらしい複数の女性と新宿や池袋で飲んだりして、帰宅が深夜になることは必ずしも珍しくなかった。が、朝まで帰ってこないことなど、一回もなかったのだ。

本部ではとりあえず、大手町の〈オーティックス〉事務所と、小田急線喜多見の依田さゆりのマンションへ、捜査員を走らせた。電話での問合わせを避けたのは、万一にも潤子が匿《かく》まわれているようなケースを想像したからである。

が、どちらも、潤子は来ていないという返事だった。

十二月四日にエーゲ海クルーズから帰国したばかりの潤子は、年内はあと一回だけ、二十二日から五日間のツアーの予定がある。行先はシンガポールだから慣れた場所で、調査や打合わせの必要もさほどないので、最近はそう頻繁《ひんぱん》には出社していなかったようだと、コンダクター課長が答えた。

マンションにいた依田さゆりも、昨夜から潤子が家に戻らないことを聞くと、吃驚《びっくり》したような丸い眸《ひとみ》を瞠《みは》った。

「この前潤子が来たのは……先月の、十一月二十日の金曜だったかしら。その時は、夜の十時頃までいて、私が車で駅まで送っていったんです。それ以来会っていません。電話は時々掛ってきて……いちばん最近は、十二月の五日か六日、ツアーから帰ってすぐに一度掛けてくれました。そのうちまた遊びにくるっていってたんですけど」

潤子が泊りがけでどこかへ行くような話は聞いてないし、そんな先にも心当りはないと、さゆりは首を振った。

「この間、刑事さんが二人うちへいらして、潤子のことをいろいろ訊《き》いてお帰りになりましたね。東京駅の事件を調べるとかおっしゃってましたけど、見当外れなことで潤子を追いまわして、彼女、ノイローゼになったんじゃないでしょうか」

終《しま》いには警察のやり方を詰《なじ》るように、捜査員を睨《にら》んだ。

〈オーティックス〉と依田宅へ赴いた捜査員たちは、いったん辞去したあと、出入口の見通せる場所に佇《たたず》んで、張り込みの態勢に入った。今後潤子が立ち廻《まわ》る可能性もあるし、やはりさゆりが彼女を匿っているという疑いも払拭《ふっしょく》しきれないのだ。

一方また、〈オーティックス〉の課長とさゆりからは、潤子の交友関係を可能な限り聞き出していた。ツアーコンダクター同士の接触は案外少ないそうだが、中でも彼女が比較的親しくしていた人とか、日頃時々会っていた高校や大学の友だちなどである。

捜査員がそれぞれ出向いて、事情聴取したが、手掛りは得られなかった。

それっきり、潤子の消息は杳《よう》として知れぬまま、六日が流れた。

そして、事件の焦点はまたも東京駅へひき寄せられることとなった――。

2

東京駅の丸の内側と八重洲側とを結ぶ通路で、現在使用されているものは、合計七本ある。

まず自由通路――一般の人々が乗車券や入場券なしでも自由に通り抜けられる通路が二本。

いちばん北側にあるのが〈北口自由通路〉で、昭和五十八年三月一日にオープンした、明るくて広い通路である。

もう一本の〈第一自由通路〉は〈北口通路〉のすぐ南隣にある。これは古くて狭く、うす暗い。現在はまだ利用されているが、いずれあと一つ新自由通路が開設されたら、ここは閉鎖されることになっている。

かつては〈第二自由通路〉も使われていた。〈北口自由通路〉の南隣に当り、その〈北口自由通路〉が五十八年三月に開通したのと入れ替りで、閉鎖されたわけである。この閉鎖通路の途中に、例の「7の扉《とびら》」があり、霊安室が設けられている。

もっとも、閉鎖通路の丸の内側はすでに取り壊されて工事が始まっているから、やがて霊安室もどこかへ移されることになるだろう。誰もその意味を知らない「7の扉」も、東京駅にまつわる数々の伝説の一つになってしまうのかもしれない。

ともあれそんなわけで、自由通路は現在二本ある。

つぎに、改札《ラッチ》の内側、切符を持った乗客が出入りして各ホームと繋《つな》がっている通路は、〈北口通路〉〈中央通路〉〈南口通路〉の三本である。

残る二本は、あまり一般には知られていないだろう。

一つは〈特別通路〉。丸の内本屋の、駅長室の北にある松の間や竹の間などの貴賓室と、各ホームとを直結するもので、大理石の上に赤絨毯《あかじゅうたん》が敷き延べられ、正確には全長九十八メートル。

そして、最後の一本が、現在は〈車椅子《くるまいす》通路〉と呼ばれているものである。

この通路の丸の内側出入口は、ステーションホテル正面玄関のすぐ右側に、ひっそりと開いている。

昭和五十五年までは、東京駅から荷物専用列車が出ていたから、当時までは〈小荷物通路〉とも呼ばれた。

ホテル玄関の横にある出入口は、幅はかなり広いが、鉄骨やコンクリートがむき出しの工事現場みたいに見える上、ここは〈車椅子通路〉につき駐車禁止という貼《は》り紙がしてある。関係者以外の乗客が迷いこむようなことはめったにない。

鉄板を踏んで奥へ進むと、ボイラー室や倉庫などの間をL字形に折れ、もう一度左へ曲って、それからいよいよホームの地下に当る通路へ入っていくことになる。

〈小荷物通路〉は東京駅完成当時から造られ、七十年余りを経た現在でも、ほぼその原形を留《とど》めているといわれる。

それだけに、内部はいかにも古ぼけて、荒れ果てた感じさえする。

天井、側壁はレンガで、低いところには、長年にわたって荷物運搬の台車がこすってつけた幾筋もの溝《みぞ》が刻まれている。

またその天井や壁面には、電気のコードや通信ケーブル、たくさんのパイプ類が、複雑に絡《から》みあってはりめぐらされている。

〈危険〉〈頭上注意〉などの標示も随所にある。

ひんやりとほの暗い通路に沿っては、各ホームへ上る鉄の檻《おり》みたいなエレベーターが、規則的な間隔で並んでいる。

さらにその通路は、ところどころでロータリーのような広い場所に出る。ロータリーの天井と壁はコンクリートのむき出し。そこからまた通路が何本か枝分れしているが、一部は工事中のトタン囲いがしてあったり、もう何年も使われてない台車が放置されていたり、あるいは先が真暗で行き止まりだったりする……。

ざっとそういった有様の〈車椅子通路〉に、日常出入りする人といえば、当然、車椅子の乗客と、それを押すＪＲの職員である。丸の内南口の一角に専用待合室があって、そこから出発するのだが、車椅子の乗客は一日平均十数人ある。

ほかには、工事関係者と、食堂車や車内販売などの業者である。この通路の八重洲側は、新幹線の食料基地に繋がっている。

とはいえ、それら関係者の通行も、決して頻繁ではないから、この〈車椅子通路〉には人影がとぼしく、冬にはいやが上にも凍《い》てついた空気に包まれていた。

十二月十七日木曜の午後三時頃、ＪＲ東海・乗客係の二十四歳になる職員有馬が、車椅子の乗客をひかり号に乗せてから、再びこの通路へ引き返してきた。

新幹線では、ひかりなら九号車、こだまなら五号車に、車椅子のまま乗車できる個室の専用席がついているので、そちらを利用してもらう。在来線には専用席はないが、原則としてどの車輌《しゃりょう》にも、車椅子の乗車は可能である。新幹線ならJR東海の、在来線ならJR東日本の乗客係の当番が、その世話をすることになっている。

乗客を無事車内へ送りこんだ有馬は、あとは一般通路を歩いて自分の持ち場へ帰ってもよかったのだが、彼が再びホーム下の通路を引き返してきたのには、いささかの理由があった。

今日が当番の彼が、車椅子を押して通路を通ったのは今しがたで三回目だった。

三回とも、それを感じた。ロータリーのような一画を通過する時、冷えきった空気の底に漂う嗅《か》ぎ慣れない異臭――。

最初はそのまま忘れてしまい、だから二回目は意識していたわけではないのだが、同じ場所で同じ臭《にお》いに出くわして、思い出した。

三回目は気を付けていた。するといよいよひどくなっているように思われた。

何の臭いかはわからない。今まで経験した憶《おぼ》えもないのだが、なんともいえず不潔な感じの、それにコンクリートと鉄だけの場所からでは発生しそうにないような、妙に生々しい悪臭――。

この東京駅構内には、何匹もの野良猫《のらねこ》が棲《す》みついているという。その一匹が死んで腐っているのかもしれない。

それなら早く死骸《しがい》を取り除いて、不愉快な臭気を消してしまわなければいけない。

広いロータリーの中央で立ち止まり、彼は精一杯、嗅覚《きゅうかく》に神経を集中した。

やはり同じ臭いが嗅ぎとれた。

が、どっちから流れてくるのかは、なかなかわかりにくいものだ。

彼はあたりを調べてみることにした。

八重洲側から戻れば左側に、エレベーターの檻が二つ並んでいる。3と4の標示がついているのは、3番ホームと4番ホームへ上るためという意味だ。

反対側には、別の通路が岐《わか》れ出ている。幅は三メートルくらいだが、両側にもう使われなくなった荷物用台車が三、四台も斜めに置きすててあるので、まん中に四、五十センチの隙間《すきま》が残っているだけだ。

いちだんとうす暗い通路の奥は、十メートルくらい先まで続いているようで、突当りには倉庫みたいなものと、ドアが一枚、ぼんやりと見えている。

彼は、身体《からだ》を横にして台車の間を抜け、そちらへ歩いていった。これまでにも何回となく車椅子通路を通っていながら、脇道《わきみち》へ入りこむのははじめてである。車椅子を押すメインルート以外は、目に入っても、実際には見ていなかったも同然だった。

倉庫の前までくると、懐中電灯を持ってこなかったことが悔まれた。ロータリーの天井に点《とも》っている蛍光灯《けいこうとう》のほの暗い光が漂ってくるだけである。

しかし、異臭はそのへんでも確かに感じられた。

引き戸が開けっ放しになっている倉庫の中へ入ってみた。主に機械類と、ここにも台車などが置かれているようだ。はっきりとはわからないが、ガラクタ置場という感じで、最近それらが利用された形跡はどう見ても認められない。

ここはこの倉庫で行き止まりというわけか。

いや、少しずつ暗さに慣れた目をこらして見るうち、倉庫の左側の壁が、一部素通しになっているのに気が付いた。

もっとよく見れば、ドアがあって、それが開放されたまま、物が積まれている様子だ。それでなかなか近付けそうにない。

そういえば、倉庫の外の左横にもドアが一つあったと、彼は思い出した。

倉庫を出て、そちらのドアへ歩み寄った。

汚れきったベニヤ板のドアだ。

丸い把手《とって》を廻してみる。

ドアが向こうへ開いた。

その瞬間、かすかな風がふわっと流れてきて、思わず彼は顔をしかめた。これまでのいつよりも強く、いやな臭いをまともに嗅いだのだ。

ドアの先には、意外に長い、細い廊下が横たわっていた。倉庫の中のドアも、その廊下に向かって開放されていたのだ。

彼は再び目をこらした。ドアを開けたので、こちら側の灯《あか》りが廊下へ流れこんでいる。

左側はコンクリートの壁だ。

右側には、倉庫内のドアが開かれ、もう少し先にも、またドアでもあるのだろうか？

しかし、そのドアも開放されているのかもしれない。

なぜなら、そこらの鴨居《かもい》に当るくらいの高さから、何かがぶらさがっているように見えるのだ。もしドアでも開いてなければ、そのへんがどうなっているのか、わけがわからない。

それにしても、あの不自然に宙ぶらりんな物体は何だろう？

ほんとうにぶらさがっているのか、それとも床についているのか、この目で確かめようとして、一歩踏みこんだ途端——。

実に奇妙なことだが、彼は耳の奥で、鋭い女の悲鳴を聞いたような気がした。

3

その約二十分後には、〈車椅子通路〉途中の倉庫の横の廊下へ、約二十人の捜査員やJR職員が集まっていた。日頃《ひごろ》は暗くて寂しいその付近に、煌々《こうこう》とライトが照射され、異様な緊張がたちこめている。

倉庫の横の廊下の先には、右側に小部屋が一つあった。間口三メートル、奥行五メートルくらいで、出入口のドアは開放され、そのドアの枠《わく》の上部に、一本の太い釘《くぎ》が打ってあった。

釘には丈夫そうな腰紐《こしひも》が掛けられ、輪になった紐の先には、人体がぶらさがっていた。その足の下には、古い埃《ほこり》だらけの木の椅子が倒れていた。

ＪＲ東海の若い職員が発見したのは、かなり腐敗が進行した女の首吊《くびつ》り死体であった。丸の内署刑事課長の波倉警部、本庁捜査一課の角警部らが見守る中で、まだ紐から吊《つる》されたままの遺体をつぶさに観察していた警視庁嘱託医が、ようやく遺体をおろすようにと告げた。

鑑識課員らの手で、遺体は小部屋の床の上に横たえられた。

遺体の女性はグレーのコートを着て、黒のショートブーツをはいている。

髪は茶色っぽくて長いが、かなりが肩の上に抜け落ちている。

顔や首筋などの皮膚は、すでに暗緑色に近く変色し、静脈が樹枝のような模様に透けて見える部分もある。顔を見ただけでは、もう年齢も推し測りにくい状態だったが、この場にいる者の大部分は、その遺体が生前二十八歳の女性であったことを、ほとんど疑っていなかった。高辻潤子の失踪《しっそう》当時の服装は、遺体のそれとほぼ一致していたし、もっと以前に、人々は反射的に彼女を連想した。

東京駅構内の、選《よ》りに選ってこんな場所で首を吊る女といえば、彼女以外には考えられない……!

検屍《けんし》が行われている間に、波倉や角たちは、現場付近の様子を調べ始めた。

長方形の室内には、奥の壁寄りにソファが置かれていた。装飾的なデザインで黒革製の、昔は立派なものだったのかもしれないが、今ではおそろしく古ぼけて、あちこち破れている。

横にダンボールが二個積まれて、埃をかぶっている。

ソファと同じ色だったので、一見目立たなかったが、その端に、黒のショルダーバッグが一つ置いてあった。

波倉が、手袋をはめた手でとりあげた。

中味は、財布、手帳、ハンカチ、化粧品など。

手帳を開いた波倉が、ほっと複雑な吐息を洩《も》らした。グリーンの手帳の表紙裏に、高辻潤子の住所、氏名、電話番号が記されていた。これでいよいよ、遺体は彼女である可能性が高くなった。

手帳の予定欄をめくると、ツアーのスケジュールなどが記入されている。彼女が姿を消した十二月十一日金曜には、ボールペンで黒丸がつけてあった。

「この部屋は、日頃何かに使われていたわけですか」

波倉は、その場に駆けつけていたJR東日本の石川助役に尋ねた。霊安室で曽根の遺体が発見されたさいにも、現場に来合わせていた人物である。

「いや……」

彼はまるで珍しいものでも見るように、埃まみれの殺風景な小部屋を見まわしている。

「そこの入口の倉庫にしても、とくに利用されてたわけではありませんから」

少したって、いいそえた。

どうやら彼は、これらの部屋の存在すら、日頃ほとんど認識していなかったのではあるまいか？

それから波倉は、今から三週間ほど前、駅長室へ問題の「秘密部屋」について尋ねにいった時の話を思い起こした。助役の一人がこういっていたものだ。

「なにせ日本一の駅だし、その上のべつあちこちで工事してますから、正直なところ、われわれだって隅々《すみずみ》まで正確に把握《はあく》してるわけじゃないんですよ」

角たちが、廊下の突当りまで行って、そこで行き止まりになっていることを確かめた。

といっても、コンクリートで完全に封鎖されていたのではない。両側の壁はコンクリートだが、突当りには、トタン囲いがされていた。

それを押しのけて、中を覗《のぞ》くと、ホームの下の太いがっちりとした橋脚が、間隔をあけて大木のように林立し、あとはただ暗い空間が埋めている。

本来は真暗なのだろうが、こちらの照明が洩れ出して、その程度の様子はすかし見えるわけだ。

要するに、細い廊下が途中で断ち切られて、ホーム下の基礎部分に吸収されてしまっているという感じだった。

頭上から電車の響きが伝わってくる。

「この上はホームになるわけですか」

角が近くにいたJR職員に尋ねる。

「そうですね。京浜東北線と山手線のホームになります」

「ホームや線路の地下があって、その先はどうなってるんです？」

「あちらは中央通路の方向になるんですが、その手前に、皇族や貴賓のための特別通路がありますね」

「なに、すると、この橋脚の間をずーっと抜けていくと、最初にぶつかるのは特別通路というわけか」

「まあ、そうですね」

角もまた、例の「秘密部屋」の話を頭に浮かべている。

終戦直後、東京駅の復旧工事のさい、公《おおやけ》の設計図には記載されない秘密の部屋が造られた。ＧＨＱや日本政府要人の、いざという場合の避難場所にするために――。

「最初は確かに秘密の避難所が造られた。でも、とくにその部屋が使われる機会もなくすぎるうち、その存在を知っている者たちが、闇《やみ》物資の隠し場所に利用し始めたとか……」

「要するに、当時高辻さんがそういった噂《うわさ》を耳にして、それをいつか潤子さんに話した。それをまた彼女がここで喋《しゃべ》った、ということなんですね」

依田さゆりと渡辺警部補とのやりとりである。

もし、事実そのような部屋が造られたのだとすれば、まずその条件は貴賓室や特別通路に近いことではなかっただろうか。ＶＩＰが列車に乗る前に貴賓室まで来た時、何か騒ぎが起きて危険が生じた場合、いち早く秘密部屋へ避難させるためには、そこが近くて、しかも公衆の目にふれず、直接移動できる場所でなければならなかったはずだ。

またその後、闇物資の隠匿《いんとく》に利用されたとすれば、目立たずに〝荷物〟を運びこめる場所であることも、条件に加わってくる。

高辻潤子が首を吊っていた小部屋は、まさにその二つの条件にぴったりではないか。

角たちが戻ると、嘱託医の現場での検屍がひとまず終ったところだった。

「死体現象の進行は、季節や環境によって非常に差がありますからね。盛夏で湿度の高い場所では一日で腐敗が始まって屍臭を放つこともあるし、逆に酷寒の時期では四、五日たっても皮膚の変色だけに留まるケースもある。この十二日頃からちょうど本格的な寒波が来ていたから、ここも相当温度が下っていたはずですね。ただ、湿気もかなりあるようだが。総合的に見て、死後六日から七日と考えていいと思いますが」

高辻潤子が池袋駅コンコースで姿を消してから、まもなくまる六日になろうとしている。

「もちろん、もう少し人通りのある通路に近ければ、もっと早くに気付かれたわけでしょうが」

腐臭は、細い廊下から倉庫へ流れ、そこから車椅子通路へ漂い出ていたのを、職員の有馬が嗅ぎとり、原因を突きとめようとしたために死体が発見された。

もし彼が放置していたら、事件の発覚はもっと遅れていたかもしれない。

「で、死因ですが、やはり縊死《いし》ですか」

波倉が嘱託医の顔にジッと視線を注ぐ。

「まあ、今見た限りではそうですが」

小柄《こがら》で柔和な風貌《ふうぼう》の医師は、慎重な口調で答えた。

「万一にも、ほかの者に頸《くび》を絞められたあと、縊死に見せかけて吊されたというような疑いは……?」

「うむ……これで遺体が新しければね、縊死か絞頸《こうけい》かの判定は、比較的容易なんですが。第一に索溝《さくこう》のちがい。その他、顔面が蒼白《そうはく》であるか鬱血《うっけつ》しているか。眼瞼《がんけん》の溢血《いっけつ》点の有無などでね。ところが、ごらんの通り腐敗が進行してしまうと、索溝が不明瞭《ふめいりょう》になるし、たとえば絞殺の場合、被害者がもがいてつける爪痕《そうこん》などもわかりにくいですからねえ。いずれにせよ、署に運んでもう一回くわしく検屍しますから」

高辻潤子が失踪して以後は、捜査本部内で彼女の容疑はいよいよ濃厚になりつつあった。ツアーコンダクターという職業柄、ふつうでは考えつかないようなやり方で、海外へ高飛びしたのではないかとの意見も、有力にうち出されていた。

事実は、姿を消したその日に、この「秘密部屋」へ入って首を縊《くく》ったのか？

それがいちばん素直な見方のようでもある。

しかし――、
波倉は、さっき有馬が語った話に、不思議なこだわりを感じていた。

「もちろん、耳の錯覚だったにちがいないんですが、なぜかぼくは、人間が吊さがっているみたいだと思った瞬間に……それが男か女かさえわからなかったのに、鋭い女の悲鳴が聞こえたような気がしたんです。救《たす》けを求めて泣き叫ぶような、悲痛な声が、今でも耳底に残っているんです……」

4

丸の内署へ運ばれた遺体は、そこで着衣などを脱がせた上、再度入念な検屍が行われた。

死後経過はやはり六日から七日くらい。一応縊死と見られるが、波倉が最初に指摘した疑い——首を絞められた上で吊されたのではないか、との可能性も、依然まったく否定することはできなかった。

身許《みもと》については、かろうじて手指の指紋が二、三採取され、それは本部が入手していた高辻潤子の指紋と一致した。これで遺体は彼女本人であると断定された。

東京駅構内での聞込みも開始された。

生きている潤子の姿が、捜査側に最後に目撃されているのは、六日前の十一日、正確には午後五時五十五分頃、池袋駅のコンコースにおいてである。

もし彼女がそこからまっすぐ東京駅へ向かったとすれば——地下鉄か山手線かで多少のちがいはあるが、およそ六時半前後には、車椅子通路の付近まで来たものと推測される。

〈車椅子通路〉の出入口は、丸の内側ではステーションホテル正面玄関の南隣。八重洲側はどうなっているかといえば、新幹線の食料基地や荷物置場などの作業場を通り、荷物扱い所の裏手に出る。そこは工事や食品運搬の車の駐車場になっていて、外堀通りへ抜けられる。

このほか、車椅子通路に沿って、各ホームへ通じるエレベーターが設けられている。それに乗って上り、エレベーターを降りて施錠《せじょう》のないドアを開ければ、そこはもうホームの上だ。逆にホームから通路へおりることも、当然可能である。

丸の内側と八重洲側の出入口は、毎日午前四時にシャッターが開けられ、午前一時に降ろされる。

さて、潤子が十一日の午後六時半前後に東京駅へ来たと仮定して、どこから〈車椅子通路〉へ入ったのか？

これはやはり丸の内側からの可能性が強いとの意見が圧倒的であった。人目につきにくく、見咎《みとが》められる危険性はもっとも低いだろう。

いずれにせよ、十一日夕刻から夜にかけて、車椅子通路付近で彼女らしい女を見かけた者はいないか？

聞込みの焦点はまずそこに絞られた。

「午後六時半以後となると、ＪＲの職員はもうほとんど通りませんからねえ」

石川助役がむずかしい顔で首をひねった。

「というのが、車椅子の乗客の方には、あらかじめ予約を入れていただくわけですが、みなさん、なるべくラッシュ時を避けて、午前十時から午後四時くらいの間を利用されています。従って、ＪＲ職員が車椅子を押して通るのは、大体四時までで終りになります。それ以後に通るのは、工事の人か食料関係の業者なんですが……」

助役は一呼吸おいてから、

「もし、見慣れない女性が通路を歩いていた場合、ＪＲの職員が見かけたら、これは必ず声をかけて注意しますよ。まあ、そんなことは年に一件あるかないかなんですが。しかし、ほかの業者なんかだったら、あるいは気にも止めずに行きすぎてしまうかもしれませんねえ……」

残念ながら助役の予言が当った恰好《かっこう》で、潤子らしい女を見た憶えがあるとか、声をかけたなどという証言は、どこからも得られなかった。

「われわれ工事の人間はたいてい作業服だが、食料関係だと私服もあるし、女性だっていますよ。いちいち注意してもいられないから……」

幸か不幸か、潤子がたまたま誰にも出会わずにあの小部屋へ達した可能性も、充分ありうるわけだ。

一方、東大泉の潤子の家も、捜索が行われた。

二階建の古い木造家屋の中は、一通り片づけられ、戸締りされていた。

が、門灯は点《つ》いたままだ。十一日に彼女が家を出たのは午後五時十五分頃で、外はすでに暗かったから、灯《あか》りを点けていったという感じである。

家の中には電灯は点いてなかったが、キッチンの炊飯器、ジャーなどは〈保温〉の状態で温かい。冷蔵庫も通電されていた。ゴミも捨ててない。

遺書、日記類は発見されなかった。

だが、丹念な捜索の結果、捜査員は、彼女と一連の事件とを結びつける一つの有力な手掛りを、ついに見つけ出した。

デスクの引出しには、たくさんのノートがしまわれていた。その中に、革表紙、中型の一冊があり、初めの三分の一くらいはツアーの記録で埋まっていた。

一頁《ページ》ずつ目を通していた捜査員が、最後の頁を開けてみると、同じ筆跡で、二つの人名と住所が列記されていた。

人名は——、

曽根　寛

合屋　雄之助

住所も、曽根は神奈川県茅ヶ崎市東海岸——、合屋は千葉県市川市八幡——と詳しく、電話番号も記入されている。

さらに、曽根の横には、〈六十歳、帝都建設取締役、妻紀和子〉などのメモがあり、会社の電話番号まで付記されていたのである。

第十二章　生コン

1

高辻潤子の自宅デスクの引出しに入っていたノートに、曽根寛と合屋雄之助の住所氏名などが書かれ、その筆跡は、ほかの頁《ページ》にあるツアーの記録などと同じと見てまずまちがいなかった。

これではじめて、潤子と一連の東京駅事件とを繋《つな》ぐ線が、はっきりした形をとって現われたということができる。

捜査本部では、もう一度念のため、曽根と合屋の遺族に、高辻潤子の氏名を告げ、写真を見せて照会した。

茅ヶ崎の家を訪れた若手捜査員に対して、曽根紀和子は、前にも潤子の顔写真を見せられた時と同じ、あいまいな表情で首を傾《かし》げた。

「お会いした憶《おぼ》えはございませんが。むろんここへいらしたことも」

「電話は？」

「いえ」

「ご主人から名前くらいはお聞きにならなかったですか」

「以前にも申しましたように、主人が東京駅新幹線工事に携っておりました時、所長が高辻さんで、そのお名前は憶えてますけど、お嬢さまのことまでは全然存じませんでした。新聞を見て吃驚《びっくり》しております」

新聞には、高辻潤子の首吊《くびつ》り死体が東京駅の〈車椅子《くるまいす》通路〉横の小部屋で発見されたこと、潤子の亡父が昭和三十七、八年頃《ごろ》、新幹線工事現場の所長をつとめて、のち解任されたことなどの事情から、一連の事件との関連を調べている、といった報道がなされていた。

「国鉄ＯＢの合屋雄之助という人物もご存知ないですか」

「いいえ」

加地本由実も知らない。事件の報道で名前を見ただけだと、紀和子は頭を振り続けた。

捜査員はあきらめて辞去したが、ある種の印象を抱いた。

紀和子は苦しい秘密を身内に押しこめて、それを気取《けど》られまいと、けんめいに心を鎧《よろ》っていたのではないだろうか？

日頃は本庁勤めの若い捜査員は、直接の上司である角警部に、その印象を話した――。

合屋雄之助の遺族には、それぞれ独立している息子と娘がいたが、彼らからも新たな収穫はなかった。

むしろ、近所の茶呑《ちゃの》み友だちだった藤井久乃のほうが、これまでにも有力な手掛りを提供してくれていた。

ことに、合屋が殺される約二十日前の九月二十三日午後、彼の家に若い女客が来ていて、久乃はその女性と路上ですれちがったという。

曽根や合屋の身辺に出没した〝幻の女〟を、はじめてはっきりと目撃したのは久乃だったと考えられているのだ。

もっとも、十一月なかばに潤子の写真を見せた時には、久乃は自信がないといって証言を避けている。

「私はねえ、若い頃からひどい遠視の上に、最近急に目が悪くなって……人の顔でも細かなところまではわからないんですよ」

しかしながら、その時彼女に示したのは〈オーティックス〉から借りた小さな顔写真一枚だけだった。

が、今度は複数の写真が用意されている。ツアーコンダクターという職業柄、外国旅行中のスナップなどたくさんの写真が、東大泉の潤子の家に残されていた。

以前にも久乃から話を聞いた中谷警部補たち二人組が、再度本八幡の久乃の家へ足を運んだ。

「あのお宅は売りに出されるそうですねえ」

合屋の話になると、久乃はまっさきにいったが、思いのほか元気そうな歯切れのいい声だ。

「この間、田無に住んでらっしゃる息子さんが、家の整理にいらした時、わざわざうちへご挨拶《あいさつ》に見えたんですよ。合屋さんから私の話を聞かされてたのか、お宅に残っている本をみんな私にくださるんですって。小学生の坊ちゃんといっしょに、もうあらまし運んでくださったんですよ」

久乃は愛敬《あいきょう》のある童顔をほころばせた。

「私は譲っていただこうかと思ってたんですけど、ぜひもらってくださいとおっしゃって。形見に本をいただくほどうれしいことはありませんね。だって、一度は合屋さんの目が通っている活字を、私がまたゆっくり読んでいくと、まるで今でも、あの方と感想を話しあったり、同じ感動をいっしょに味わっているみたいな気持ちになれますものねえ……」

もともと彼女は合屋と、読書の話を通して親しくなったといっていたのを、中谷は思い出した。

彼もなんとなくホッとした気分に包まれながら、携えてきた写真を取り出した。

「ニュースでお聞き及びかと思いますが、死体で発見された高辻潤子のスナップ写真です。

もう一回よく見ていただけませんか。九月二十三日に合屋さんの家から出てきた女ではないかどうか……」

それが癖らしく、彼女は小皺《こじわ》の集まった口許《くちもと》をちょっと尖《とが》らせるように引きしめた。老眼鏡をかけ、写真の束を手にとると、一枚一枚、食い入るような眼差《まなざし》を注いだ。

約二十枚のスナップ写真のうち、彼女は四枚を脇《わき》へどけた。どれも潤子の全身が写っているものだ。

それらを再度念入りに眺《なが》めてから、ようやく口を開いた。

「遠くから見た感じは、あの時の女の人にかなり似ていると思います。身長は百六十五センチくらいの大柄なほうで、すらりと背筋がのびてましたね。それと、この足運びのかたち」

潤子がツアーのグループに混って歩いているスナップ二枚を、久乃は指さした。

「まっすぐできれいな脚をしてらっしゃるけど、それをちょっと内股《うちまた》にして前へ出すような恰好《かっこう》でしょ。私が道ですれちがった時が、そういう歩き方だったんです」

顔はよく見えなかったと断わった上で、全体の感じを捉《とら》えているのだ。やはり久乃の証言は信頼できそうだと、中谷は意を強くした。

「どうでしょうか、藤井さんが見かけた女性は高辻潤子だったと、断定してかまいませんか」

「百パーセント断定なんてことは、どんな時にも無理でしょうけど、たぶん、まちがいないという気がします。九十パーセントくらいかしら」

中谷の報告は、三つの捜査本部が置かれた丸の内署全体に、まるでようやくにして先取点をあげた野球チームのような安堵《あんど》と弾みをもたらした。

九月二十三日午後、本八幡の合屋宅を訪れていたキャリアウーマン風の女性は、高辻潤子と考えてまずさしつかえないであろう。

とすれば、帝都建設の曽根に電話をかけた上、十月二日夕方にステーションホテルの〈薔薇《ばら》〉で彼と会ったのも、同一人である公算が非常に高い。潤子のノートの〈帝都建設〉の横に記されていた番号は、電話帳にのっている土木工務部直通のもので、女の声で曽根にかかってきた電話のナンバーと同じだったのだ。

では、なぜ潤子が二人を歴訪したのか？——といえば、曽根と合屋がまちがいなく目ざす相手であることを確かめるためと、いまひとつは、彼らの日常の習慣などをそれとなく聞き出して、犯行のチャンスを摑《つか》む目的ではなかっただろうか？

高辻義一は、自らの死期を悟って以後、一人娘の潤子に、二十四年前の東京駅新幹線工事の施工《せこう》ミスの一件をくわしく話して聞かせた。

駅舎壁面の汚染、打ち直しの突貫工事、その結果、自分と曽根が更迭《こうてつ》された。表面的には、現場のトップ二人が責任を取らされた恰好だが、実は自分と曽根とでは大きなちがいがあった。

曽根の義父は当時すでに取締役で、のちには副社長にまでなった実力者だ。曽根もいったんは群馬県のダム現場へ移されたが、五年後には東京都内の現場所長に復帰し、それからはまるでもう何事もなかったような出世コースを辿《たど》り、現在は取締役におさまっているではないか。

それに比べて、自分は本社内で降格され、孤立無援のまま、一時は心身の疲弊による発作的自殺まで図ったあげく、いたたまれずに会社を去った。

本来なら、帝大出の自分のほうが、曽根などよりはるかに早く重役になっていたはずなのに。

あの一件で、自分の一生は根底から狂ってしまった。

いま一人、国鉄側の監督官に合屋雄之助という男がいた。

その男が施工ミスの第一発見者だったが、大急ぎで打ち直して工期に間に合えば不問に付すと、一見帝都建設を庇《かば》うような行動をとった。

だが、これにも裏があった。

曽根と合屋とは、日頃から妙に親しそうに見えた。

翻《ひるがえ》って考えるに、曽根と合屋との合意で、何らかの手抜き、あるいは不正が行われていたのではないか。それが発覚しそうになったので、合屋が内々ですませる工作をし、曽根は所長と共に責任をとったような形で、実際には自分一人に詰め腹を切らせたも同然だ。自分は二人に謀《はか》られて人生を失った——とでも。

こうしたいきさつについては、なお裏付け調査の必要があるが、高辻がこれに近い話を潤子にいい残した可能性は、充分考えられるだろう。

潤子は、曽根と合屋の現住所や現在の地位などを調べた。あるいは高辻がすでに追跡して摑んでいたかもしれない。

潤子は二人に電話をかけて、父の訃《ふ》を伝えた。

「ちょっとお目にかかって、故人の思い出話でも聞かせていただけないでしょうか」とでも申し入れれば、相手は無下にも断われないだろう。

現に曽根は、「いや、いいですよ、お会いすることはかまいませんが」と答えている。

潤子は二人に会い、その時は怨《うら》みごとなどいわなかったのではないか。さりげない会話を通して、彼らの日常生活や習慣を探り出した。

曽根は毎日退社後には会社の車で八重洲側のホテル国際観光の前まで送られ、キヨスクで夕刊を買ってから北口改札へ向かう。

合屋は毎月第二水曜の午後二時頃、東京駅構内の床屋へ出掛ける。

潤子は、人波にまぎれて彼らに接触するベストチャンスを利用した。

十月十四日午後四時四十五分頃、彼女はいつものキヨスクにさしかかる直前の曽根に声をかけ、何らかの理由を告げて閉鎖通路へ誘導し、「7の扉《とびら》」の霊安室へ連れこんだ。

十一月十一日水曜の午後二時には、地下五階の総武線ホームからエスカレーターで上ってきた合屋に近付き、これも何か抜きさしならない口実を設けて、地下四階の倉庫へ連れていった。

殺害には、いずれもナイロンストッキングを使い、いきなり後ろから頸《くび》を絞めるという方法を選んだ。

このようにして、潤子は亡父の怨みを晴らす復讐《ふくしゅう》の犯罪を遂行したのではなかっただろうか——?

2

藤井久乃の証言が得られたのをきっかけとして、各捜査本部の大勢は、いよいよ高辻潤子の単独犯との見方に傾斜しつつあった。

とはいえ、まだクリアできていない点も多分にある。

中でも最大の問題は、加地本由実と高辻、あるいは潤子との繋がりが解明されていないことだった。

曽根と合屋との事件の間には、十月二十七日、ステーションホテルでの加地本由実殺害事件が挟《はさ》まっているのだ。

由実も犯人の電話に誘い出され、ホテルへ出向いたと考えられている。

その電話も潤子が掛けたのであろうか？

潤子のノートには、由実の名は記されてなかった。

が、ひとまずそう仮定してみれば、潤子は由実にも、曽根や合屋に対してと同様、〝父の怨み〟を抱いていたと解釈するのが自然ではないか。

しかしながら、今年二十六歳だった由実が、二十五年前の新幹線工事と、どんな形でも関《かか》わっていたとは考えにくいのだ。

佐世保で高校を卒業した翌年、十九歳で上京した由実は、最初から新宿で水商売の勤めを転々として、約三年前から銀座のクラブのホステスになっていた。西銀座の〈ロザンヌ〉に一年半、銀座八丁目の〈しおん〉に移ってまた一年半。

一方、十二、三年前には、帝都建設が〈ロザンヌ〉を利用していた時期があったと判明している。が、その頃はまだ由実は佐世保の中学生だった。

残る唯一《ゆいいつ》の接点は、当時からの〈ロザンヌ〉のママが、三年前に店に来た由実をとても可愛《かわい》がっていたという話である。

そこでまた、一つの仮定として——十二、三年前〈ロザンヌ〉に出入りしていた帝都建設の社員（曽根本人かもしれない）から、ママが、新幹線工事の施工ミスにまつわる何事かを洩《も》れ聞き、それを由実に喋《しゃべ》った。

そのことが、どういう経緯でか、高辻に伝わり、彼は潤子に話した。

潤子にしてみれば、曽根と合屋を殺害すれば、その動機が由実の口から明るみに出るのではないかと怖《おそ》れた。

そこで、口封じに由実まで犠牲者に加えたのか？

しかし、この仮定にも、重大な矛盾を認めざるをえない。

父に代って復讐を遂げたあと、自らも死を選ぶ女が、あえて口封じの殺人を犯すであろうか？

はたまた、曽根、合屋、高辻をめぐる怨恨《えんこん》の構図にも、不確定要素が多々あるのだ。

施工ミスが発生して、高辻と曽根が左遷《させん》されたことは事実だが、その原因はまだ憶測の域を出ていない。

高辻が曽根と合屋を一生怨み抜くほどの理由が、果たして本当にあったのか？

その裏付け調査は、施工ミスが浮上して以来、根気よく継続されていた。

潤子の死体が発見されて以後は、曽根と合屋の殺害事件捜査本部では、大半の力をそちらへ投入していた。一連の事件が二十五年前の出来事と何らかの関係があることだけはまちがいないと判断されたからである。

その結果、ついに有力な証言がもたらされた。

「やっぱり生コンでした！」

三十すぎの渡辺警部補が、彼自身よりまだ若手の、二十六、七の天堂刑事と共に、角警部たちのいる本部へ戻ってきた。潤子の自宅から問題のメモが発見された四日後の十二月二十二日の火曜の午後――。

「そもそも天堂君が、昔豊山コンクリートで働いていたミキサー車の運転手を見つけてきたことがとっかかりになったんですが」

渡辺は、顔中を輝かせていう。

天堂はといえば、日灼《ひや》けした細長い顔をして、眉間《みけん》に皺を寄せながらボソボソと話し出した。

「ぼくはずっと豊山コンクリートのあとを追いかけていたわけです。ご承知の通り、豊山コンクリートは、三十八年当時、東京駅の帝都建設の現場へ生コンを納入していた会社ですが、四十二年には倒産して、現在そんな会社は存在しません……」

施工ミスのそもそもの原因がどうやら生コンにあったらしいというあたりまでは、早くから推測されていた。

「さあ……コンクリートの混ぜ方をまちがえたとか、チラッと聞いたような気がしますが」と、最初に紀和子が、思わず口をすべらせた感じで答えた。

「生コンの水が多すぎたんだろうって……」

合屋から、それもちょっと聞いただけだと断わって、藤井久乃がいった。

そして、帝都建設で高辻と同期だった永井猛男は、「想像される第一は、生コンですな」と明言したのだ。

ところが、当時生コンを納入していた会社が、その四年後に倒産して跡形もなくなっているとわかってから、裏付け捜査はにわかに難航していた。

「豊山コンクリートは、従業員三、四十人の、業界では中クラスか、もう少し小さいくらいの会社で、江東区《こうとう》の湾岸部に工場があったそうです。政治家の口利《くちき》きで帝都建設の仕事をもらったようですが、施工ミスの件で帝都建設から取引停止にされたこともあって倒産したらしい。業者うちの話で、そのへんまで聞き出したあとは、豊山コンクリートの元役員や従業員の消息を辿っていったわけです」

「なにせ今から二十年も前に消滅してしまっている会社ですし、当時、大手のセメント会社の系列に入っていない中小の生コン業者というのは、できたり潰《つぶ》れたりがめまぐるしいものだったそうです。おまけに、独り者だった社長はもう大分前に死んだという噂《うわさ》も耳に入って、昔の話を聞けるような人を見つけるまで、ずいぶんコツコツ歩き廻《まわ》ったらしいんですが」

渡辺がことばを添えた。

「昨日も別の業者の間を聞き歩いてましたら、作業員の一人が、自分の知合いで、東西コンクリート工業でミキサー車を動かしている男が、ずっと昔豊山コンクリートの運転手で、その頃《ころ》には、交通渋滞にぶつかって現場到着が遅れそうになると、車を停《と》めて、生コンの中に水を注《つ》ぎ足したりしたもんだなんて話していたのを聞いた憶《おぼ》えがあると……」

半分あきらめかけていた天堂は、弾《はじ》かれたように勢いづいて、東西コンクリート工業の本社へとんでいった。こちらも江戸川区の東京湾沿いにあったが、かつての豊山コンクリートよりずっと規模は大きそうだった。

天堂は、そこで待ち構えていて、仕事から上ってきた件《くだん》の運転手をつかまえた。名前は石崎と聞いており、年配は四十五、六と見えた。

「石崎はあっさり喋ってくれました。三十八年の、東京駅新幹線工事で、帝都建設の現場へ生コンを運んでいた時の話だ。確か秋口の季節で、晴海《はるみ》で一週間ほど自動車ショーが開かれていた。それでふだん以上に道路が混《こ》んで、ひどい日には一時間以上も渋滞することがあった……」

最初の二日ほど、現場到着が大幅に遅れたミキサー車は、そのまま返され、工場へ戻ってから生コンは廃棄された。

というのは、生コンはセメント、砂、砂利、水をバッチャープラントで適量に混ぜ合わせてつくられる。これをミキサー車に入れ、回転させながら運搬する。練られた状態で現場に着き、型枠《かたわく》の中へ流しこまれるのだが、運搬にあまり時間がかかると、生コンは車のミキサーの中で固まり始め、工事には不適格となる。それで現場から突き返されたわけだった。

「ところが、三日目の朝、工場の主任が、一時間以上遅れた時には途中で水を混ぜろといい出した。大体ミキサー車は、生コンを下ろしたあと、すぐに中を洗うので、常時水を積んでいるものだそうです。それで、自動車ショーが終るまで、五日のうち日曜を除いた四日間、途中でミキサー内の生コンに水増しをしたというんですね」

角にせよ渡辺にせよ、みんなもともと土木にまるで素人《しろうと》のわけだが、今回の捜査を通して、その話が何か容易ならぬ意味を含んでいるらしいとまでは察せられるようになっていた。

「水増しすると、どういうことが起こるんだ?」

角が、確かめるように天堂の顔を凝視した。

「コンクリートの強度が下り、それは二度と回復することはないという話でした」

「じゃあ、その石崎運転手は、してはならないことをやっているという意識は持っていたわけだな」

「当然そうでしょう。しかし、社長の片腕といわれていた主任の命令だし、それと、コンクリート強度の安全率は三倍くらい見込んであるから、実際には問題ないんだろうと思っていた、と」

「現場で生コンの検査みたいなことはやらなかったのかな」

「ええ、それはやってたんです」

天堂のボソボソした声が少し強くなった。

「テストピースというものを取って、検査機関に送っていたはずだということです。その結果、強度が出ていないとわかれば、その生コンを使った箇所は壊して打ち直しをさせられる」

「うむ」

「このテストピースは、生コン何立米《りゅうべ》に何個と、一定の基準に従って取られていた。だから石崎運転手が運んできたものからテストピースが取られることも当然あったわけですが、不思議なことに、水増しをするようになって以後は、一度もそれがなかった。あとから考えれば、交通渋滞が始まる前に到着した車から、その日必要な個数のテストピースを全部取ってしまっていたんではないか。ということは、現場でそれを指示していた国鉄の監官も、ある程度事情を心得てたんじゃなかったか……」

「そうか！」

思わず腰を浮かせた角を、渡辺が制した。

「いや、まだ続きがあります」

「施工《せこう》ミスの一件が明るみに出たのは、晴海の自動車ショーが終り、道路の状態が旧に復してから、一、二ヵ月くらいたってではなかったかと、石崎運転手はいってました」

3

天堂が報告を続けた。

「まあなにぶん古いことなので、そのへんの記憶はあんまり確かじゃないみたいでしたが。生コンの水増しが原因とは考えなかったかと訊《き》いてみましたが、自分らにはそこまではわからないと笑っていました。自分の運搬した生コンがどの箇所に使われたかなんてことも知らないし、大きな工事ではいろんな条件が重なって事故が起こるものだから。ただ、水増しを指示された時、主任に、よそでは喋るなと釘《くぎ》を刺されていたし、自分も厄介《やっかい》なことになるとわかっていたんで、豊山コンクリートが続いていた間はいっさい口をつぐんでいた。それはほかの運転手も同じだっただろう……と」

天堂はさらに石崎運転手に、豊山コンクリートの社長ら幹部、主任などのその後の消息を尋ねた。

「社長は、会社が潰れたあと何年もたたずに亡《な》くなったと、彼も聞いたそうです。ほかの人のこともあんまりわからないが、当時社長の片腕みたいに羽振りをきかせていた鎌田《かまた》という主任は、錦糸町《きんしちょう》のほうでボウリング場の支配人になっているらしい。二、三年前、東西コンクリート工業の作業員で昔彼を知っていた男が、街で偶然出会った時、本人がそういってたそうですから……」

「そこまでの話を天堂君に聞いて、今朝からはぼくも彼といっしょに錦糸町を歩いてみたんです……」

　渡辺がその経過を頭に浮かべながら、報告を引きついだ。

　総武線錦糸町駅北側の盛り場の外れにあったボウリング場で、鎌田幹夫という支配人に会うことができた。五十七、八くらいの年配で、眼光が鋭く、尖《とが》った顎《あご》の先に傷跡がある。渡辺自身よりよほど刑事の似合いそうな風貌《ふうぼう》だった。

　雑多なものが積みあげられた支配人室で渡された名刺には〈副社長〉の肩書きもついていた。

「豊山コンクリートが解散になったあと、社長は友人と不動産会社を創《はじ》めて、わたしもそっちへ入れてもらったんですよ。昭和四十三年頃で、高度成長期の好《よ》い時代だったんです」

　鎌田は張りのある野太い声で喋った。

「でも、社長はそれから二年あまりして、癌《がん》で亡くなってしまいました。不動産会社のほうは景気の波にのってどんどん発展して、ボウリング場をあちこちにつくり始めましてね。

わたしは五十一年からここの副社長になっています」

豊山コンクリートの元社長は小山田といい、四十五年頃亡くなった時がまだ五十二、三ではなかったかと思うと、鎌田はのべた。

「——ところで、三十七、八年頃、豊山コンクリートでは東京駅の新幹線工事現場へ生コンを納入していましたね。帝都建設の現場ですが」

「ええ、ええ」と、鎌田は明快に頷《うなず》いた。

「三十八年の秋口、晴海で自動車ショーが開かれた時期、交通渋滞がとりわけひどくなり、その間の約四日間、現場到着が著しく遅れた場合には、ミキサー車を途中で停めて、生コンに水をいれるよう、運転手に指示がなされた。直接それを告げたのは、主任の鎌田さんだったという話なんですが、まちがいありませんか」

鎌田は吃驚《びっくり》して渡辺の顔を眺《なが》めていたが、やがてその目には、感心したような笑いが浮かび出た。古いことをよく調べあげたものだとでもいいたげな。

「うむ、そんなことがありました」

「どうしてそういう指示を出されたんですか」

「もちろん、わたしは社長にいわれたからですよ」

「社長はなぜそんなことをしたんでしょうか」

「まあはっきりいえば、損害を減らすためでしょう」

「………」

「交通渋滞にあって現場到着が遅れたミキサー車は、ふつうならそのまま突っ返されて、生コンは廃棄され、その損害は全部帝都建設が負うわけです。いや実際、最初のうちはそうしていたんですが、自動車ショーが開催されている間中、渋滞が続き、何台分の損害が出るかわからない。また、これでは、競い合うように同じ新幹線の工事をしている他の業者に工期で遅れをとることになってしまう。そこで、帝都建設の現場では、豊山コンクリートに、生コンの硬化を防ぐよう指示したようです。豊山の社長は、硬化遅延剤を使うと単価が上がるんで、水増しを決めたんですな」

「うむ」

「現場ではミキサー車ごとに、打設直前の生コンを容器に取り、スランプ試験というのをやるんです。生コンの軟らかさを調べるテストで、時間がたって固まりかけた生コンではこの試験は通らない。それにパスするために水を加えてやるんです」

「テストピースの検査とは別ですか」

鎌田はいよいよ面白そうに頷いた。

「別です。これは大学とか、国鉄なら技術研究所などの機関が、テストピースを四週間寝かせておいたあと、これを養生というんですが、それを壊してみてコンクリートの強度を調べる。ここで強度不足が発覚すれば、それを使った箇所が全部やり直しになる恐れもあるでてくるわけです。従って、水増しする時点では、そっちもクリアしてあったはずですよ」

「クリアといわれると、具体的にはどういうふうに……?」

「小山田社長は、帝都建設の、確か当時の工事主任と以前から昵懇《じっこん》だったですからねえ」

鎌田は鋭い目を細めて空間をすかし見た。

「工事主任。その人の名前も憶えておられますか」

「いや。わたしは直接知ってたわけじゃないですから。——たぶん、社長がその工事主任と結託したんじゃないですかね」

「生コンの水増しをですか」

「それと、豊山コンクリートで、きちんとした配合のもとで養生したテストピースを試験所に持ち込んでもいいとか、現場養生用のテストピース作成や国鉄側の抜き取り検査のタイミングに手心を加えてくれるよう、国鉄側の監督官に、工事主任が話をつける、とか。いや、これはあくまでわたしの想像ですよ。社長からいちいち聞いたわけじゃありませんからね。しかし、まあこういっちゃなんだが、小さな生コン会社の社長が、直接国鉄側と意を通じていたとは、ちょっと考えられないんじゃないかなあ」

「なるほど。——いや、おかげでおよその事情はわかりました」

小山田、曽根、合屋の三者が合意のもとで、生コンの水増しが行われた。そして、約一ヵ月半後に、施工ミスが明るみに出た——。

「その後、帝都建設の工区の駅舎地下壁面に汚染が発生し、大変な突貫工事で打ち直しが行われたということは……もちろんご存知でしたね」

「ええ」

「生コンの水増しがその原因だったとは考えられませんか」

「それもあったでしょうな」

鎌田はわずかに複雑な表情を浮かべた。

「しかし、それだけだったともいい切れないでしょう。打設の段階で手落ちがあったのかもしれないし。大体この種の施工ミスは、複数の原因で起こるケースが多いですからね。とにかく帝都建設側でも、突貫工事で工期の遅れを取り戻すことに精一杯で、徹底的な原因糾明までは行わなかった。建設会社ってのは、体質的にもそういうところがありますしね」

「現場所長と工事主任が更迭《こうてつ》されていますね」

「ええ、そのへんもやむをえなかったんじゃないですか」

「当時、小山田社長から、何かそれに関する話を聞かれた憶えはありませんか」

「いやあ、社長はわざとのように全然その話題に触れなかったんですよ。だからわたしもいっさい口をつぐんでいたんです」

鎌田は再び屈託のない声でいってから、急にやや大袈裟《おおげさ》なポーズで渡辺に顔を近付けた。

「当時のことが、今度の東京駅事件と関係あるんですか」

「いや、まだはっきりとはわかりませんが、第一事件の曽根さんは、新幹線の現場で工事主任をつとめた経験がありますし、合屋さんも同じ時期に国鉄の東京工事区にいたわけですから」

渡辺はすでに公表されている程度のことを話した。

「うーむ、いやそれと、例の高辻潤子の父親も新幹線の現場所長だったというんでしょう？　それでわたしも、チラッと連想しないでもなかったんだが、まさかとも思ったりして……しかしそうすると、小山田社長あたりは、早く死んだおかげで被害を免《まぬか》れたってわけですかな」

報告を聞き終えた角は、興奮した面持《おもも》ちで、二人を犒《ねぎら》った。

高校野球で鍛えた胸の厚いがっしりと大きな上半身を、ゆっくり椅子《いす》の背に凭《もた》れさせて、天井を見あげた。

しばらくして、再び身体《からだ》を起こした彼は、まだ考えこむ口調で呟《つぶや》いた。

「鎌田という人物の今の話は、一応自然な感じに聞こえるね」

「……？」

「帝都建設では、徹底的な原因糾明はせず、現場の責任者二人の更迭で事をおさめた」

「高辻と同期だった永井という人も、同じようなことをいってたんじゃないですか。左遷は施主に対する体面づくりでもあった。調査委員会などつくると外部に洩《も》れていよいよ大騒ぎになるので、トップクラスの数人で処理してしまった様子だと」

「とすれば、施工ミスの正確な原因は依然誰にもわからなかったわけだろう。それなら、高辻や曽根や合屋を一生怨《うら》み続けるほどの理由は生まれないのではないか」

「ああ……」

「なんというか、もう一歩突っこんだ、悪意の工作がなされたのではなかったか」

「でも、今となっては……」

「いや、知っていた人が今もいると思う。少なくとも一人は」

曽根紀和子の、いくつになってもどこか可憐《かれん》な顔が、角の脳裡《のうり》に浮かんだ。

「電車が着く時間になりますと、それから今にも主人が帰ってくるような気がいたしまして……」

十一月初めに角が茅ヶ崎の家を訪れた時、紀和子はそういって涙ぐんだ。

明日はもう一度茅ヶ崎まで出かけよう。

それでほぼ事件が解決するだろうという予感と、いや、そうであってはならないというような不可解な焦燥とが、一瞬彼の胸裡でせめぎあった。

第十三章　残る部分

1

クリスマスソングが巷《ちまた》のあちこちから聞こえてくる十二月二十三日水曜、角警部と渡辺警部補の二人組が、東京駅から、早い午後のすいた湘南電車に乗った。

茅ヶ崎まで約一時間。二人が降り立ったのは二時半頃《ごろ》で、ひっそりとしたホームに弱い陽射《ひざ》しが落ちている。十一月二日に角が初めて訪れた時と変らぬ静けさだが、吹き渡る風には肌《はだ》を刺す季節の棘《とげ》がこもっていた。

曽根寛が住んでいた家は、車で二、三分の海の近くだ。

呼鈴に応《こた》えて玄関に現われた紀和子は、あらかじめ電話をかけておいたので、落ち着いた様子で二人をとっつきの応接室へ請《しょう》じ入れた。

ガラス戸の外では山茶花《さざんか》が盛りで、枝ぶりのいい松が何本か植わっている。

記憶にある庭のたたずまいに、角はほのかな懐《なつか》しさすら覚えた。

先日と同様、青いカーディガンにグレーのスカートといった地味な装いの紀和子は、お茶を運んできて対座すると、白い顔を軽く俯《うつむ》けて、膝《ひざ》に組んだ手に目を落としている。

苦しい秘密を身内に押しこめて、それを気取《けど》られまいとけんめいに心を鎧《よろ》っていたのではないか——と、先日のここを訪れた若い捜査員が、感じたままを角に話していた。

それは、約五十日前にこの部屋で彼女と向かいあった時の角自身の印象とも共通していた。

だが、今日の紀和子は、どこか微妙にちがっているような——？

「早いもので、ご不幸からもう二ヵ月あまりもたつわけですねえ……」

彼も考えながらの面持ちで口を開いた。

「事件の直後に、丸の内署の波倉警部から聞き及んだ話ですが、ご主人の遺体が東京駅の霊安室で発見され、とりあえず、あの閉鎖通路の奥の事務室で関係者から事情を聞いた。その時に……ご主人は十二年間朝夕東京駅を通って通勤され、駅のことならなんでも知っていたと奥さんがいわれた。それで波倉警部が、ではご主人は東京駅にとりわけ愛着を抱いておられたでしょうと尋ねると、意外と奥さんは、否定的な答えをなさったそうですね」

彼女は首を傾《かし》げ、「さあ、それはどうでございましょうか」と呟くように答えた。そこが妙にひっかかったと、波倉は語っていたのだ。

「その時にはまだ、ご主人と東京駅新幹線工事との関《かか》わりなどは、当然ながらこちらには何もわかってなかったわけですが、あとの調査で、ご主人が不本意な形で現場から離れられた事情が浮かんできました。そこで今度は、この前わたしがここへお邪魔したさい、東京駅を通るたびにご主人には複雑なお気持ちがおありになったかもしれませんねとお尋ねした。ところが奥さんは、きっぱりとこういわれましたね。そんなことは気にもかけていなかったと思います。一時でも自分が工事を手がけた駅には、とくべつの愛着があったのではないでしょうか、と」

俯いたままの紀和子は、かすかに眉《まゆ》をひそめてつらそうな顔をした。

「失礼ですが、わたしが考えますに、事件直後、動転しておられたあなたは、正確な本音を外へ出された。しかし、それから二十日近くたっていたこの前には、いわば心の防備を固めてしまわれたのではなかったんでしょうか」

いっときの沈黙のあと、渡辺が話を引き継いだ。

「高辻潤子があのような形で自殺したことは、マスコミで報道されている通りです。彼女の家には、曽根さんと合屋さんの住所氏名を書いたノートが残されていて、はじめて、彼女と東京駅事件との関連がはっきりした形をとって現われたわけです」

渡辺はあえて、潤子が自殺したといい切った。

「その後の裏付け調査も大分固まってきまして、やはり昭和三十八年の東京駅新幹線工事施工《せこう》ミスの一件に端を発していたことが判明しました。現場所長だった高辻義一さんが、事実上責任を一身に負わされた形で会社を追われ、そのような結果を招いた曽根、合屋氏らに深い怨みを抱いた。それを死の前に娘の潤子にいい残し、潤子が父に代って復讐《ふくしゅう》の犯罪を遂行した。これが事件の骨子であることはまちがいないのです。——ただ、捜査本部としては、もう一歩突っこんだ事情を知りたいと考えまして」

「………」

「つまり、あの施工ミスの正確な原因は、表向きにははっきり糾明されないまま、二人が更迭された。実際そこまでなら、高辻さんが曽根さんや合屋さんを一生怨み抜くほどの動機が生まれるとは考えにくい。ところが現にこのような事件が発生し、高辻潤子の犯行と断定されれば、翻《ひるがえ》って、当時何かもう一歩突っこんだ工作が行われ、その結果、怨恨《えんこん》の構図とでもいったものが形成されていたのではなかったかと……」

紀和子がそろそろと目をあげ、その視線が角とぶつかったので、再び彼が続けた。

「帝都建設で高辻さんと同期だった永井猛男さんという人が、退職して保谷に住んでいるんですが、その人の話によれば、高辻さんが本社へ戻った直後くらいから、急に黒い噂《うわさ》が流れ出したということなんですね」

ビクリとした怯《おび》えに似た反応が、紀和子の横顔をかすめた。それを認めた瞬間、角は自分の方向がまちがっていなかったのを感じた。

「以前に高辻さんが所長をしていた宅地造成の擁壁工事で、工事仕様書で指定されている鉄筋を使わず、無規格品を納入させて業者からリベートを受け取っていたとか、別の工事では、鉄筋を規定の本数使わないで、その分の金を浮かせたとか。いったんその種の風聞が立ってしまえば、東京駅の一件だって、何をやっていたのかわからないと思われてしまう。もともと人付き合いのうまいタイプではなかったらしいが、社内で彼を決定的に孤立させ、自殺にまで追いこんだのは、つまるところこの黒い噂ではなかったかと考えられるわけです」

「…………」

「しかも、いよいよ奇妙なのは、高辻さんに関して、以前には一度として悪い噂など立ったことはなかったというんですね。人望や統率力には少々欠けていたかもしれないが、いたって真面目《まじめ》で優秀な技術屋という定評を得ていた。その彼に、東京駅の一件の直後から、こともあろうになぜ不正の噂など流れたのか」

紀和子はもう目をあげようとはせず、ただジッと全身を固くしている気配だ。

「ところで、問題の施工ミスが発生したあと、ご主人はその原因をどんなふうに話されてましたか。先日ちょっと伺いましたが」

すでに一度聞いたことを強調したので、紀和子はやむをえないといった表情で口を開いた。

「コンクリートの混ぜ方をまちがえたとか……私は最初にちょっと小耳に挟《はさ》んだだけですけど」

「ご主人には、くわしい原因がわかっておられたふうでしたか」

「さあ……私が聞いたのは、事が起きたばかりの時で、とにかくその時には全部はわかってなかったんじゃないでしょうか」

「では、正確に知りたいと思われたでしょうね」

「ええ、それは当然……主人は工事主任だったのですから」

「まったくですね」

角ははじめて満足そうに頷《うなず》いた。

「知りたいと思われるのが当然でしょう、当初わからなかったとすれば」

「………」

「すると、高辻さんにしても同じことがいえたはずですね。いや、現場の最高責任者であり、ご主人のように強力な後楯《うしろだて》など持たなかった彼には、いっそう切実な問題ではなかったか。会社側は、事が外部に洩《も》れるのを恐れ、突貫工事で工期を取り戻せばあとはなるべく内々にすませようとしたかもしれないが、高辻さんは、それでは引き下れなかった。本当に自分の落度といわれてもやむをえないことだったのか、それとも、実は自分の与《あずか》り知らぬところで、何らかの不正や手抜きが行われ、それが施工ミスの誘因となったのではないか、一徹な技術者気質と、自分の将来のためにも、あくまで真相を調べ出そうと決心した。ところがその機先を制して、黒い噂が流れた」

紀和子は息をつめて聞いている。

「業者と結託して、私腹を肥やすような人間、というイメージがつくられた。そうなったが最後、高辻さんが誰に何を訊《き》いても素直な答えは返ってこないし、この先どんなことを主張したところで、もう信じてもらえないだろう。つまり、意図的に流された黒い噂が、彼の動きを封じ、決定的な孤立と絶望に陥れた。今しがた渡辺君が、もう一歩突っこんだ工作といったのは、そういう意味だったのです」

角がいったん口をつぐむと、紀和子はつめていた息を吐くように、深い溜息《ためいき》をついた。

「高辻さんが死のまぎわに娘にいい残し、その娘が復讐の殺人を重ねるということには、よくよくの思いがこもっていたはずですね。しかも高辻潤子は、犯行後自らの手で若い命を絶った。妙ないい方ですが、その死に免じて、ご存知の事情を打ちあけてはいただけないでしょうか。この上は、わかる限りの真実を明らかにすることが、われわれの義務だと考えていますし、それは決して彼女のためばかりではなく、今となってはむしろご主人の霊も慰められるというものではないでしょうか」

角の最後のことばを聞いた瞬間、紀和子の目にたちまち涙が盛りあがり、頰《ほお》にあふれて筋を引いた。

しばらくして、まるで泣きやんだあとの少女のように二、三回深い呼吸をしてから、少しかすれた静かな声で話し始めた。

「高辻潤子さんの遺体が発見されたあとで、捜査本部の方が訪ねておいでになり、顔写真を何枚か私にお見せになりました。でも、私は本当に潤子さんに会ったことはありませんでしたし、事件が起きるまでお名前も聞いた憶《おぼ》えがなかったものですから、その通りお答えしたんです。ただ……潤子さんの犯行と決まったのなら、昔私が、父から聞かされたいきさつが、今度の事件と関係があったわけで、そのことをやっぱりお話ししなければいけないのだろうかと、考え始めておりました」

「父から？——つまり帝都建設の副社長をつとめられた百井昭助氏ですか」

「はい……」

「どういう話です？」

「施工ミスが起きて、主人も現場を外されてひとまず本社へ戻され、それからまもなく群馬県のダム現場へ単身赴任することに決まりました時……その頃は世田谷の借家に住んでいたんですけど、あの人は毎晩深酒して帰って、私や子供にまで当ったり、なんというか、こんなに荒れた状態で単身赴任したらいよいよどうなることかと、私、心配でたまらなかったんです……」

若い頃の曽根は仕事と昇進に目を奪われていて、有力な上司の娘である紀和子を妻にしながら、必ずしも愛妻家の優しい夫とはいえなかったらしい。それが五十代なかばで取締役に就任した前後くらいから、急にまるくなって、家庭や自分の生活を大切にする暮しぶりに変った。——そんな話を、角はこの前ここを訪れた時、紀和子から聞いていた。

「仕事のことは、訊いてもほとんど話してくれませんでしたし……思い余って、父に相談したんです」

三十八年当時、百井はすでに取締役に連なっていたはずだ。

「私が尋ねたので、父も話しておこうという気になったみたいでしたけど。わたしから聞いたことは、寛君には知らん顔をしておきなさいといって……」

2

今日の紀和子は微妙にちがっていると、角が感じたのは、やはりそれなりの理由があったようだ。潤子の死以来、彼女は迷い続け、やはり打ちあけるべきだという方向へ傾いていたのではなかっただろうか。

素直な口調で彼女が明かした百井昭助の話の内容は——。

東京駅新幹線工事の帝都建設の現場へ、豊山コンクリートの生コンが納入されることに決まった時から、施工ミスの原因の一端は発生していたともいえるだろう。

豊山コンクリートは、大手のセメント会社の系列に属していない、中小業者だったが、政治家の口利《くちき》きで帝都建設の仕事をもらうようになった。

その政治家とは、実は百井が旧知で、彼の意を受けて社内の合意をとりつけたのも、ほかならぬ百井本人だった。いうまでもなく、豊山コンクリートから政治家へは多額の謝礼が届けられており、また百井にすれば、遠からず大臣を約束されていた人物に貸しをつくっておくことは、自分の将来にとって少なからぬメリットがあるはずだった。

工事が始まってしばらくは大した問題もなくすぎたが、三十八年九月末に晴海で自動車ショーが開催されたことから、道路の混雑がそれまで以上にひどくなり、ミキサー車の現場到着が予定より一時間以上遅れるケースも珍しくなくなった。

最初のうち、遅れた車はそのまま返され、工場へ戻ってから生コンは廃棄された。

二日目の夕方、曽根が義父の百井に相談に来た。

「自動車ショーは一週間の予定で、交通渋滞は今後ますますひどくなりそうです。その間、いちいちミキサー車を返していたんでは、何台分のロスが出るかわからず、損害は全部帝都建設にかぶってくるわけです。第一そんなことをしていては、同じ新幹線工事をやっているほかの業者に、工期でひどい遅れをとることになります。早急になんとか手を打たなければ――」

もしこれが豊山コンクリートではなく、大手の系列に属している会社なら、もっと現場に近いよその工場から急遽《きゅうきょ》生コンを廻《まわ》してもらうことも可能なのだ。豊山を指名したのがまちがいだったと、社内の対立派閥から攻撃されることを、百井は怖《おそ》れた。

何かと対応の遅い高辻所長に諮《はか》っている暇はない。とにかく豊山の小山田社長と話し合い、対策を講じることだ——。

その日のうちに、曽根は小山田と会い、生コンの硬化を防ぐ処置を協議した。一つの方法は硬化遅延剤を使うことだが、それだと単価が上って、経費の面でまた問題が生じる。小山田は「水増し」に目をつぶってくれと頼んだ。あと四、五日のことだし、コンクリート強度の安全率は三倍くらい見込んであるのだから、実際には何ら影響はない……。

工事開始以来、曽根はたびたび小山田の接待を受けたりして、彼と昵懇《じっこん》になっていた。結局二人は「水増し」を決め、テストピースの検査については、曽根がなんとかすると約束した。

高辻とは対照的な付き合い上手で、多少でもこの先役に立ちそうな相手とは自然に友だちになってしまえるといったタイプの曽根は、当時国鉄の東京工事区担当助役で、現場監督官として毎日事務所に詰めていた合屋雄之助とも、軽口を叩《たた》きあう間柄《あいだがら》だった。

曽根は合屋に事情を話し、自動車ショーが開催されている間だけ、渋滞が始まる前の、その日いちばんに到着したミキサー車から必要な個数のテストピースを全部取ってしまうことを承諾してもらった。

合屋の立場としても、帝都建設の現場だけが著しく工期に遅れるような事態は好ましくないし、やはりコンクリート強度の安全率の幅の中で納まることだからと、楽観していたのであろう。

こうして、翌日から生コンの水増しが始まった。百井はその朝になって、曽根の電話報告を聞いたのだが。

もっともそれは、自動車ショーが終るまで、残り五日のうち日曜を除いた四日間だけで、その後はまた道路が混《こ》んでミキサー車が遅れることがあっても、突き返され、二度とは行われなかった。

百井もこれで一件落着と安堵《あんど》していた……。

「ところが、約ひと月半後になって、施工ミスが表にあらわれたわけですね」

ちょっと感慨に沈んでいる様子の紀和子に、角が先を促す感じでいうと、彼女は唇《くちびる》をかんで小さく頷いた。

「それは主人からも断片的に聞いたことですけど、神田寄りの地下の壁に汚れがしみ出して……国鉄の監督官が最初にそれを見つけたとか……」

そのゾーンが、生コンに水増しが行われていた時期に打設されたものであることを自分で確認した合屋は、問題の壁面からコアを抜きとらせ、試験に廻した。懸念《けねん》した通り、強度不足が判明した。

合屋としても、テストピースの目こぼしをしているし、その後小山田の接待や贈り物も受け取っていたから、事情が明るみに出ることは絶対に困る。

彼は曽根を呼び、「オフィシャルにはしかるべく整っているのだから、あとは帝都の責任だ。とにかく大至急打ち直せ。工期に間にあえば不問に付す」と告げた。

地上部分の建屋の工事に入る前だったのは不幸中の幸いで、急遽突貫工事の工程が組まれ、問題の箇所はすべて壊して、打ち直しが行われた。

「するとつまり、壁面に汚染が発生した原因は、やっぱり生コンの水増しにあったわけですか」

「それと、施工の時、コンクリートの締め固めも不充分だったんじゃないかと、父がいっていたのを憶えております。コンクリートを打って一週間か二週間かたって、型枠《かたわく》を外すと、ジャンカといって、表面に砂利の出たデコボコができていて、それはセメントを塗り直してごまかしたというようなことがあったらしい。おそらく中にスができていたんだろう、とか……」

「ああ、ところがまた、そこが地下水の水道《みずみち》に当っていたために、ポンプアップしきれない汚水がスの間からしみ出して、壁面にひろがったということでしょう」

渡辺がちょっと勢いづいてことばを挟んだ。

「永井猛男さんに聞いた話とつき合わせれば、やっと全体的にわかってくる。そのハナタレのような汚水は、どうにも隠しようがなかったと、彼はいってましたね」

「要するに、事の原因は、生コンの強度不足、締め固め不充分、さらに地下水の水道《みずみち》に当っていたという偶然が複合されたもの、と考えれば、まずまちがいないようですね」

角が念を押す。

「たぶん……それもあとになってだんだんわかってきたことでしょうけど。でも主人にしてみれば、やはり生コンの水増しが心にひっかかっていたので、思わず最初にそれが口から出たんじゃなかったでしょうか。施工《せこう》ミスが起きて、むずかしい顔をして帰ってきました時、コンクリートの混ぜ方をまちがえたと、一度チラッと申しましたから……」

「――で、突貫工事の結果、工期もとり戻して、表向きにはさほどの大事に至らなかったわけだが、懲罰人事として、高辻さんと曽根さんが左遷《させん》された」

角が話を戻した。むしろこのあとが今日のポイントなのだ。

「さっきもちょっといいかけたことですが、本社土木本部の工事部長付に降格された高辻さんは、自分の力で、施工ミスの原因を糾明しようと動き始めたのではありませんか」

「そうなのです。高辻さんの気配を察した父が、主人を群馬県のダム現場へ出すことに決めて、私が父から話を聞いたのは、そのすぐあとくらいでした……」

紀和子は、植込みの葉が揺れている庭先へ、遠くを見るような目を注いだ。

「高辻さんは一徹な性格なので、とことん調べ抜いて、豊山コンクリートと主人の合意で水増しが行われたなどの事実を暴《あば》き出そうとするかもしれない。そんな事態になったら大変なので、まず主人を本社から遠ざけることにしたのだから、おまえも承知しておくようにと。――でも、たとえ主人が遠くへ行ってからでも、事実が明るみに出たら同じじゃないんですかと、私が訊きましたら、父はきびしい表情で、いや、そんなことにならないよう、わたしがなんとかする、と」

「なんとか？」

「私が父の顔を見守っておりますと、しばらくして、またこう申しました。いずれ高辻君には会社を辞めてもらわなければならないだろう。いや、馘《くび》にするわけにはいかないが、自然と辞めるようにもっていくしかないね。結局はそのほうが、本人のためにもなるんだから……と」

「それが百井さんの工作だったわけですか」

紀和子はさすがに直接の答えは避けた。

「――年が明けてまもなく、一月なかば頃《ごろ》でしたか、仕事で東京へ帰ってきた主人から、高辻さんの自殺未遂を聞きました。どうして、と訊いたら、いろんな悪い噂が流れて、社内でもすっかり孤立していたからね、と」

「………」

「その後しばらくして、主人がまた帰りました時、社内の親しい方が二人ほど家へ見えたことがございました。お酒が進むうち、一人の方が、百井取締役の部屋に呼ばれて、高辻君についてこういう噂を耳にしたんだが本当かと訊かれた。自分は初耳だったんで吃驚《びっくり》したとおっしゃってるのを、私は襖《ふすま》の外で偶然聞きまして……」

「なるほど！　つまり黒い噂を最初に口に出したのは、実は百井さん本人だったということですか」

「さあ……万一そうでも、父としてもやむにやまれずしてしまったことでしょうけど。主人は知ってましたでしょう。そしてたぶん、高辻さんにも、わかってしまっていたような気がしてならないんです」

「うむ。しかし高辻さんは、なんと抗弁しても耳を貸してもらえないムードの中で、追われるように会社を去った」

「きっと高辻さんは、主人へと同じくらい、父に対しても怨みを抱いていらしたかもしれません。でも、父はもう十年近く前に亡《な》くなっておりますし……そういうこともみんな、潤子さんにいい残していかれたのではなかったでしょうか」

施工ミスの一件をめぐって、少なくとも四人の人物が、高辻に対する「加害者」であったことがこれまでにほぼ明らかになった。百井、曽根、小山田、合屋。そのうち百井と小山田はすでに他界していたため、曽根と合屋が潤子の復讐の対象に選ばれたのか？

「それにしても、あの娘さんも、ずいぶん思い切ったことをされたものですねえ。お父さまをよっぽど愛していらしたんでしょうけど。おまけにそのあとで自分の命まですててしまうなんて。まだ二十八の若い命を」

紀和子は、少し風が出始めた戸外の気配に耳をそばだてるように、かすかに首を傾《かし》げた。

「ほんとうに、そこまでしなくても……私は決してまた潤子さんに、主人の復讐をしようなんて考えませんのに」

「まったくですね。そんなことを繰返していたら、昔の敵討《かたきう》ちみたいなことになる。若い彼女がどうしてその虚《むな》しさを感じなかったんだろう！」

角のことばが耳に入っているのかどうか、紀和子は不思議に眸《ひとみ》を和ませて、囁《ささや》くように話し続けた。

「復讐してあとを追ったりするより、私は自分の命が尽きる時まで、毎日主人を思い出しますわ。私が思い出している限り、主人はまだこの世に存在するんじゃないかしら。幸せだったことや、心残りや、無念さも、何もかもひっくるめて、繰返し繰返し思い出してあげるほうが、そのほうが主人はよろこんでくれるような気がしますの……」

風の向こうでしている電車の響きを、紀和子は聞きとろうとしているのではないだろうか？

角はふと感じた。

電車が駅に着いて、それから十六、七分たって必ず夫が帰ってきた日々の明け暮れを、濃《こま》やかに心に甦《よみがえ》らせながら——。

3

曽根寛と合屋雄之助の殺害事件捜査本部は、年内を区切りとして大幅に縮小された。

高辻潤子が曽根と合屋を殺して自殺した、との結論に落着したからである。

残されたスタッフは、実際の犯行の裏付けや補充の捜査を続行し、それも一通りすんだ段階で、事件は被疑者死亡のため捜査打ち切りという扱いで終止符がうたれることになるだろう。

角や渡辺は、当面新たに捜査本部がつくられるような事件が起きていないため、まだ丸の内署へ顔をみせていたが、もしほかの難事件が発生すれば、そちらへ廻ることも考えられた。

年の瀬が押しつまっても毎日丸の内署へ足を運んでいた角は、決まって一度は波倉警部か雲野警部と顔を合わせ、加地本由実事件の最新情報を耳に入れていた。

由実の事件の本部だけが、まだ従来と同じ規模で活動を続けている。由実と高辻義一、または潤子との繋《つな》がりが、依然つかめていないのだ。となると、由実殺害も潤子の一連の犯行の中に加えるには、現段階では無理があった。

本部の方針は、今ではははっきり二つに分れていた。

一つは、由実と高辻父娘《おやこ》との接点を、今後もさらに追及していくこと。

もう一つは、由実殺害を曽根、合屋の事件とは切り離し、別個の動機関係を洗い出すこと。

すなわち、由実殺害犯人は、その約二週間前に起きていた曽根事件に便乗する意図で、わざといくつかの共通点を拵《こしら》えて犯行し、先の事件と同一犯人の仕業だと見せかけようとした。共通点は、現場が東京駅構内であること、殺害方法がナイロンストッキングによる絞頸《こうけい》であることなどだが、さらに、由実のハンドバッグを霊安室に近いコインロッカーに預けていたことが三日後に判明している。

犯人はステーションホテルで由実を殺したあと、バッグをわざわざ八重洲側のロッカーへ入れていった模様だが、これは先の事件との関連をあえて強調しようとする行為ではないか？

由実殺害が高辻潤子の犯行ではなかったとすれば、当然別個の動機関係が存在し、その線上に犯人がいることになる。

角が由実の捜査から注意をそらさずにいるのは、そこから、曽根、合屋両事件にも直接影響を及ぼすような、いやことによったら、現状を根底から覆《くつがえ》すような新展開が生まれるのではないかという、不可解な懼《おそ》れとも期待ともつかぬ気持ちを抱いていたからにほかならなかった。

紀和子の告白によって、曽根、合屋事件の真相はおよそ解明された。一応そう解釈されている。しかし、角は時々頭の中で聞こえる鋭い声に脅《おび》やかされていた。

――本当にそれでいいのか？

加地本由実をめぐる個人的動機といえば、やはり彼女の異性関係がもっとも重視される部分だ。

由実には、肉体関係のあった男も少なくないと見られていたが、彼女が秘密主義に徹していたため、周囲の者も相手が誰だったか、なかなか確答できなかった。

「こういっちゃなんですけど、お金のある相手だと睨《にら》んだら、どこまでも放さないで、しかも男同士にはぜったい気取《けど》らせない。複数の相手と上手に付き合って、ガッチリ貯《た》めてたんじゃないかと思うんですけどね」

〈しおん〉のサブママの山田ミツ子が最初に語ったことを、朋輩たちも揃《そろ》って認めた。由実が、関係を持った相手の名を決して口外しなかったのは、相手同士に知られるもとになると用心したためと想像された。

それでも、加藤警部補や団巡査部長など、若手やベテラン多数の粘り強い聞込みによって、可能性の強い男たちの氏名が一人、二人挙がりつつあった。

　これまでに名前の浮かんだ四人は、みんな〈しおん〉へ出入りしていた常連客で、時には由実と「同伴出勤」してきた。よそで待ち合わせして、客に夕食をご馳走《ちそう》してもらったりしたあと、いっしょに店へ出てくることである。

　逆にいえば、そういうことで店のホステスたちの口から名前が出たわけだが、それだけで必ずしも深い仲だったとは断定できない。

　当の男たちに尋ねると、頭から否定する者や、二回ほど関係したがその時限りのことだという者など、まちまちだった。関係を認めた者についても、それ以上の動機などは、まだ何ひとつつかめていなかった。

　帝都建設の誰かと深い繋がりはなかったか、という点も、当然捜査側は意識していた。が、これは依然として浮かんでこない。ここ十年くらい、帝都建設が社用で〈しおん〉を利用したこともなかったらしい。

　建設業界では、竹松組、三五工業、方丈建設など、大手から中堅どころが出入りしていた。

　その中で、三五工業の工事課長の巻木《まきぎ》進という人物も、由美の相手の一人ではなかったかと、名前が挙がっていた。四十七、八歳の、人当りのいい賑《にぎ》やかな男で、いかにもクラブ遊びが好きそうに見える。店へ来れば決まって由実を指名していたという。

　捜査員が巻木に当ったところ、彼は由実と深い付き合いはなかったと否定したが。

　丸の内署の波倉刑事課長は、今では由実の事件ひとつに専従することができる。

　実は彼もまた、残されたその解明によって、一連の東京駅事件全体に何らかの変化がもたらされることを、心の隅《すみ》でなかば期待していた。

　波倉には、不思議に忘れられないことがあった。高辻潤子の死体を発見したJR東海・乗客係の有馬のことばである。

「もちろん、耳の錯覚だったにちがいないんですが、なぜかぼくは、人間が吊《つり》さがっているみたいだと思った瞬間に……それが男か女かさえわからなかったのに、鋭い女の悲鳴が聞こえたような気がしたんです。救《たす》けを求めて泣き叫ぶような、悲痛な声が、今でも耳底に残っているんです……」


　しかしながら、単なる憶測も含めて由実の相手として名の挙がった店の客たちには、つぎつぎとアリバイが成立した。

　目ざましい進捗《しんちょく》もないまま、新しい年が明け、一月が残りわずかになっても、捜査は依然足踏み状態を続けていた。

　二月三日水曜の午後三時二十分頃、関東地方に地震が起き、東京は震度4の中震だった。

人々は地震に慣れっこだったが、やがてそれが東京駅事件に波及することになるとは、当初は誰一人、連想すらしなかった。

第十四章　鍵《かぎ》

1

二月三日水曜の午後三時二十二分、関東地方に地震が起き、東京都区内は震度4の中震に見舞われた。

震度4というと、〈家屋の動揺が激しく、すわりの悪い花瓶《かびん》などは倒れ、器内の水はあふれ出る。また、歩いている人にも感じられ、多くの人々は戸外に飛び出す程度の地震〉と、気象庁の解説文に記されている。

ところが、東京足立《あだち》区の五階建マンションで、思いもかけぬ被害が発生し、それがまた痛ましい人身事故を誘発してしまった。

足立区綾瀬《あやせ》六丁目のコーポ・あやせの三階で、地震の最中にベランダの一つが付け根から折れてたれ下り、そこに置いてあったレンガや植木鉢《ばち》がつぎつぎと落下した。そのレンガの一つが、地震で二階のベランダへとび出していた五歳の男の子の頭を直撃したのである。

地震がおさまった直後に、救急車が到着し、子供は近くの病院へ運ばれたが、意識不明の重態だった。

警察も駆けつけた。

綾瀬署の刑事課捜査員と鑑識係が、調査を開始した。

鑑識係はまず現場保存のロープを張りめぐらしてから、写真撮影やくわしい図面作りなどを行った。

捜査員たちは、病院から戻ってきた子供の父親、マンションの管理人、ほかの入居者、近所の住民などに広範囲の事情聴取をした。

コーポ・あやせは、建築後まだ一年とたっていなかった。昨年三月に完成し、四月から入居開始。２ＬＤＫと３Ｋが合計二十戸ある中級の分譲マンションで、現在は全部売れて人が住んでいた。

施主《せしゅ》と建設会社の責任者に始まって、下請業者、孫請業者のトップから、実際に現場で働いた作業員まで、綿密な事情聴取が行われた。

最近あちこちで表面化する欠陥マンションの問題には、社会の関心が集まっているので、マスコミでも大きくとりあげた。それに刺激された形で、警察でもいっそう事件を重視することとなった。

事情聴取が進められる一方、原因については専門家に分析を委託する。国立大学工学部建築学科の構造担当の教授の研究室に、現場検証と資料の検討を依頼した。

分析の結果が出たのは、約二十日後の二月二十四日水曜日である。内容は――、

㈠問題のベランダには、定着長さの足りない鉄筋が多数使われていた。規定の定着長さのある鉄筋と、それより短いものとが一本ずつ交互に使われていた箇所もあった。

㈡配筋の位置が悪く、ベランダ上端《うわば》に埋められるべき主鉄筋が、かなりの箇所で下端《したば》に入ってしまっていた。

㈢鉄筋は曲げと引っぱり強度の検査、化学分析試験の結果、ＪＩＳ規格不合格品と判明した。

㈣コンクリートは、コアを抜きとって検査した結果、強度不足が判明した。

㈤全体に見て、鉄筋、コンクリートとも粗悪品の上、打設や締め固めも不充分だったため、ベランダは何かのショックでいつ落ちてもおかしくない状態になっていたと考えられる。

㈥実際には、震度４の地震で、ベランダのコンクリートにヒビ割れが生じ、短い鉄筋が抜け、ベランダの重さで長い鉄筋が折れ曲った。その結果、ベランダが付け根から下にたれ下ったものと推定される。

作業員の事情聴取では、「工事を急がされたので、粗雑な仕事しかできなかった」という声が多く出ていた。また、何人かの鉄筋工が、「支給された鉄筋の長さが不揃いだった」と証言した。

ひと言でいえば、粗悪な資材による手抜き工事が行われていたことは明白であった。

コーポ・あやせは、施主のマンション業者から、三五工業が総工費五億円で請負ったものである。三五工業は大手だが、その中では下のほうにランクされている。

一般に大手建設会社では、営業本部が仕事を受注し、設計本部で設計、建築本部が現場を受け持つという形態がとられている。

三五工業の建築本部では、五十すぎの五人の工事部長の下に、それぞれ四十歳代の工事課長が六、七人いて、彼らが各現場の所長として、工事全体を握り、仕事の指揮をとっている。

また、官公庁の公共事業は、指名入札（往々にして談合が行われる）や競争入札で元請けが決まるが、民間の工事では「特命」で決められることが多い。その後、下請けの協力会社に一括発注するケースもまれではないが、通称「丸なげ」と呼ばれる一括発注は、施主の文書による承認がない限り、法律上禁止されているので、三五工業では原則として自社から名目上の現場所長を出すことにしている。

そんなわけで、コーポ・あやせは、三五工業から飛鳥《あすか》工業が一括受注して、実際の工事に当っていた。

すでに一応の事情聴取が行われていた三五工業の工事課長巻木進が、再度綾瀬署へ喚《よ》ばれた。彼が、コーポ・あやせの工事について、飛鳥工業に発注するよう原案を作り、部長の承認を得たこと。その結果、飛鳥工業に一括受注させ、自分が名目上の所長になった上、飛鳥工業側の現場所長には、自分と気脈を通じた人物を指名していた、などの事情がしだいに明らかになってきたからである。

巻木進は四十七歳。比較的小柄《こがら》で、額が広く、大きく出張った愛敬《あいきょう》のある目をしている。一見朗らかで人当りのよさそうな人物だが、社内での評価は必ずしも高くなかったようだ。同期では部長や部次長もいるが、巻木は当分昇格の見込みはなかったと、工事部長が洩《も》らしており、いまひとつ人望がないという口吻《くちぶり》でもあった。

巻木が再度出頭を求められた時点では、工学部教授らの分析結果が報告されており、鉄筋の資材購入、加工、施工まで行った孫請けの業者や、生コン業者などの証言も引き出されていた。それで巻木はとてもシラを切ることはできなかった。

彼が供述した手抜き工事のいきさつは、およそつぎのようなものである。

――私は、同期の中ではなぜかいちばん昇進が遅く、会社や上層部に対して不満を募らせていました。その反動でか、四十すぎ頃から銀座のクラブへ足繁《あししげ》く出入りするようになり、ツケは下請けに回していました。女もでき、個人的にも金がいる事情があったのです。

した。

飛鳥工業の現場所長とは、東京の私大の先輩後輩に当ります。彼が在学中アルバイトでうちの現場へ来た時、その現場にいた私と、大学が同じだということですぐ親しくなりました。

その後、彼は私に、三五工業への就職を頼みに来ましたが、それが昭和四十九年秋のことで、前年の第一次オイルショックの影響がもろに出始めた時期でした。

うちも翌年の採用人数が減って、彼は入社できませんでしたが、私が上司に依頼し、その口利《くちき》きで、協力会社の飛鳥工業へ入れるようにしてやりました。思えばその頃《ころ》から、私と彼との腐れ縁は始まっていたのです。いやもちろん、当初は少しもそうは考えていませんでしたが。

彼は私がうまく取り計らったせいもあり、社内で大抜擢《だいばってき》されて、三十歳そこそこから、うちの下請けの小さな現場の所長をつとめるようになりました。元請けの名目上の所長は私です。私は、時々彼を銀座のクラブへ連れていき、そのツケを飛鳥工業に回しました。

彼はそれを孫請けの業者へ回し始めました。

まもなく彼は、小田急線喜多見にマンションを購入しました。結婚して、子供が産まれるので、ぜひ新居がほしかったようですが、四年前の当時ですら、六千万円近い新築マンションで、それに合わせてインテリアなども整えたので、ローンの負担は相当なようです。

その内情が目に見えていたので、彼が私と組んで三五工業の下請けの現場所長を何回かつとめるうち、私は彼に少しずつ手抜き工事の手口を教え、浮いた分の金を、彼にも分け前として与えてやりました。

一昨年の夏頃から、彼が、もう少し大きな現場をやらせてくれないかと持ちかけてきたので、私はコーポ・あやせの工事を飛鳥工業に一括受注させる原案を作り、さらに彼を飛鳥工業側の現場所長にするよう、さりげなく工作しました。

この工事は、飛鳥工業が四億五千万円で受注していました。彼と相談の上、工費の一パーセントくらいを浮かせて、折半するという申し合わせをしました。

事実、彼は孫請けの業者から規格外の資材を納入させるなどして、四百五十万円弱のリベートを受け取り、その半分を私に渡しました。

具体的な方法などは、彼のほうが詳しく話せるはずです。

飛鳥工業の現場所長は、依田丈文といった。三十四歳になり、小田急線喜多見から歩いて十五分くらいのマンションに、妻と、二歳半になる娘との三人で暮していた。

2

二月二十六日、雪雲がたれこめた冷え込みのきびしい朝、綾瀬署の捜査員二人が依田のマンションへ赴いた。

捜査員が押したブザーに応《こた》えて、ドアが開けられた時は、依田がちょうど玄関で靴《くつ》をはきかけていたらしかった。彼は百八十センチ以上もありそうな長身でスリムな体型。太い眉《まゆ》と高い鼻梁《びりょう》が西欧風の、彫りの深い端整な容貌《ようぼう》だった。

ボーイッシュな童顔の妻と、彼女にそっくりのいかにも可愛《かわい》らしい女の子が、送りに出ていた。

捜査員が警察手帳を示し、署まで同行を求めた。一瞬、依田の太い眉がピクリと動いた。

「どういう用件で……?」

「コーポ・あやせの事故について、もう少しお訊《き》きしたいことがありますので」

「またですか」

捜査員が黙っていると、彼は妻と子に目を向けた。

「じゃあ行ってくるから」

妻のさゆりが少し心配げに、

「帰りは……遅くなりそう?」

「ちょっとわかんないな。電話するよ」

それから彼は、ハンサムな容貌にふさわしい、優しい愛情にみちた微笑をひろげて、妻と幼い娘の顔を見較《みくら》べた。

「それじゃあ……バイバイ」

「パパ、バイバイ」と、なおみが手を振った。

署の車に乗った依田は、一転して、眉をひそめ、唇《くちびる》を引き結んだ陰鬱《いんうつ》な表情を浮かべていた。捜査員が家庭や子供のことなど尋ねても、満足に答えなかった。

その苦悩の様子は、署に着いて、事情聴取が開始されてから、いっそう激しく見えた。

巻木のほうが、言い逃れできないと悟ったとたんに、むしろあっけらかんとして手抜き工事のいきさつを喋《しゃべ》ったのとは、およそ対照的であった。

が、いずれにせよ、依田もまた自供を余儀なくされた。

額に脂汗《あぶらあせ》を滲《にじ》ませ、何度もことばに詰りながらも、彼が語った内容は、細部では巻木の供述とくいちがうところがあったが、大筋は一致していた。

——君もマンションのローンや何かで金が要るらしいから、もう少し大きな現場をやってみないかと、巻木さんに持ちかけられたのは、一昨年の八月だったと思います。

そのうち、コーポ・あやせを飛鳥工業が一括受注し、私が下請けの現場所長に指名されました。仕事を回してくれる元請けの工事課長の立場なら、その程度の指示はなんでもないですし、巻木さんと私が同じ大学の出身で親しいことは知れ渡っていましたから、会社でもむしろよろこんで私を現場所長にしたのです。

巻木さんと私は、飛鳥工業が三五工業から受注した工費の一パーセントくらいを浮かせようという腹づもりでした。

外装やインテリアなどは、内部検査で発覚しやすいので、躯体《くたい》工事で手抜きをしました。孫請けの鉄筋業者と生コン業者に、日頃はクラブのツケを回して迷惑をかけているから、今度は儲《もう》けてくれと話を持ちかけました。鉄筋は、小さな電炉メーカーの、規格品として出荷するつもりが不合格となったもの、公共事業の検査で没になったものを、規格品と混ぜて納入する。コンクリートは、セメント量を減らしたものを使うことにさせたのです。

もちろん書類上は正規のものを使用した形をとり、飛鳥工業から支払われた代金を、業者たちにも儲けさせた上で、こちらはリベートを受け取るというやり方です。

事故の起きたベランダでは、もともと質の悪い鉄筋の上、切りまちがえて短くなったものまで使用してしまったようです。それでもめったに落ちることはないという常識的判断で、工事を急ぎ、鉄筋の支持金物の配置や配筋も粗雑だったため、大事故を招く原因となりました。誠に申しわけなく思っております。

依田丈文の自供によって、手抜き工事の実態は概《おおむ》ね解明された。巻木と依田の容疑としては、業務上過失傷害と、背任が想定された。

業務上過失傷害はまちがいないところだろうが、事故の直接原因となった地震と、被害の結果との因果関係などで、なお証拠固めをしなければならなかった。

背任容疑に関しては、成立するかどうか、さらにくわしく調査が必要であった。依田の身許《みもと》ははっきりしているし、逃走のおそれもないと判断して、綾瀬署では、その日いったん依田を帰した。

巻木もまだ身柄は拘束されていなかったが、毎日署へ喚ばれ、聴取が続けられた。

この手抜き工事について、ほかにもそれを知っていたり、直接関与していた者はなかったか。業者から受け取ったリベートのくわしい金額とその使途などが、取調べの焦点になった。

大筋を吐いてしまってからの巻木は、たいていの質問に抵抗なく答えた。

「ぼくは依田君とちがって、松戸のほうに親の家がありますんでね。マンションを買ったりする必要はなかったわけです。金は、主にクラブ遊びと、女に使っていました。ほかに直接関《かか》わっていた人間はいませんから、口止め料などは要りませんでした」

特定の愛人がいるかとの問いに、「以前はいたが、今は決った女はいない」と答えた。

「その愛人は何も知らなかったのか」

「ああ、そういわれれば……ぼくの金遣いが派手だったせいか、彼女はいろいろ鎌《かま》をかけて尋ねましたよ。ぼくが手抜き工事のいろんな手口を話してやると、面白そうに聞いてました。自分がやってるといったわけじゃないですけど、カンのいい女だったから、うすうす察していたかもしれません」

「何をしている女だ？」

「銀座のクラブのホステスでした」

「現在もか」

「いや……もう死にました」

「死んだ？　いつ？」

「去年の十月……」

「それまでは何というクラブにいた？」

「…………」

女の氏名と店を重ねて問うと、巻木ははじめて複雑な表情を見せ、しばらく黙っていた。

やがて意を決したように、

「女の名は、加地本由実です。銀座八丁目の〈しおん〉というクラブで働いてたんですが、去年の十月末、東京駅のステーションホテルで絞殺《こうさつ》死体で発見されました」

取調べに当っていた綾瀬署の刑事課長らは、思わず息をのんで顔を見合わせた。

「加地本由実が、手抜き工事の一件を知っていたのか」

「いや、どうだかわかりませんけど、およそ察していたんじゃないかと……実は去年の暮頃、丸の内署の人が来て、由実との間を訊かれたことがあったんです。ぼくは彼女が殺されたと見られる十月二十七日、ずっと蒲田《かまた》のビル工事の現場にいて、アリバイははっきりしてたんですが、何かの拍子でコーポ・あやせの件まで突っつかれると困ると思ったんで、彼女ととくべつな関係はなかったと答えたんです」

「手抜き工事の弱みを握られて、強請《ゆす》られるようなことはなかったのか」

「だから今もいったように、彼女がほんとに知っていたかどうかわからないし、ぼくが強請られるなんて、そんなことは絶対になかったです。しかし……」

突然巻木が口をつぐんで、不気味な目を宙に凝らした。

「何か思い当る節でもあるのか」

「…………」

「彼女が東京駅新幹線工事に関する話をしていた憶《おぼ》えはないか」

「いや……」

「加地本由実がほかにも関係していた相手を知っているか」

巻木は再び沈黙した。

課長らの鋭い視線に促され、まだ迷いながらの感じで口を開いた。

「もしかしたら、依田君とも……最初のうち由実がしきりと彼のことを知りたがるので、あいつはカッコいいから、由実が熱をあげてるんじゃないかと思ったことがあったんです……」

「最初のうち、というのは？」

「一年半くらい前、ぼくが依田君をはじめて〈しおん〉へ連れていった頃です」

飛鳥工業が社用で〈しおん〉を利用することはなかった。三五工業は顧客として出入りしていたから、巻木が依田を連れていって、由実を指名した。ツケは飛鳥工業に回す時もあった。由実は「ウリ」の立場で雇われていたので、自分の責任で勘定をとり、それをいったんクラブに支払って、割り戻しをもらっていた。だから、元請けのツケが下請けに回される通例なども心得ていただろうと、巻木は語った。

巻木と由実との関係は、今から三年前に始まっていた。時々夕食をおごって同伴出勤になったり、閉店後代田のマンションまでタクシーで送ってやることもあったが、由実は決して部屋の中まで彼を誘い入れはしなかった。関係をもつ時にはもっぱらホテルを利用していたという。

「依田君は、この一年半くらいの間に……そうだな、ぼくが五、六回〈しおん〉へ連れていったでしょう。最初のうち、由実は彼のことをぼくにいろいろ訊いてましたが、そのうち何もいわなくなった。彼女は口が固いというか、ほかの男とのことなど、おくびにも出しませんでしたからね。まして依田君とでは、万一何かあったとしても、絶対ぼくに知られてはまずいと思ったんでしょう」

綾瀬署の刑事課長は、巻木の話を重視して、その夜のうちに丸の内署へ連絡した。

すでに十時をすぎていたが、波倉刑事課長がほかの事件で居残っていた。

波倉は即刻綾瀬署へ赴いた。

彼が改めて巻木に事情聴取したが、由実について、綾瀬署の課長に語った以上の新しい話は出なかった。

しかし、聴取が終った段階で、綾瀬署では、巻木を業務上過失傷害の容疑で逮捕し、身柄を勾留《こうりゅう》した。逮捕状は前日から用意されていたが、高齢の母親が重態などの事情で、前日は逮捕を控えていたのである。

その日、依田はすでに帰宅させていたが、これで巻木も帰して、もし彼が依田に電話で、由実のことを警察で喋ったなどと伝えた場合、依田が何らかの行動を起こすおそれはないか？

波倉が万一の可能性を警戒して、巻木の身柄を押さえるよう、綾瀬署に要請したのである。

「巻木自身は、由実殺害の直接の容疑は消えています。事件当時、彼は蒲田でビルの新築工事の所長をつとめていて、十月二十七日も、朝八時から夕方五時半すぎまで、ほとんど現場を離れていない。昼食時も会社の人間といっしょだった。夜は、取引先の業者と会食し、十一時頃ハイヤーで帰宅している。一日中はっきりしたアリバイが成立していて、疑いの余地がないのです」

「では、問題は依田のほうというわけですか」

綾瀬署の課長が緊張の面持《おもも》ちで問い返す。

「そうです。依田丈文の妻さゆりは、高辻潤子の高校時代からの親友でした。依田夫婦は生前の高辻義一とも面識があった。父親が亡《な》くなり、天涯《てんがい》孤独になった潤子は、しばしば喜多見のマンションを訪れて、さゆりにさまざまの打ちあけ話をしたことが想像される。それが依田の耳にも入っていた可能性は充分にあるのです」

「…………」

生来温和な波倉の眸《ひとみ》に、何事かを待ちうけるような、静かな熱気が湧《わ》きあがってきた。

「これでついに、由実の事件と、ほか二件の東京駅事件との接点が見つかったのです。さらには、一連の事件の全貌を一変させるような、新展開が生まれないとも限りません」

3

翌朝七時に、今度は丸の内署の捜査員が、依田丈文のマンションのブザーを鳴らした。現在彼は、コーポ・あやせの件で処分が確定するまで社内勤務を命じられていた。通勤時間を考えると、自宅を出るのは七時半前であろうと思われた。

さゆりが玄関に現われた。

その顔は、一目見てあっと思うほど、蒼《あお》ざめてやつれていた。

「主人は昨夜《ゆうべ》から帰っておりません」

「なに……」

「昨夜九時半頃、外から電話をかけてきました。綾瀬署の事情聴取が今終ったところだ。心配することはないが、ほかに用があるので、もう少し遅くなるから、と。なおみとも話したい口吻《くちぶり》でしたが、もう寝てるといったら、それならいいといって切りました。それっきり、まだ帰宅してないのです」

「連絡なしに外泊されることは以前にもありましたか」

「いいえ。仕事でよそに泊ることになっても、必ず電話をかけてきました。それも、なるべく早め……なおみが起きていてお喋りできる時間に……」

ふいに声を詰らせたさゆりの円《つぶ》らな眸に、涙が盛り上った。縋《すが》るように捜査員をみつめた。

「綾瀬のマンションの事故で、主人にはどんな責任があるんでしょうか?」

捜査員は、今日はその件ではなく、東京駅事件の関連でご主人に話を訊くために来たと告げた。

部屋へ上って、彼女にもいくつか質問した。

「加地本由実?　主人の口からそんな名前を聞いた憶えは一回もありません」

夫に女の気配を感じたこともまったくないと、さゆりは怒ったように頭を振った。演技とは見えなかった。

捜査員は彼女の許しを得て、３ＬＤＫのマンションの内部を見て回った。なおみがまだ寝室のベッドで眠っていただけで、誰かが隠れている気配はなかった。

さらに捜査員は、依田の親戚《しんせき》や親しい友人などを聞き出し、署へ報《し》らせた。丸の内署では、それらの先へ直ちに捜査員を走らせ、依田が来ていないとわかると、近くで張り込み態勢に入った。

依田宅を訪れていた捜査員も、一人はいったん辞去して、マンションの出入口が見通せる場所で張り込みを開始した。まもなく署から応援が来ることになっていた。

もう一人は、室内に留《とど》まった。依田が電話をかけてくるかもしれないからだ。

捜査本部では、さらに都内各署に手配し、依田の捜索と情報提供を要請する一方、飛鳥工業社内や、依田と日頃付き合いの深かった取引先業者、プライベートな友人などへもいっせいに聞込みを開始した。

その結果、とりわけ一つ印象的な事柄が判明した。

依田は、錠や鍵《かぎ》に関心が深く、いわば一種の趣味で、珍しいキイのコレクションなどしていたとの話である。仕事柄という以前のことらしく、そもそもは中学の同級生に鍵屋の子供がいて、遊びにいくたびにいろいろな錠や鍵を見せてもらったことから、興味を持つようになったそうだ。その話は、依田と親しかった同僚や友人など三人から聴取された。

そこで、捜査員がさゆりに尋ねると、彼女は夫の書斎からアタッシェケース風の金属の箱をとり出してきた。中には各種の鍵や鍵束、珍しい形の南京錠《ナンキン》などが、フックに吊《つる》して保管されていた。

捜査員はそのケースごと借りて、本部へ持ってきた。

「鍵のコレクションか……」

波倉は呟《つぶや》きながら、別の一つの鍵を思い浮かべていた。

東京駅霊安室で曽根寛の死体が発見された直後、助役が駅長事務室から職員に持ってこさせたものである。

「これが7の扉《とびら》の鍵なんですが……鍵箱の中にちゃんと入ってました」

〈7〉と墨で書いた木札が付いたその鍵は、真鍮《しんちゅう》でコロリと丸みのある、いかにも旧式で単純な形をしていた。

一方、死体が発見された時、「7の扉」の鍵はかかっていなかった。

しかし、扉を調べたベテランの部長刑事がいったものだ。

「ああいう錠前では、ちょっと似たような鍵ならどれでも開いてしまうね。空巣の常習犯で、たいていの錠前に合う鍵を束にして揃《そろ》えているとか、針金一本あればどんなドアでもこじ開けてしまうなんていう手合いがいる。そういうのにかかったら、あんなドアなど朝飯前だね。まさか霊安室へ空巣に入るばかもいないだろうが、その程度に簡単な錠だということです」

波倉は、当の部長刑事に、そのケースを持って東京駅へ行き、「7の扉」の錠前に合う鍵はないか、試してみるよう指示した。

しっくいの壁がなかばはげかかった、まるで地下の遺跡に似た霊安室の内部が、彼の眼前に甦《よみがえ》った。

するとふいに、つかみどころのない不安と焦燥に襲われた。

依田はどこへ消えたのだ?

細長い霊安室の薄闇《うすやみ》の奥へ、依田丈文の長身の後ろ姿が吸いこまれていく生々しい幻影が、瞬時彼を立ちすくませた。

第十五章　静寂《しじま》の闇《やみ》

1

依田が綾瀬署を出たあと姿を消し、まる二日をすぎても行方はつかめなかった。

だが、三日目の二月二十九日月曜の夜八時頃《ごろ》、その日も依田のマンションへ来て、リビングの椅子《いす》にかけて待機していた捜査員のそばへ、さゆりが歩み寄ってきた。それまで彼女は、長い時間、夫のデスクの置かれている小部屋に閉じこもっていた様子だったが。

彼女は手にしていた一通の封書を、捜査員にさし出した。

「主人からの手紙です。今日の午後、ロビーにあるうちのメールボックスに配達されていたんです」

白い封筒の表には、このマンションの住所と依田さゆりの名が、しっかりした男文字で横書きされていた。六十円切手に、〈東京中央・88・2・27・6—12〉の消印が認められる。

ふつうなら昨日着くところが、日曜だったため、今日になって配達されたものと思われた。

裏は〈T. Y.〉のサインだけだ。

もう一回表を返してみると、封筒の左下にローマ字の印刷がある。それは〈東京ステーションホテル〉と読めた。

「主人は、この手紙が公表されることを望んではおりません。でも、亡くなった潤子にも関《かか》わりがありますので、やはり警察にお届けすることにしました」

円らな眸を赤く腫《は》らしたさゆりは、迷いと苦悩の末、今はもうすっかり決心したような、少しかすれた静かな声でいいそえた。

丸の内署の捜査本部へ届けられた手紙を、最初に波倉警部が読んだ。

〈今これを、ステーションホテルの205号室で書いています。

古ぼけたフランス窓のすぐ外に、1番線ホームがあり、それからつぎつぎと、白いホームが横たわっているのが見える。

電車の入線を知らせるスピーカーの女性の声も、手にとるように聞こえる。午後十一時半をすぎて、ホームの人影も数えるほど少なくなった。

さっきから小雪がちらついている。

東京駅の一日が今日も終ろうとしている。

これまで七十年余りにわたる駅の営みの間には、どれほど多くの人々の、さまざまな出来事が起きたことだろう？

そしてこの先も、さらに無数の事柄《ことがら》が、発生しては忘れ去られていくだろう。

今回の異常な事件さえも、いつかは歳月に風化され、東京駅の永い歴史の奥深く、埋もれていくのではないだろうか。

そんなふうに思ってみるのが、今はせめてもの救いだ。

ぼくが加地本由実ととくべつな間柄になったのは、一年半余り前のことだった。三五工業の巻木さんに、何回か銀座の〈しおん〉へ連れていってもらっていたが、そのうち由実に、帰りは自分のマンションまでタクシーで送ってほしいとせがまれた。軽い気持ちで応じ、代田のマンションに着くと、ぜひ上っていけと勧められ、酒の勢いもあって関係をもつ結果になってしまった。

あとで、それまでほかの客とホテルへ行ったことはあっても、マンションの部屋へ通したのはあなたが最初だったといわれた。

その後も彼女に誘われるまま、何回かマンションを訪ねてしまったが、もちろんほどほどでやめるつもりでいた。

ところが、彼女は、巻木さんがぼくと組んでたびたび工事の手抜きをして、業者からリベートを受け取っていた手口をくわしく知っていたのだ。どうやら彼も由実と愛人関係にあり、寝物語にでも喋《しゃべ》ったものだろう。

由実はしだいにぼくにうちこみ始め、奥さんと別れて結婚してほしいということさえあった。そうしてくれなければ、会社に、手抜き工事を密告する投書をしようかしら、などと、なかば冗談めかして口走った。

誓っていうが、ぼくは一度たりとも、君と別れるなど、考えたこともない。君となおみのいる家庭こそが、ぼくの生甲斐《いきがい》、すべての拠《よ》りどころだった。ぼくらがいささか豊かな生活を送るために、心ならずも多少の不正もしたのだ。

家庭をすてて由実と一緒になるなど論外だったが、さりとて、秘密を握られている限り、由実ともそう簡単には別れられない状況になってしまった。

一昨年の八月、巻木さんからもう少し大きな現場をやってみないかと持ちかけられ、コーポ・あやせの現場所長に指名された。この時は大胆にも、工費の約一パーセントを浮かせるという話合いになった。

だんだん深みにはまっていく感じだった。

こんなことを繰返していれば、いつか必ず露顕する。ぼくはしだいにおそろしい危機感に脅《おびや》かされ、眠れない夜もあった。一日も早く、不正から足を洗い、由実ともすっかり切れて、心の安らぎを取り戻したかった。

一方、高辻潤子が以前からぼくに対して、やや少女じみた思慕と依頼心を抱いていたことに、君は気付いていただろうか。

昨年八月、お父さんが亡くなったあと、彼女は会社へ電話してきて、折り入ってぼくに聞いてほしい話があるといった。

ぼくは新宿で彼女と落ち合い、二人で食事しながら、その話を聞いた。

高辻義一氏は、自分が余命いくばくもないと悟った頃から、潤子に昔のことをいろいろと語り始めたそうだ。

わけても、昭和三十八年の東京駅新幹線工事の施工《せこう》ミスが原因で会社を追われる結果になったことは、返す返すも無念だ。帝都建設の百井、曽根、国鉄の合屋、生コン業者の小山田たちにはめられて、人生を狂わされた。いつか必ず復讐《ふくしゅう》してやると、当時は心に誓っていたが、実行できぬままに月日が流れ、百井と小山田はすでに故人となってしまった。

曽根は現在帝都建設の役員におさまり、合屋は退職して悠々《ゆうゆう》自適の暮しらしい。せめて残った二人にでも、痛烈な一矢《いっし》を報いてやることができたら、どれほど胸が晴れるだろうか。だが、それさえ果せずに、自分が先に世を去る運命になってしまった……。

潤子は、父の気持ちの何分の一かでも、何らかの形で遺恨を晴らしたいと語った。

その話を、親友である君にはせずに、ぼくに打ちあけたのは、ぼくが同じ建築業界に身を置く者なので、複雑な事情も理解してもらえると思ったからだといった。だが、彼女の心の奥には、ぼくへの甘えが見えた。その話を、ぼくだけに聞いてもらい、共有してほしかったのだ。ぼく一人に重大な打ちあけ話をしたことが、いわば彼女の遠まわしな愛の告白だった。

具体的にどうするつもりかと尋ねると、彼女は、せめて自分が曽根と合屋に会い、父がこんな思いで死んだことを伝えたい、という。

それだけでもずいぶんご供養《くよう》になるでしょうと、ぼくは答えた。それから頭の中で、あらぬ想像をめぐらせた。これでもし潤子が、曽根と合屋をつぎつぎと殺していったとしたらどうだろう？　二十四年前に生まれた怨恨《えんこん》が犯罪の動機なのだと、警察ではつきとめられるだろうか？

たとえば、二人とも死体が東京駅構内で見つかるとか、駅との関わりを強調するような形で事件が起きたらどうか。

被害者たちの過去が洗われ、二人の接点として、新幹線工事が浮かぶ。やがて、施工ミスの一件が掘り起こされれば、必然的に高辻義一やその血縁者へ容疑が波及していくのではあるまいか？

そうだ。二人の被害者と、東京駅との関連、さらに……。

やがてある瞬間に、突然ぼくの想像が飛躍し、ふいに現実的な意味あいを帯びた。

さらに一人の被害者を加え、三つの殺人が同一犯人の手になることを印象づければ

――？

失意のうちに亡《な》くなった高辻さんと、潤子に代って、復讐を遂げてやろうという歪《ゆが》んだ正義感。建設業界の旧弊な体質と、そこに巣くう不正や矛盾への抵抗。自分もそうしたものの被害者だというふうにぼくは考えていたから、高辻さんの無念はよく理解できた。業界の暗部を抉《えぐ》り出してやるなどと、気負った思いもあったが、しょせんはみんな、自分の行動を少しでも正当化しようとする言い訳にすぎなかったかもしれない。

要は、由実を抹殺《まっさつ》して、なおわが身の安全を確保する手段として選んだことだ。

短期間に同じ区域で起きた三つの事件の被害者三人のうち、二人に明らかな共通項があり、しかもそこから強い怨恨の線が浮かんでくれば、あと一人も同じ動機で殺されたものと見做《みな》されやすい。たとえその一人との動機関係が確かに判《わか》らなくても、それは調べがつかないからだと考えられる。

あるいは、犯人が真の動機を隠蔽《いんぺい》するために、あと一人無関係な被害者を巻きぞえにしたのか、とも。

実はその一人こそが犯罪の真の目的であったという可能性は、二人に関する怨恨の動機が明白であればあるほど、盲点のように見落とされる。

犠牲は大きいが、これこそ自分の安全を確保する最高の方法と、ぼくは信じた。すべてすんだら、ぼくはすっかり後腐れなく、君となおみのいる家庭へ戻れる。そして、幸せで平穏な生活を送りたかった。何事にも、もう二度と手を汚さずに。この仕事さえ終れば――。

さて、潤子とはさいしょに話を聞いて以来、なんでもぼくに打ちあけ、相談するようなムードが生まれていた。

曽根はまだ現役で帝都建設にいた。合屋は国鉄を退職したあと、関連企業に入ったらしいというところまで、高辻氏が聞き知っていたようだ。

ぼくは、会社の営業部の者にJRの関連会社をリストアップしてもらい、そのリストを、その後潤子がうちへ遊びに来た時に渡してやった。

潤子はそれらの会社へ順に電話をかけ、合屋が三年前まで秋葉原に事務所のある駅ビルの管理会社に勤めていたことや、退職当時の住所なども聞き出した。

潤子は二人に電話し、高辻義一の娘だと名乗って面会を申しこんだ。

昨年の九月二十三日、潤子は本八幡の合屋の自宅を訪れた。

十月二日には、ステーションホテルの〈薔薇《ばら》〉で曽根と会って話をした。そこへはぼくもひそかに出向いて、離れたテーブルから曽根の顔を見憶《みおぼ》えた。

二人を歴訪したてんまつは、つぎにぼくと新宿で会った時、潤子がくわしく報告してくれた。

潤子は、最初に考えていたよりむしろ淡々と、父から聞いた話を彼らに伝えた。あからさまな怨《うら》みごとは口に出さなかった。代りに、一時間ほど対座していた間、父のことと、東京駅だけを話題にし続けた。彼らもとりたてて釈明や謝罪などしなかったが、それぞれやはり胸にこたえている様子だった——と話していた。

潤子のしたことは、これで全部だった。

だが、彼女の報告は、ぼくには思いがけぬ副産物までもたらしてくれた。

東京駅を話題にした結果、潤子は彼らの習慣をたまたま小耳に挟《はさ》んできた。彼女はそれをまた、とくに意味もなくぼくに喋ったわけだが。

曽根は毎日退社後、八重洲側のホテル国際観光の前まで会社の車に送られてきて、駅へ入ってすぐ右手のキヨスクで夕刊を買い、北口改札を通ってホームへ上る。

合屋は、毎月第二水曜の午後二時頃、東京駅構内の〈職員用理容室〉へ散髪に出かける。

実はぼくはぼくで、いささか東京駅の研究をしていた。

亡くなった高辻氏が、新幹線工事の一件とはまた別に、東京駅に彼なりの興味や愛着を抱いていたことも事実で、潤子から伝え聞くその話も大いに参考になった。

数々出版されている東京駅に関する本を読み、自分でもあちこち探検した末、第一事件現場を霊安室と決めた。

閉鎖通路に面した「7の扉《とびら》」には鍵がかかっていたが、錠前は旧式のごく簡単なものだった。

閉鎖通路の八重洲側ドアは、昼間は自由に開閉でき、夕方五時頃日本食堂の職員が鍵をかけて帰る。その後は通路の人通りがめっきり少なくなる。キヨスクやレストランの人が戻ってきた時は、自分の鍵で出入りしていた。丸の内側は工事中で行き止まりになっている。通路自体も工事が中断しているような状態で、片側にはベニヤ板が貼《は》りめぐらされ、その内側はガラクタ置場にされていた。

昨年の十月十二日、曽根事件の二日前だが、ぼくは午後五時前に閉鎖通路へ入り、ベニヤ板の内側に身をひそめて夜を待った。ダークブルー上下の、JRのユニフォームにそっくりの服を身につけ、それらしい帽子もかぶっていた。

人通りが途絶えると、ぼくは自分のコレクションの中から選んできた古い鍵を、一つずつ「7の扉」の鍵穴に試してみた。ピタリと合うものはなかったが、ドライバーの先でいじっているうちに、鍵が外れた。

霊安室の内部をあらためて、元通りドアを閉めておいた。

閉鎖通路から出る時には、レストランの職員が外から戻ってきて、自分の鍵でドアを開けたのと入れちがいに、ちょうど鉢合《はちあ》わせしたようなふりをして通った。白衣をつけた若いウェイターは、ぼくをJRの職員と思ったのか、軽く会釈《えしゃく》さえした。

十月十四日、犯行当日、午後四時四十五分頃、ホテル国際観光の前から一人で歩いてきた曽根が、馴染《なじ》みのキヨスクのある出入口から構内へ入ろうとする直前に、ぼくが歩み寄って声をかけた。この時もダークブルーの上下に、同じ色の帽子をかぶっていた。

「曽根寛さんでしょうか」

「ええ、そうですが」

「JR東日本の乗客係ですが、実はさきほど奥さんがホームで急病になられまして、ご主人がまもなくこちらへ来られるといわれたもんですから……」

「紀和子が？　それで、どんなふうなんです？」

「あちらでお休みになっていますので、とにかくいらしてください」

ぼくが大股《おおまた》に歩き出すと、曽根はすぐついてきた。

閉鎖通路へ誘導し「7の扉」を開ける。

「こちらです」

中は蛍光灯《けいこうとう》がつけてあった。

曽根は、あやしむより、心配そうな緊張の面持《おもも》ちで内部へ足を踏み入れた。ぼくも急いで入ってドアを閉めた。

細長い霊安室を奥へ進んだ曽根が、不審を覚えて振り返る直前に、後ろからナイロンストッキングを頸《くび》にかけた。

犯行後は、いちばん奥にあった木の台の上に遺体を横たえ、通路のベニヤ板の内側に放置されていたビニールシートを被《かぶ》せて立ち去った。

加地本由実殺害は、曽根と合屋との間に挟むのが、最初からの計画だった。

由実とは約一年半の付き合いになっていたが、夜遅く彼女が店から帰ってくる頃に、ぼくが代田のマンションを訪れるというパターンがほとんどだ。外で会ってホテルへ行ったことが、これまで二回ある程度だった。

一度くらい旅行に連れていってと、うるさくせがまれていた。

十月二十七日の昼頃、ぼくは代田のマンションへ電話をかけ、起きたばかりの由実に、「今日、東京駅のステーションホテルまで出てこないか」と誘った。

「どうして?」

「仕事で行く用ができたんだ。二階に〈薔薇〉というダイニングがあるから、そこで飯でも食おう。気に入ったら、そのまま泊ってもいい。旅行に行く代り、駅のホテルに泊ってみるのも面白いじゃないか」

由実はむろん二つ返事で承知した。

ぼくはその頃、神田のオフィスビルの現場所長をしていたが、午後にちょっと抜け出して、二時半頃、ステーションホテルにチェックインした。カードに〈佐藤吉巳　二十八歳〉と記入したのは、男か女か区別できない名前を使っておき、あとで警察が調べた時、潤子かもしれないと考えさせる可能性を残すためだった。

由実は、約束通り三時に〈薔薇〉へやってきた。ぼくがいった通り、下の宴会場入口から階段を上ってきたが、これだとフロントの前を通らず、誰とも顔を合わせずにすむ。

また、電話では「〈薔薇〉で会おう」といったが、ぼくはその前の廊下で待っていて、「食事には早すぎるから、ひとまず部屋へ行こう」と、彼女を二階のツインルームへ連れていった。

直後に犯行に及んだ。

死体をビニール袋に押しこみ、いったん神田の現場へ引き返した。

その日の仕事を終えて、再びステーションホテルへ戻った。君には出張といってあったが。

死体を入れたビニール袋を、さらに布団《ふとん》袋に詰めた。午前三時頃、非常階段の踊り場へ引きずって行き、昔から放置されているようなダンボールの横に並べておいた。

わずかの間でも由実が部屋にいて、手が触れたおそれのある場所は、注意深く拭《ぬぐ》って、指紋を消した。

二十八日の朝は、七時半頃チェックアウトして、神田の現場へ出勤した。その途中で、由実のハンドバッグを、八重洲北口のコインロッカーへ預け入れた。閉鎖通路の出入口に近い場所で、曽根の事件との関連性をさりげなく匂《にお》わせたつもりだった。

合屋の事件も、すでにおよそ推測されている通りだ。

マスコミで報道されていないことといえば、合屋の事件の三日前に当る天気のいい日曜の午後、ぼくは潤子から聞いていた本八幡の彼の家の近くまで行った。チェックのハンチングをかぶり、サンダルばきで出てきた彼が、百メートルほど離れたよその家を訪れ、同年配の女性と玄関先でしばらく立ち話して、また引き返してくる様子を、少し離れた場所から見守っていた。それで彼の顔をしっかり憶えた。

そこまで準備しながら、一方でぼくはしばしば、合屋殺害を計画から割愛したい誘惑にかられた。由実を亡きものにする真の目的は、すでに達したのだ。東京駅の連続殺人事件は、世間の話題をさらっている恰好《かっこう》で、警戒もきびしく、犯行にはいよいよ危険が伴う。もう手を引きたかった。

しかし、ぼくはまるで自分の臆病風《おくびょうかぜ》と怠け心に鞭打《むちう》つような気持ちで、最後までやりとげる決心を固めた。被害者が曽根と由実の二人だけでは、共通項として新幹線工事の一件が浮かぶことはありえない。それでは、容疑をミスリードすることもできないわけで、曽根まで殺したことが少しもぼくの安全に繋《つな》がらないのだ。

由実を抹殺した上で、ぼくが後腐れなく君となおみのいる家庭へ戻り、昔通りの心安らかな生活を送れるのでなければ、由実を消した意味さえないではないか。

やはり、なんとしても最初の計画を完遂しなければならないと思った。

十一月の第二水曜に当る十一日にも、合屋は習慣通り東京駅の床屋へ出かけた。午後二時頃《ごろ》、丸の内側地下五階の総武・横須賀線ホームから、エスカレーターで地下四階へ上ってきた合屋に、例のダークブルーの上下に帽子をかぶったぼくが歩み寄った。

「合屋さんですね。ご家族の方がさっき事故にあわれて、こちらで休んでおられるんですが。あなたがちょうど二時頃、ここへ着かれるといわれたので……」

「家族というと、息子ですか、それとも――」

「そうです。こちらでお待ちですから」

曽根の時と同様、ぼくが気忙《きぜわ》しげに踵《きびす》を返すと、合屋も躊躇《ちゅうちょ》なく従った。

〈倉庫〉のドアを開け、彼を先に入れた。前もって電灯はつけておいた。

「あちらです」と奥を指さして、彼が戸惑ったように立ち止まっている時、そのチャンスを逃さず犯行に及んだ。彼は小柄《こがら》な痩《や》せ型だったので、あっというまに終った。

死体と、いつも彼がかぶっていたチェックの帽子は、奥の隅《すみ》にあったキャタツと壁の間へ押しこみ、電灯を消して立ち去った。

これでぼくの計画はすべて完了した。――その時はそのつもりでいた。

国鉄ＯＢの合屋の身許《みもと》が判明すると、捜査の焦点は急速に絞られてきた。

昭和三十八年に発生した東京駅新幹線工事の施工ミス、その責任を一身に負わされて自殺まで図った高辻義一と、曽根、合屋との怨恨の構図が浮かびあがった。高辻が、事件の起きる少し前の八月に病死していたことから、娘の潤子に容疑が向けられた。

もちろんそうした状況が、マスコミでつぶさに報道されたわけではなかったが、ぼくには容易に察せられた。ぼくとしても、潤子が国内にいて、アリバイの証明しにくい日時を注意深く聞き出し、慎重に犯行のチャンスを選んでいたのだから、彼女が有力容疑者に挙げられることは計算のうちだった。

潤子自身はといえば、自分と接触した曽根と合屋がつぎつぎ被害にあっていることに気味悪さを覚えながらも、加地本由実とはまったく関《かか》わりがなかったので、やはり自分とは無関係な動機によるものだろうと考えていたようだ。

それでも、東大泉の自宅へ刑事が事情を訊《き》きに来た時には、曽根と合屋など全然知らないとシラを切ったといっていた。東京駅事件は身に覚えがなくても、父の死後、自分が二人を訪ねて父の遺恨を伝えたことなどがわかれば、いったんは自分に殺人容疑がかかり、たとえ証拠がなくても、勤めが続けられなくなるかもしれないと考えたからだという。

そういった話を、ぼくはすべて電話で聞いた。電話はぼくのほうから、彼女の自宅へ掛けた。十一月十一日の合屋の事件以後、ぼくは仕事が忙しいなどの理由をつけて、彼女と外で会わないようにしていた。彼女は寂しくなったのか、二十日にはうちへやって来たので、彼女とぼくら夫婦の付合いを尾行の刑事に知られてしまったが、その程度はやむをえないだろう。翌日聴取に来た警部たちに、君はずいぶん潤子を庇《かば》うコメントをしていたね。十一月二十七日に彼女はまたツアーに発《た》ち、十二月四日に帰国すると、再び尾行が開始された。その気配を、彼女は不安げに電話でぼくに訴え、一度ゆっくり会いたいといってきた。

ぼくも不安になった。その頃から、ある誤算に気付き始めていたのだ。

つまり、ぼくは三件の連続殺人を犯し、それらが三十八年の新幹線工事施工ミスに発する復讐の犯罪だと解釈させようと企てた。由実が以前働いていた西銀座の〈ロザンヌ〉を、十年ほど昔帝都建設が社用で利用したことがあったというのは、まったくの偶然だった。由実と新幹線工事とは何ら関係なかった。

しかし、警察では、まだつきとめられない秘密の繋がりがあるのか、もしくは、犯人が動機を隠すために無関係な由実まで被害者に加えたか、いずれかの見方をとるのではないか。

そこで潤子が浮かび、有力容疑者と目されながらも、確たる証拠はつかめない。捜査は暗礁《あんしょう》にのりあげ、結局は迷宮入りしてしまうのではないだろうか。——ぼくはこういう目算をたてていた。潤子が冤罪《えんざい》で逮捕され、起訴されるとまでは期待してなかったし、それが本意でもなかった。彼女には一種の囮《おとり》の役をつとめてもらえばよかった。

だが、その計算には重大な盲点があったようだ。

警察は執拗《しつよう》に彼女を尾行し続ける。それでも手掛りがつかめなければ、つぎには任意同行を求め、厳しい事情聴取を行うのではあるまいか。彼女があくまで否認した場合、「ではあなたがお父さんから聞いた話を誰かに喋《しゃべ》らなかったか」という質問に発展することは当然の成行きではないか。

その時点で、ぼくの名が彼女の口から出るだろう。

もう一つの不安は、潤子自身がぼくをあやしみ出すことだった。なぜ警察はこれほど自分をつけ廻《まわ》すのか。とはいえ、自分の潔白は自分自身がいちばんよく知っている。とすれば、誰かに陥《おとし》いれられたのだ。それができるのは、父の秘密を打ちあけた彼以外にはありえないではないか？――と。

しかしながら、まだ彼女はぼくを疑う段階には至っていなかった。まさか、という盲点だったか。ツアーで日本を離れていたせいもあって、自分が置かれている立場を正確に把握《はあく》していなかったのかもしれない。むしろぼく一人を頼りにしていた。

今のうちに――。

潤子まで手にかけなければならなくなったことは、まったくぼくの誤算だったというほかはない。

十二月十日の夜、ぼくは彼女の家に電話をかけ、明日の夕方会おうと誘った。六時半に、東京駅丸の内南口コンコースで。

「くれぐれも尾行に注意してね。池袋駅の混雑を利用すれば必ず撒《ま》けるよ。内緒で君に見せたいものがあるから」

最後は弾んだ声でいい添えた。

ラッシュのピークで混《こ》みあった南口コンコースへ、ぼくは神田の現場からうすいブルーの作業服のまま出向いた。グレーのオーバーコートを着た潤子と落ち合うと、「現場でちょっとした事故があって遅れ、着替えてくる暇がなかった」と言い訳した。

作業服を着ていたのは、〈車椅子通路《くるまいすつうろ》〉で人に見咎《みとが》められないためだった。そこを通るのは、JR職員か、工事関係、食料関係の人などで、作業服を着ていれば不審を抱かれにくい。また、車椅子の乗客の利用はほとんど午後四時頃までに終ることも、担当の窓口に問合わせて調べておいた。

池袋駅のコンコースで首尾よく尾行を撒いてきたと、潤子はいった。突然走り出して、ホームを二、三回上り降りしてから発車直前の山手線電車にとび乗ったという。

尾行者の影がないことをぼく自身の目で確かめてから、彼女を車椅子通路へ誘い入れた。

「亡くなったお父さんがよく話しておられたという例の秘密部屋ね。どうやらそれらしいところを見つけたんだよ」

すっかり有頂天になっている顔で、彼女をぼくのペースに巻きこんだ。

「この間うちへ来た君にその話を聞いて以来、ぼくはすごく興味をそそられたんだ。建築関係の人間なら誰しもかもしれないけどね。それからいろいろ資料を調べたり、東京駅にくわしい人に尋ねたりして、およその当りをつけた。あとは実地踏査だ。それでやっと発見したんだよ。決め手もいくつかある。行ってみればわかるよ。いやね、君が憂鬱《ゆううつ》そうにしているから、少しでも気晴らしになればと思って。それに、ぼくらが見事その部屋を突きとめれば、お父さんにもせめてものご供養になるだろうからね」

その伝説的秘密部屋は、終戦直後、GHQや日本政府要人の、非常時の避難場所として造られたが、のちには、闇《やみ》物資の隠匿《いんとく》に利用されたという噂《うわさ》もあった――高辻氏の話が事実なら、その部屋の条件は、貴賓室や特別通路に近いこと。つぎに、目立たずに荷物を運びこめる位置にあること。

以前の〈小荷物通路〉、現在の「車椅子通路」を足早に歩きながら、ぼくはたて続けに喋り続けた。潤子に警戒心を抱く暇を与えぬために。

幸い、問題の〝ロータリー〟に辿《たど》り着くまで、誰とも出くわさなかった。

左手の脇道《わきみち》へ曲ってしまえば、その危険はずっと少なくなる。

「この倉庫みたいなものの裏に、不思議な部屋があるんだ……」

ぼくがほんとうに実地踏査していたことはいうまでもない。

倉庫の横のドアを開け、そこからまた奥へのびている細い通路へ、懐中電灯の光を向けた。

潤子の手をひいて、そろそろと進み、右側の小部屋のドアを開けた。室内を照らした。

「ここだよ」

潤子は息をのみ、なかばぼんやりしていた。

「決め手があるといっただろ。たとえばあそこに黒革のソファが置いてあるね。おそろしく古ぼけて、あちこち破れたりしているけど、よく見れば非常に手のこんだ装飾的なデザインで、昔はよほどとくべつな高級家具であったことが窺《うかが》われる……」

話しながら、さりげなく潤子を先に室内へ入れた。

「しかも、下の脚の部分には文字が彫りこまれていて、それを読めば……」

潤子は身体《からだ》を屈《かが》めて覗《のぞ》きこんだ。頭を低くして、文字を目で探している間に、ぼくは用意してきた木綿の腰紐《こしひも》を手にして忍び寄った。

今までの要領で、後ろから紐を頸にかけ、一気に絞めようとする直前、彼女が振り返ってぼくを見た。

つぎの瞬間、想像を絶するすさまじい悲鳴が、彼女の口をついて迸《ほとばし》り出たのだ。それは〈車椅子通路〉から、構内全体にまで響き渡るかと感じられた。

やがて、彼女がぐったりとなると、ドアの枠《わく》の上部にたまたま打たれていた太い釘《くぎ》に紐の先を掛けて、身体を吊《つ》りあげた。適当な椅子を倉庫から見つけてきて、下に倒しておいた。

この場所では、死体はそうすぐに発見されることはない。腐敗が進めば、絞殺か縊死《いし》か、頸部《けいぶ》の索溝《さくこう》などで判別することは不可能になる。

となれば、自然の成行きとして、潤子は自殺で落着するだろう。父に代って大それた復讐《ふくしゅう》の連続殺人をやってのけた彼女は、警察に追いつめられ、因縁の東京駅構内で首吊り自殺を遂げたのだ、と。

今度こそ、ぼくの計画も完結した。事件は解決し、ぼくはもう何の危険もなく、君となおみの待つ家庭へ帰っていけるのだ。

ぼくはそう信じて、安堵《あんど》しようとした。

しかし、またしても裏切られた。

あのおそろしい断末魔の悲鳴が、ぼくの耳底から消えることは絶対にあるまい。そればかりか、その声はいつまでも地下構内に響き続け、やがて必ず、追跡者の足をぼくのそばまで導いてくるにちがいないのだ。

なんという皮肉なことか。計画が首尾よく完了した瞬間から、ぼくの耳には自分に向かって近付いてくる運命の足音が聞こえ始めた。それがぼくらのドアの外で止まった時が、ぼくが君となおみに永遠の別れを告げる時だった。

あの地震さえなかったら！

今でも思うことはある。マンションのベランダが折れ曲り、おまけに下にいた子供の頭にレンガが落下するとは——そんな、これ以上ないほどの悪い偶然が重なったりしなければ、事件はぼくの思惑通りに落着しかけていたのに！

でも、そう思うのはきっと都合のいい錯覚にすぎないだろう。おそらく、ぼくの狂気が始まったその時に、結末はすでに定められていたのだ。

狂気。まったく、何がぼくをあのような狂気に駆りたてたのだ？

もしかしたらぼくは、人知れぬ東京駅の魔力に操られていたのだろうか？

ああ、今ホームの灯《あか》りがいっせいに落ちた。午前一時四十五分。

一時一分発の山手線品川行の最終電車が出ていったあと、北口や南口のシャッターを降ろす音が響いていたけど、最後の見回りも終ったのだろう。

これから午前四時まで、東京駅が短い眠りにつく時間だ。

なおみも眠っているだろうね。もう一度、あのマシュマロのような頰《ほ》っぺにくちづけしたかった。君を抱きしめたい。

今夜夢の中で、それができるように。

明朝はここをチェックアウトして、ぼくは丸の内南口へ向かって歩いていく。

それっきり、ぼくの足跡はぷっつりと断ち切られる。

警察は躍起になって捜すだろうが、ぼくは東京駅で消えてしまった。絶対に二度と行方を突きとめられることはない。

この手紙を読んだら、直ちに焼却して、決して人目に触れさせてはいけないよ。そしてぼくが捕えられない限り、東京駅事件の真相はどこまでも解き明かされることなく、謎《なぞ》のベールに包まれたまま、歴史の闇の奥へ埋もれていくだろう。君たちもつらい思いをすることはない。

さようなら、愛するものたちよ。

抱《いだ》きうる限りの愛を、君となおみにおくります。それから、ぼくの魂がいつまでも君たち二人に寄りそっていることを忘れないでください。

二月二十七日午前二時
依田丈文〉

捜査員がステーションホテルへ急行した。

依田の写真をフロント係に示すと、確かにこの男性が二十六日金曜の夜宿泊したと答えた。九時十五分頃、予約なしで来たが、二階のシングルに空室があったので、そちらへ案内した。宿泊カードには「山田武夫」と記入されていた。

「二十七日土曜ですか。朝七時頃チェックアウトされていますね」

加地本由実の事件でも事情聴取に応じた増元支配人が、緊張した面持《おもも》ちで質問に答えた。

「入試シーズンで、ホテルはかなり混んでいたんです。同じ頃にチェックアウトした受験生も何人かありまして、その方たちといっしょに、このロビーを出たあと、丸の内南口のほうへ歩いていかれたと思いますが」

二十六日の夜半から雪が降り、二十七日朝には止《や》んでいたが、駅の外はうっすらと雪化粧していた。グレーのコートの襟《えり》を立てたひときわ長身の後ろ姿が、少し俯《うつむ》きかげんで、玄関前のアーケードを通って左へ曲り、南口の方向へ歩み去る姿が、不思議に印象深く瞼《まぶた》に焼きついていると、増元は語った。

同じ頃にホテルを出た受験生のうち、三人はまだ滞在していた。チェックアウトした者たちも、連絡先はわかっている。

捜査員は滞在中の三人から話を聞いた。三人のうち二人が、依田の姿をぼんやり憶《おぼ》えていた。

「たぶん、ぼくらの少し前を歩いてた人のことですね。南口の前まで行って、ぼくらは地下鉄に乗るので階段を降りたんですが、その人は南口の中へ入っていったように思います」

新潟県や北海道の自宅へ帰っていた受験生たちにも、電話で尋ねた。

彼らの話を総合した結果——一人でステーションホテルを出た依田は、南口コンコースへ入り、向かって右側にある郵便ポストに、コートのポケットから取り出した封書を投函《とうかん》した。そのあと改札のほうへ歩いていった、ということまで判明した。

しかし、それからの足どりはまったくつかめなかった。乗車券を買って改札を通ったのかどうか。通ったとしてもどの電車に乗ったのかなどは、誰にもわからない。まさに、彼の足跡はぷっつりと切れてしまったのだ。

捜査本部では、依田の自宅はもとより、親戚、知人、友人宅などの立ち廻り先の張り込みを続ける一方、成田と羽田の空港、主要な駅、外国船や国内フェリーの発着する港などにも私服を張り込ませた。

同時に、東京駅構内の本格的捜索が開始された。

依田の足どりについては、二通りの見方ができる。東京駅を通って逃走したか、あるいは、駅構内のどこかにひそみ、自殺を遂げている可能性も少なくないのではないか。

二十九日午後十一時から、捜索は四班に分かれて始められた。波倉、角、雲野、渡辺などが各班の指揮をとった。

依田が隠れているとすれば、当然人目につきにくい場所で、霊安室のある閉鎖通路周辺、〝秘密部屋〟に通じる車椅子通路周辺、新幹線ホーム下などが重点区域と目された。

波倉警部ら数人は、丸の内北口のドーム部分へ上った。

戦災後の修復で角屋根に変ってしまったが、かつてのドーム部分は北口と南口の両方にあり、その屋根裏を捜索するつもりだが、まず北口から着手したのである。

ＪＲ東日本の職員の案内で、三階の廊下から、幅五十センチほどの小さな鉄梯子《てつばしご》をのぼると、屋根裏に出た。

ドーム内側の回廊のような床に立つ。

冷え冷えとした空間に、かすかな星明りが流れこんでいた。

「屋根に明り取りの小窓がついているので、昼間ならわりと明るいんですが」と、先に立った職員がいった。

波倉は懐中電灯を上に向けた。天井はふつうの木の板で、民家と同じくらいの細い材木が何本も組み合わさってそれを支えていた。

まったくふつうの家みたいな——。

波倉は意外感にうたれたが、この駅舎が建てられたのが昭和二十二年だったことに、改めて思い及んだ。空襲で鉄骨だけになってしまった東京駅は、物資が極度に欠乏していた時代に、ＧＨＱの監視下でやっと復旧されたのだ。それが点検補修を繰返しながら、今日まで保《も》っているのだろう。

波倉は、ほんとうに駅が生きものであるような、奇妙ないとおしさを覚えた。

足許《あしもと》には四十年間の埃《ほこり》が積もり、古い土蔵の中みたいな、懐《なつか》しい匂《にお》いがした。波倉のあとから梯子を上ってきた捜査員たちが、各自ライトをかざして、柱の間などを調べ始めた。

彼らが回廊の向う側へ回っていくにつれ、声も光も遠ざかった。

十一時半をすぎて、すでにほとんどの電車が運行を終了している時間だ。駅構内は何か重厚な静寂に包まれているかに感じられた。

依田はどこへ消えたのだ?

波倉は再び思った。

日本一大きな駅の、この建物の中には、まだいくつもの秘密部屋や、閉ざされた通路などが、それぞれに人知れぬ過去を秘めて、ひっそりと眠っているのかもしれない。

彼はそのどこかへ身をひそめて、永久に発見されず、いつかは駅の一部にでもなってしまうのではないだろうか?

波倉はほとんど神秘的な感慨にうたれた。

すると、自分を圧《お》し包んでいる静寂《しじま》の底から、たくさんの人声が湧《わ》き出してきた。この東京駅の永い歴史の流れに身を投じていった人々の、歓《よろこ》びや哀《かな》しみ、狂気や怨嗟《えんさ》の声が、今もこのドームの空間に息づいている……。

波倉は思わず黙禱《もくとう》するように目をつぶった。

瞼を開けると、明り取りの小窓の先に、青い冬の星が光っていた。

参考文献を記して、御礼申しあげます。
『東京駅探険』中川市郎・山口文憲・松山巖著（新潮社）
『歴史の中の東京駅ものがたり』永田博著（雪華社）
『東京駅の世界』（かのう書房）
また、全国建設業協会・渡辺栄氏ほか数多くの方々のご協力をいただきました。深く感謝いたします。

解説

山前　譲

〝私は比較的丹念に取材するほうだといわれている。くどいほどやると、編集者に顔をしかめられたりもする〟――女性心理の彩を繊細に描いた作品や重厚な法廷ものなど、日本のミステリー界に大きな足跡を遺した夏樹静子氏は、「私の推理小説作法」と題したエッセイのなかでこう記している。

飛行中の旅客機から乗客が消えてしまう発端が鮮烈な日本推理作家協会賞受賞作『蒸発』や、生命保険業界を背景にした『遠い約束』で、その取材ぶりを窺い知ることができるが、本書『東京駅で消えた』もまた、丹念な取材をベースにしたミステリアスな事件で謎解きの興味をそそっている。

大手総合建設会社・帝都建設で取締役土木工務部長をつとめている曽根寛が失踪した。夕方、いつものように退社し、東京駅八重洲口近くのホテルの前で車を降りたのに、茅ヶ崎の自宅には帰ってこなかったのだ。

妻の紀和子は夫の部下とともに、東京駅で調べはじめる。そして、キヨスクの店員の証言を頼りに向かった先で、うす汚れたドアを見つけた。ノブを捻ってみると、意外にもそのドアは開くではないか。内側には、ほの暗く荒れはてた一本の通路がのびていた。そこで紀和子は、夫の幻影を見る。

いや、それは幻影ではなかったのだ。その通路の途中にあった、ドアに〈7〉と書かれた部屋の中で、曽根寛の死体が発見されたのである。ドアの右下のタイルには、〈建物財産標・霊安所1号・昭和34年3月23日〉と記された小さなプレートが貼られていた。そこは駅の中で飛び込み自殺などがあった場合、その遺体を安置する部屋なのだ。そして死体の頸にはストッキングが巻きついていた……。

東京駅の知られざる一室で発見された他殺死体を発端に、数奇な事件が駅内で連続する。殺害方法からその関連性が論議されていくのだが、この長編ミステリーの主人公はまぎれもなく東京駅だろう。

二〇一二年、開業百周年を二年後に控えて丸の内駅舎が創建当時の姿に復原されたことで、東京駅はいっそう注目を集めることになった。その駅舎は色とりどりにライトアップされるようになり、そして時にはダイナミックなプロジェクション・マッピングの場となったことで、ただの鉄道の駅ではなく、一大観光地と化した。

東京駅はかつての国鉄の、そして現在のJRグループの鉄路の起点である。ただ、だからといって日本初の駅ではない。周知のように日本で最初に鉄道が営業運転されたのは、一八七二年、新橋駅（のちの汐留駅）・横浜駅（現在の桜木町駅）間である。そのわずか二十九キロメートルの鉄路が、東京から西に東に、そして北へと延びていくのだが、起点となったのは新橋駅であり、一八八三年に開業した上野駅や一八八五年に開業した新宿駅だった。

皇居の前に位置する丸の内に中央停車場を設置することが決まったのは一八九六年だが、当時の丸の内は荒涼たる野原で、東京の場末と言ってもいいところだったという。辰野金吾設計によるレンガ造りの丸の内駅舎の開業記念式典が行われたのは一九一四年十二月十八日だったが、「東京駅」という名称が決まったのはその二週間ほど前だった。駅舎に併設されて東京ステーションホテルが開業したのはやや遅れて、翌一九一五年の十一月である。

開業しても東京駅の利用客は少なかった。だが、やがて丸の内がオフィス街として開発され、東京の中心の駅としての風格を増していく。駅周辺は賑やかになり、一九二九年には八重洲口も開設された。ところが太平洋戦争の末期、一九四五年五月、空襲で丸の内駅舎が被災する。三階部分や両翼の丸みをおびた特徴的なドームなどが焼失した。戦後まもなくに復旧されたものの、三階建てだったものを二階建てにするなど、往時の面影はなくなってしまう。もちろん内装は順次整備されていったのだが、それが元の姿に復原されたのが二〇一二年だった。

この『東京駅で消えた』は一九八九年五月に中央公論社から刊行された。まだ丸の内駅舎が復原される前、開業七十周年を迎えて数年後の東京駅が舞台である。だからその駅舎の外観は終戦直後とあまり変わらなかったが、一九六四年に東海道新幹線が開通したり、あるいは一九七二年に総武線の地下ホームが開業したりと、鉄道網の変化とともに、まるで生き物のように東京駅は変貌を遂げていたのだ。

ただ、まったく一から構築していくことはもはや不可能である。最新の設備が設けられる一方で、あるところではうち捨てられたように昔の姿を残しているのが東京駅である。作中でも触れられているが、丸の内口と八重洲口との行き来は複雑で、初めて利用する人はたいてい迷うのではないだろうか。また、一般客が利用できない通路も残されている。もしかしたらまだ秘匿されている、あるいは忘れ去られているものがあるのではないか。まさに迷宮とでも言いたい東京駅に夏樹氏は着目している。

ミステリーとしての本書の最大の興味は、いわゆるミッシングリンクである。はたしてそれは同一犯による犯罪なのか。だとすれば、その動機は？　刑事たちの地道な捜査はやがて、過去のある一点に絞られていくのだった。捜査小説としてもじつにサスペンスに満ちているのだ。

東京駅を舞台にしたミステリーというと、江戸川乱歩『怪人二十面相』がすぐ思い浮かぶ。一九三六年に「少年倶楽部」に連載された作品で、東京ステーションホテルでの明智小五郎と怪人二十面相の対決がじつにスリリングだった。だが、この『東京駅で消えた』から思い浮かべたのはガストン・ルルー『オペラ座の怪人』である。一九一〇年に刊行されたフランス・ミステリーだが、オペラ座に住み着く怪人が若きオペラ歌手に恋しての数奇なサスペンスだ。

『東京駅で消えた』も連続する不可解な事件に翻弄されて、まるで駅のどこかに怪人が住み着いているかのような感覚に囚われてしまう。それほど東京駅のバックヤードが詳細に、そしてミステリアスに描かれているのだ。

そこには作者の趣味が濃厚に現れているのかもしれない。〝幼いころから、女の子のくせに、無類の鉄道好きだった。暇があれば時刻表を眺めていた〟というし、〝少女の私にとって、走り去る列車やレールの響きは「おとなの人生の哀歓」といったものの象徴であったのかもしれない〟と、エッセイ「鉄道好き」で述べている。「特急夕月」や「山陽新幹線殺人事件」といった鉄道ミステリーも夏樹作品にはあるが、幼い頃から親しんだ東京駅をいつか舞台にしたいという思いがどこかにあったのでないだろうか。

その東京駅は今なお変化している。この『東京駅で消えた』の描写とすっかり変わってしまった所も少なくない。その一方で、まったく変わっていないところもある。それが百年余りの歴史を重ねてきた駅の魅力ともなっている。東京駅は我々にとっていまだに迷宮なのだ。

そこでミステリーが生まれ、そして謎が解かれていく。ダブルミーニングとなっているタイトルに気づかされるラストシーンの余韻もまた、夏樹作品の大きな魅力だろう。丹念な取材に裏打ちされた濃密なミステリーが堪能できるに違いない。

二〇一六年十月

徳間文庫の好評既刊

三つの名を持つ犬　近藤史恵

死んだ愛犬によく似た犬を連れ帰った時から、彼女の罪は始まった

激流［上］［下］　柴田よしき

二十年前に消えた少女から突然メールが。次々起こる不可解な事件

封鎖　仙川　環

新型インフルエンザ発生。感染源不明。七十二時間後…ある集落が

泥棒猫ヒナコの事件簿
あなたの恋人、強奪します。　永嶋恵美

DV男にフタマタ男……困った彼氏は、ヒナコがそっと片付けます

5人のジュンコ　真梨幸子

連続不審死事件容疑者と同じ名だったゆえ悪意の渦に巻き込まれ…

製《せい》造《ぞう》迷《めい》夢《む》　若竹七海

モノに残った人の残留思念を読む少女と刑事が遭遇する奇妙な犯罪

徳間文庫

東京駅《とうきょうえき》で消《き》えた

2016年11月15日 初刷

著者 夏《なつ》樹《き》静《しず》子《こ》

発行者 平野健一

東京都港区芝大門二—二—二 〒105—8055

発行所 株式会社徳間書店

電話 編集〇三(五四〇三)四三四九
販売〇四八(四五一)五九六〇

振替 〇〇一四〇—〇—四四三九二

印刷 凸版印刷株式会社

製本 株式会社宮本製本所

ISBN978-4-19-894171-0 (乱丁、落丁本はお取りかえいたします)

この作品は1989年5月中央公論社より刊行されました。
なお、本作品はフィクションであり実在の個人・団体などとは一切関係がありません。

☆夏樹静子著書リスト（2016.11.15現在）

山前譲　編

1　天使が消えていく

講談社／昭45・2・24

ロマン・ブックス（講談社）／昭48・8・20

講談社文庫（講談社）／昭50・6・15

光文社文庫（光文社）／平11・4・20

2　見知らぬわが子

講談社／昭46・3・12

ロマン・ブックス／昭51・7・8

講談社文庫／昭51・12・15

光文社文庫／平10・10・20

〈収録作品〉「見知らぬわが子」「襲われて」「暁はもう来ない」「死ぬより辛い」「断崖からの声」「緋の化石」「死人に口有り」

3　蒸発　―ある愛の終わり―

カッパ・ノベルス（光文社）／昭47・4・25

角川文庫（角川書店）／昭52・11・10

光文社文庫／平3・2・20

日本推理作家協会賞受賞作全集25（双葉社）／平8・11・15

光文社文庫【新装版】／平19・3・20

4　喪失　―ある殺意のゆくえ―

カッパ・ノベルス／昭48・7・20

文春文庫（文藝春秋）／昭53・11・25

光文社文庫／平10・2・20

5　ガラスの絆

実業之日本社／昭48・7・25

ロマン・ブックス／昭52・3・8

講談社文庫／昭53・7・15

角川文庫／昭55・1・30

〈収録作品〉「ガラスの絆」「暗い玄界灘に」「見知らぬ夫」「破滅が忍びこむ」「孤独のなかみ」「殺意をあなたに」

6　**砂の殺意**

読売新聞社／昭49・10・15

角川文庫／昭52・10・30

講談社文庫／昭58・2・15

〈収録作品〉「あちら側の女」「砂の殺意」「面影は共犯者」「跳びおりる」「襲われた二人」「沈黙は罠」「だから殺した」「二DK心中」「秘められた訪問者」（文庫版は「跳びおりる」を収録せず）

7　**黒白の旅路**

講談社／昭50・4・4

ロマン・ブックス／昭52・5・24

講談社文庫／昭52・10・15

徳間文庫（徳間書店）／平17・1・15

8　**目撃　―ある愛のはじまり―**

カッパ・ノベルス／昭50・4・30

角川文庫／昭55・6・10

光文社文庫／平3・6・20

光文社文庫【新装版】／平19・6・20

9　**誤認逮捕**

講談社／昭50・10・30

ロマン・ブックス／昭52・8・24

講談社文庫／昭54・8・15

徳間文庫／平11・6・15

〈収録作品〉「手首が囁く」「郷愁の罪」「誰知らぬ殺意」「誤認逮捕」「風花の女」「高速道路の唸り」「山陽新幹線殺人事件」

10　**死刑台のロープウェイ**

文藝春秋／昭50・11・15

文春文庫／昭52・4・25

徳間文庫／平13・8・15

〈収録作品〉「闇よ、やさしく」「ダイイング・メッセージ」「燃えがらの証」「回転扉がうごく」「死刑台のロープウェイ」

11　霧氷

カッパ・ノベルス／昭51・2・25
文春文庫／昭54・11・25
光文社文庫／平10・6・20
光文社文庫【新装版】／平19・7・20

12　二人の夫をもつ女

講談社／昭51・4・20
ロマン・ブックス／昭53・1・12
講談社文庫／昭55・8・15
講談社文庫【新装版】／平26・11・14

〈収録作品〉「あなたに似た子」「波の告発」「二人の夫をもつ女」「朝靄が死をつつむ」「ガラスの中の痴態」「朝は女の亡骸」「幻の罠」「夜明けまでの恐怖」

13　アリバイの彼方に

文藝春秋／昭51・8・10
文春文庫／昭54・7・25
徳間文庫／平15・11・15

〈収録作品〉「アリバイの彼方に」「滑走路灯」「止まれメロス」「彼女の死を待つ」「遺書をもう一度」「霜月心中」「便り」「特急“夕月”」

14　夏樹静子自選傑作短篇集

読売新聞社／昭51・12・10
ケイブンシャ文庫（勁文社　改題「暗い玄界灘に」）／昭60・12・15

〈収録作品〉「暗い玄界灘に」「死ぬより辛い」「ダイイング・メッセージ」「砂の殺意」「手首が囁く」「襲われて」「郷愁の罪」「あちら側の女」「襲われた二人」「止まれメロス」

15　光る崖

カッパ・ノベルス／昭52・3・31
角川文庫／昭56・6・10
光文社文庫／平4・2・20
光文社文庫【新装版】／平19・8・20

16　アリバイのない女
集英社／昭52・5・30
集英社文庫（集英社）／昭56・4・26

17　ベッドの中の他人
講談社／昭52・9・12
講談社文庫／昭56・6・15
徳間文庫／平14・2・15
〈収録作品〉「ベッドの中の他人」「社長室の秘密」「故人の名刺」「ある失踪」「猫が死んでいた」「山手線殺人事件」「階段」「まえ置き」「動機なし」「一年先は闇」

18　星の証言
トクマ・ノベルズ（徳間書店）／昭52・10・10
集英社文庫／昭54・12・10
角川文庫／昭59・9・25
徳間文庫／平7・10・15
〈収録作品〉「暗闇のバルコニー」「親告罪の謎」「黒白の暗示」「沈黙は罪」「相続欠落の秘密」「証言拒否」「被疑者へのバラ」

19　遠い約束
文藝春秋／昭52・11・5
カッパ・ノベルス／昭55・1・20
文春文庫／昭55・10・25

20　影の鎖
集英社文庫／昭52・11・30
角川文庫／昭60・10・5
文春文庫／平3・10・10
〈収録作品〉「影の鎖」「殺さないで」「ハプニング殺人事件」「愛さずにはいられない」「逡巡創」

21　77便に何が起きたか

カッパ・ノベルス／昭52・12・15

角川文庫／昭58・５・25

光文社文庫／平４・６・20

〈収録作品〉「77便に何が起きたか」「ハバロフスク号殺人事件」「特急夕月」「山陽新幹線殺人事件」「ローマ急行殺人事件」

22　第三の女

集英社／昭53・４・25

集英社文庫／昭55・４・25

角川文庫／昭63・１・25

光文社文庫／平19・５・20

23　重婚

講談社／昭53・６・26

ロマン・ブックス／昭54・12・20

講談社文庫／昭57・８・15

徳間文庫／平12・７・15

〈収録作品〉「五千万円すった男」「質屋の扉」「事故のいきさつ」「水子地蔵の樹影」「救けた命」「小壜に詰めた死」「重婚」

24　蒼ざめた告発

集英社文庫／昭53・６・30

角川文庫／昭59・10・25

〈収録作品〉「冷やかな情死」「蒼ざめた告発」「二粒の火」「男運」「お話中殺人事件」「見知らぬ敵」「死者からの手紙」

25　闇閥

文藝春秋／昭53・９・25

文春文庫／昭56・９・25

〈収録作品〉「一億円は安すぎる」「闇の演出」「帰路」「突然の朝」「崖ふちの真実」「闇閥」

26　あしたの貌

実業之日本社／昭54・3・25
講談社文庫／昭57・2・15
徳間文庫／平14・9・15
〈収録作品〉「あしたの貌」「陰膳」「遺書二つ」「ベビー・ホテル」「ひとり旅」「穴のあいた密室」（文庫版は「穴のあいた密室」を収録せず）

27　遥かな坂

毎日新聞社（上下）／昭54・4・20
角川文庫（上下）／昭57・5・15
集英社文庫（上下）／昭59・10・25

28　風の扉

文藝春秋／昭55・3・25
文春文庫／昭58・4・25
角川文庫／平5・11・25
文春文庫【新装版】／平23・6・10

29　密室航路

カッパ・ノベルス／昭55・5・30
光文社文庫／昭59・10・20
角川文庫／昭62・10・10
〈収録作品〉「密室航路」「逃亡者」「バンクーバーの樹林から」「結婚しない」「90便緊急待避せよ」

30　夜の演出

読売新聞社／昭55・7・17
〈収録作品〉「闇の演出」「ベビー・ホテル」「質屋の扉」「破滅が忍びこむ」「闇よ、やさしく」「雨に消えて」

31　暗い循環

文藝春秋／昭55・8・10
文春文庫／昭58・10・25
角川文庫／昭62・1・25
〈収録作品〉「暗い循環」「凍え」「誰にも知られず」「無差別の恐怖」「独り旅」「懸賞」

32　遠ざかる影

講談社／昭55・12・12
講談社文庫／昭58・8・15

33　雪の別離

角川書店／昭56・2・10
角川文庫／昭59・7・25
集英社文庫／昭60・11・25
〈収録作品〉「雪の別離」「モンタージュ」「偽りの凶器」「死体さえあれば」「睡魔」「最悪のチャンス」「自殺前」「天人教殺人事件」

34　花の証言

トクマ・ノベルズ／昭56・2・28
集英社文庫／昭57・12・15
角川文庫／昭59・10・25
徳間文庫／平8・5・15
〈収録作品〉「犯す時知らざる者」「片隅の青い絵」「二つの真実」「パパをかえして」「地検でお茶を」「穴のあいた密室」「瀬戸際の期待」

35　家路の果て

講談社／昭56・10・15
講談社文庫／昭59・9・15
徳間文庫／平12・1・15

36　ビッグアップルは眠らない

講談社／昭57・1・20
講談社文庫／昭60・1・15
徳間文庫／平15・4・15
〈収録作品〉「ビッグアップルは眠らない」「足の裏」「漆の炎」「誓約書開封」「すれ違った面影」

37　Wの悲劇

カッパ・ノベルス／昭57・2・5
角川文庫／昭59・6・10
光文社文庫／昭60・7・15
光文社文庫【新装版】／平19・4・20

38　**夏樹静子作品集第二巻**
講談社／昭57・3・15
〈収録作品〉「蒸発」「第三の女」
39　**碧の墓碑銘**
文藝春秋／昭57・3・25
文春文庫／昭59・10・25
40　**夏樹静子作品集第三巻**
講談社／昭57・4・15
〈収録作品〉「風の扉」「黒白の旅路」
41　**夏樹静子作品集第四巻**
講談社／昭57・5・15
〈収録作品〉「目撃」「暗い循環」「ハバロフスク号殺人事件」
42　**夏樹静子作品集第八巻**
講談社／昭57・6・15
〈収録作品〉「遥かな坂」
43　**ひとすじの闇に**
集英社／昭57・6・25
集英社文庫／昭59・8・25
文春文庫／平2・6・10
〈収録作品〉「死者の嘘」「ヘソの緒」「普通列車の死」「鼓笛隊」「遇わなかった男」「走り去った男」「年一回の訪問者」
44　**夏樹静子作品集第七巻**
講談社／昭57・7・15
〈収録作品〉「遠い約束」「死刑台のロープウェイ」「ローマ急行殺人事件」「天人教殺人事件」
45　**夏樹静子作品集第一巻**
講談社／昭57・8・15
〈収録作品〉「天使が消えていく」「77便に何が起きたか」「90便緊急待避せよ」「ガラスの絆」
46　**夏樹静子作品集第九巻**

講談社／昭57・9・15
〈収録作品〉「遠ざかる影」「密室航路」「暗い玄界灘に」「相続欠落の秘密」「二つの真実」

47 **夏樹静子作品集第六巻**
講談社／昭57・10・15
〈収録作品〉「光る崖」「ビッグアップルは眠らない」「あしたの貌」

48 **夏樹静子作品集第五巻**
講談社／昭57・11・15
〈収録作品〉「家路の果て」「霧氷」

49 **夏樹静子作品集第十巻**
講談社／昭57・12・15
〈収録作品〉「断崖からの声」「襲われて」「見知らぬわが子」「死ぬより辛い」「郷愁の罪」「特急“夕月”」「五千万円すった男」「質屋の扉」「一億円は安すぎる」「闇の演出」「逃亡者」「ベビー・ホテル」「陰膳」「足の裏」「凍え」「懸賞」

50 **紅い陽炎**
新潮社／昭58・5・5
新潮文庫（新潮社）／昭61・1・25

51 **殺意**
カドカワノベルズ（角川書店）／昭58・5・25
角川文庫／昭59・10・25
集英社文庫／昭61・3・25
〈収録作品〉「殺意」「記憶」

52 **国境の女**
講談社［非売品］／昭58・6・30
講談社ノベルス（講談社）／昭58・7・5
講談社文庫／昭61・7・15
徳間文庫／平13・2・15

53 **訃報は午後二時に届く**
文藝春秋／昭58・11・10

文春文庫／昭61・4・25
徳間文庫／平16・6・15

54　女の銃

講談社／昭59・4・27
講談社ノベルス／昭61・4・15
講談社文庫／昭63・10・15
〈収録作品〉「火の供養」「女の銃」「余命」「路地からの脅迫状」「二度とできない」「パスポートの秘密」

55　秘められた心中

文藝春秋／昭59・6・30
文春文庫／昭62・6・10
〈収録作品〉「秘められた心中」「残された車」「遠い秘密」「説得旅行」「女たちの証言」「濁流の魚」

56　最後に愛を見たのは

講談社／昭59・10・20
講談社文庫／昭62・7・15
徳間文庫／平18・7・15

57　旅人たちの迷路

カドカワノベルズ／昭59・11・25
角川文庫／昭61・1・10
文春文庫／昭63・3・10
光文社文庫／平7・5・20
〈収録作品〉「焼きつくす」「現場存在証明」

58　妻たちの反乱

カッパ・ブックス（光文社）／昭59・11・30
光文社文庫／昭60・2・20

59　螺旋階段をおりる男

新潮社／昭60・4・25
新潮文庫／昭63・1・25
中公文庫（中央公論社）／平8・2・18
〈収録作品〉「予期せぬ殺人」「螺旋階段をおりる男」「白い影」

60　Mの悲劇
カッパ・ノベルス／昭60・8・15
光文社文庫／平1・3・20
角川文庫／平3・10・25
61　その子は目撃者
光文社文庫／昭60・9・15
〈収録作品〉「狙われて」「メッセージ」「ガラスの薔薇」「その子は目撃者」
62　わが郷愁のマリアンヌ
角川書店（上下）／昭61・3・10
カッパ・ノベルス（上下）／昭62・6・30
角川文庫（上下）／昭63・10・10
文春文庫（上下）／平6・5・10
63　ドーム　終末への序曲
カドカワノベルズ（上下）／昭61・7・5
角川文庫（上下）／平1・9・25
角川文庫（全一冊　改題「ドーム　人類への箱舟」）／平12・10・25
64　孤独のフェアウェイ
朝日新聞社／昭62・2・28
カッパ・ノベルス／昭63・6・30
文春文庫／平2・2・10
65　霧の証言
カッパ・ノベルス／昭62・4・30
光文社文庫／平2・8・20
徳間文庫／平9・12・15
〈収録作品〉「雨の檻」「心を返して」「稚い証人」「土地狂乱殺人事件」「人口呼吸器の謎」
66　懇切な遺書
集英社／昭62・5・25
集英社文庫／平2・4・25
〈収録作品〉「懇切な遺書」「心のデッドスペース」

67　**駅に佇つ人**

講談社／昭62・9・25

講談社文庫／平2・7・15

〈収録作品〉「雨に佇つ人」「湖に佇つ人」「駅に佇つ人」「闇に佇つ人」

68　**死の谷から来た女**

文藝春秋／昭62・11・1

文春文庫／平2・10・10

徳間文庫／平20・7・15

69　**雲から贈る死**

カドカワノベルズ／昭63・4・25

角川文庫／平2・11・25

集英社文庫／平3・8・25

70　**湖・毒・夢**

新潮社／昭63・5・20

新潮文庫／平3・1・25

双葉文庫（双葉社）／平15・4・20

〈収録作品〉「歯」「毒」「夢」「犬」「湖」

71　**そして誰かいなくなった**

講談社／昭63・10・25

講談社文庫／平3・7・15

徳間文庫／平21・5・15

72　**東京駅で消えた**

中央公論社／平1・5・20

中公文庫／平3・8・10

新潮文庫／平8・4・1

徳間文庫／平28・11・15

73　**ペルソナ・ノン・グラータ**

文藝春秋／平1・9・10

文春文庫／平4・7・10

〈収録作品〉「ペルソナ・ノン・グラータ」「艶やかな声」「カビ」「俯く女」「宅配便の女」

74　Cの悲劇

カッパ・ノベルス／平１・９・30

光文社文庫／平５・２・20

角川文庫／平９・10・25

75　秘めた絆

角川文庫／平１・10・25

76　ダイアモンドヘッドの虹

文藝春秋／平２・９・15

文春文庫／平５・９・10

77　夏樹静子サスペンス

関西テレビ放送／平３・４・６

光文社文庫（改題「夏樹静子サスペンス劇場」）／平５・８・20

〈収録作品〉「動機なし」「独り旅」「睡魔」「死ぬより辛い」「カビ」

※各作品のシナリオも収録

78　独り旅の記憶

カッパ・ノベルス／平３・５・30

光文社文庫／平６・６・20

〈収録作品〉「独り旅の記憶」「DINKS」「雨に濡れた遺書」「二人の目撃者」「ひと言の罰」「「死ぬ」という女」

79　死なれては困る

新潮社／平３・６・15

新潮文庫／平６・１・１

徳間文庫／平18・１・15

〈収録作品〉「酷い天使」「死なれては困る」「女子大生が消えた」「路上の奇禍」

80　霧の向こう側

新潮社／平４・１・20

新潮文庫／平７・２・１

81　白愁のとき

角川書店／平４・10・30

角川文庫／平8・1・25
新潮文庫／平17・1・1

82　**女優X　伊沢蘭奢の生涯**
文藝春秋／平5・4・15
文春文庫／平8・4・10

83　**夏樹静子のゴールデン12《ダズン》**
文藝春秋／平6・5・26
文春文庫／平9・5・10
〈収録作品〉「死ぬより辛い」「特急夕月」「一億円は安すぎる」「逃亡者」「足の裏」「凍え」「二つの真実」「カビ」「路上の奇禍」「死なれては困る」「一瞬の魔」「罪深き血」（文庫版は「二つの真実」以下、「懸賞」「宅配便の女」「カビ」「一瞬の魔」「罪深き血」）

84　**一瞬の魔**
文藝春秋／平6・9・1
文春文庫／平9・8・10
〈収録作品〉「一瞬の魔」「黒髪の焦点」「鰻の怪」「輸血のゆくえ」「深夜の偶然」

85　**人を呑むホテル**
光文社文庫／平6・9・20

86　**デュアル・ライフ**
毎日新聞社／平6・11・25
新潮文庫／平10・2・1

87　**クロイツェル・ソナタ**
講談社／平7・4・10
講談社文庫／平10・2・15

88　**妻たちの変身**
光文社文庫／平7・10・20

89　**乗り遅れた女**
双葉社／平7・10・25
双葉文庫／平12・7・20
新潮文庫／平15・2・1

〈収録作品〉「乗り遅れた女」「三分のドラマ」「独り旅」「二人の目撃者」「ママさんチームのアルバイト」「女請負人」「人質は、半年後……」（文庫版は「女請負人」「人質は、半年後……」に替えて「あのひとの髪」を収録）

90 βの悲劇
角川書店／平8・7・5
角川文庫／平12・7・25
※五十嵐均と合作

91 焱《ほのお》の博覧会《ミステリー》
文藝春秋／平8・7・20
〈収録作品〉「幻の男」
※笹沢左保、森村誠一と共著

92 秘めた絆
光文社文庫／平9・1・20
〈収録作品〉「秘めた絆」「すれ違った面影」

93 椅子がこわい
文藝春秋／平9・6・20
文春文庫／平12・6・10
新潮文庫（改題「腰痛放浪記　椅子がこわい」）／平15・8・1

94 花を捨てる女
新潮社／平9・7・20
新潮文庫／平12・4・1
文春文庫／平15・11・10
〈収録作品〉「花を捨てる女」「アイデンティティ」「尽くす女」「家族写真」「三通の遺書」「線と点」

95 時が証す
潮出版社／平9・11・10
知恵の森文庫（光文社　改題「幸福な罠」）／平12・11・15

96 最後の藁
文藝春秋／平10・6・20

文春文庫／平13・6・10
〈収録作品〉「最後の藁」「たおやかな落下」「仮説の行方」「罪深き血」

97　女性作家シリーズ　第十八巻
角川書店／平10・8・25
〈収録作品〉「足の裏」「秘められた心中」「一瞬の魔」
※皆川博子、森瑤子と共著

98　熱海連続殺人事件
文藝春秋／平11・1・30
〈収録作品〉「揺らぐ灯」
※五十嵐均、森村誠一と共著

99　茉莉子
中央公論新社／平11・4・7
中公文庫／平13・5・25

100　妻たちの欲望
光文社／平11・7・5

101　一年目のKISS《キス》
文藝春秋／平11・10・10
〈収録作品〉「光る干潟」
※笹沢左保、森村誠一と共著

102　贈る証言
講談社／平12・6・20
講談社文庫／平15・6・15
徳間文庫／平22・1・15
〈収録作品〉「相続放棄の謎」「贈る証言」「十五年目の真実」「五十年後の遺志」「離れの不審火」

103　検事霞夕子　夜更けの祝電
新潮社／平12・9・20
新潮文庫／平15・11・1
〈収録作品〉「橋の下の凶器」「早朝の手紙」「知らなかった」「夜更けの祝電」

104　量刑

光文社／平13・6・25
カッパ・ノベルス／平15・11・15
光文社文庫（上下）／平16・10・20

105 幻の男

文春文庫／平14・7・10
〈収録作品〉「光る干潟」「揺らぐ灯」「幻の男」

106 モラルの罠

文藝春秋／平15・2・15
文春文庫／平18・2・10
〈収録作品〉「モラルの罠」「システムの穴」「偶発」「痛み」「贈り物」

107 往ったり来たり

文藝春秋／平15・4・25
光文社文庫／平20・5・20

108 心療内科を訪ねて

新潮社／平15・8・15
新潮文庫／平18・8・1

109 検事霞夕子 風極の岬

新潮社／平16・4・20
新潮文庫／平19・2・1
〈収録作品〉「札幌は遠すぎる」「マリモは語る」「風極の岬」「さい果ての花」

110 見えない貌

光文社／平18・7・25
光文社文庫／平21・8・20

111 四文字の殺意

文藝春秋／平19・2・15
文春文庫／平21・7・10
〈収録作品〉「ひめごと」「ほころび」「ぬれぎぬ」「うらぐち」「やぶへび」「あやまち」

112 てのひらのメモ

文藝春秋／平21・5・15

文春文庫／平24・2・10

113 裁判百年史ものがたり

文藝春秋／平22・3・25

文春文庫／平24・9・10

114 孤独な放火魔

文藝春秋／平25・1・20

文春文庫／平27・7・10

〈収録作品〉「孤独な放火魔」「DVのゆくえ」「二人の母」

115 誰知らぬ殺意

光文社文庫／平28・7・20

〈収録作品〉「破滅が忍びこむ」「ベビー・ホテル」「燃えがらの証」「二度とできない」「あちら側の女」「滑走路灯」「誰知らぬ殺意」

※大活字本、訳書、海外での翻訳出版は除く。